读客

读客三个圈经典文库

经典就读三个圈　导读解读样样全

平安京作为日本平安时代的首都，位于现在的京都。
其规划以中国唐代的都城长安为蓝本，格局方正。
罗生门便位于平安京的中轴线——朱雀大路的最南端。

平安京鸟瞰图

代的首都，位于现在的京都。其规划以中国唐代的都城长安为蓝本，格局方正。

（也称罗城门）便位于平安京的中轴线——朱雀大路的最南端。

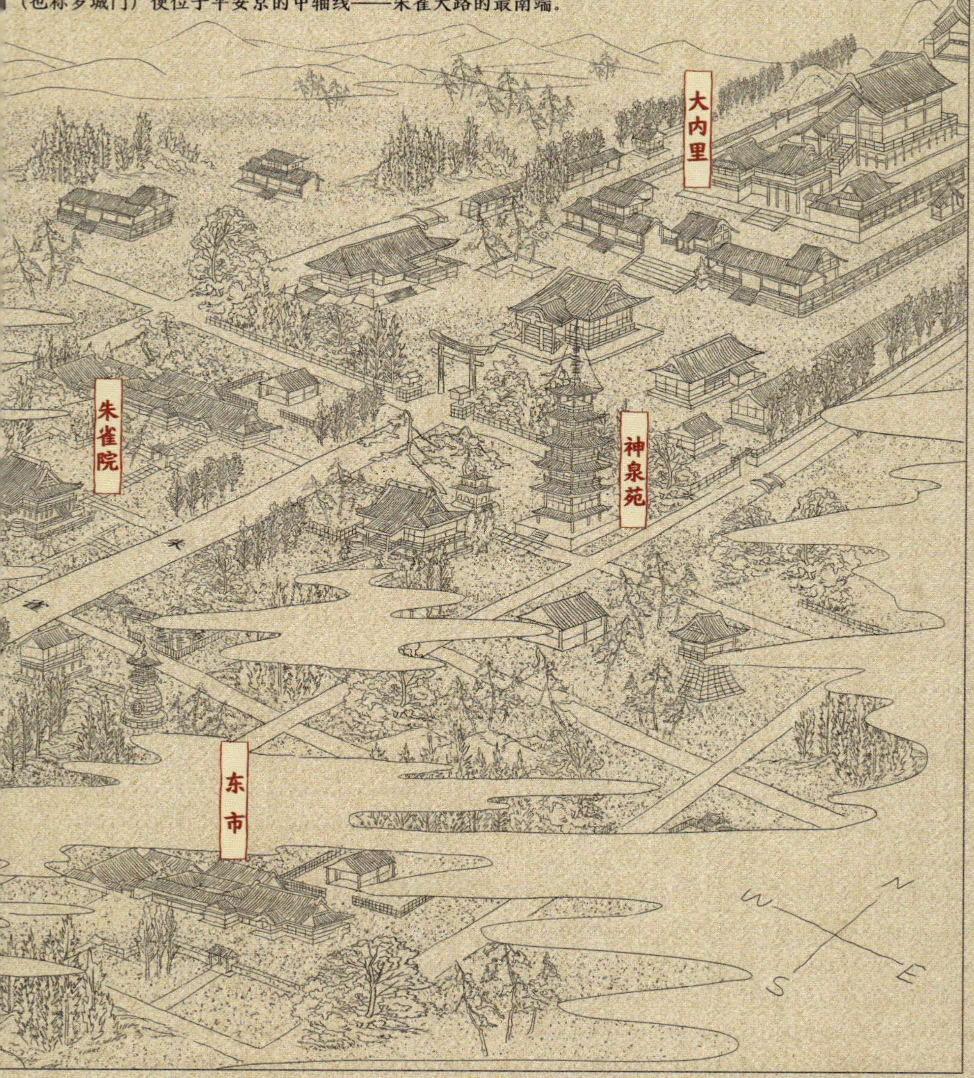

平安京作为日本平安时

罗生门

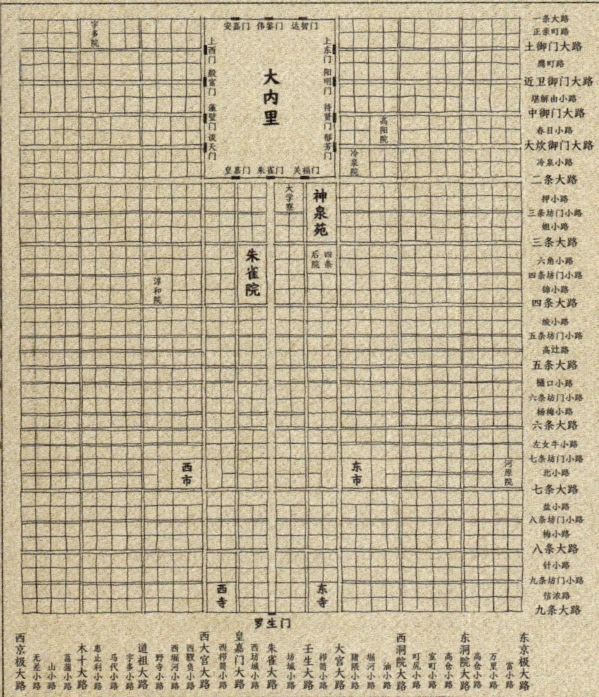

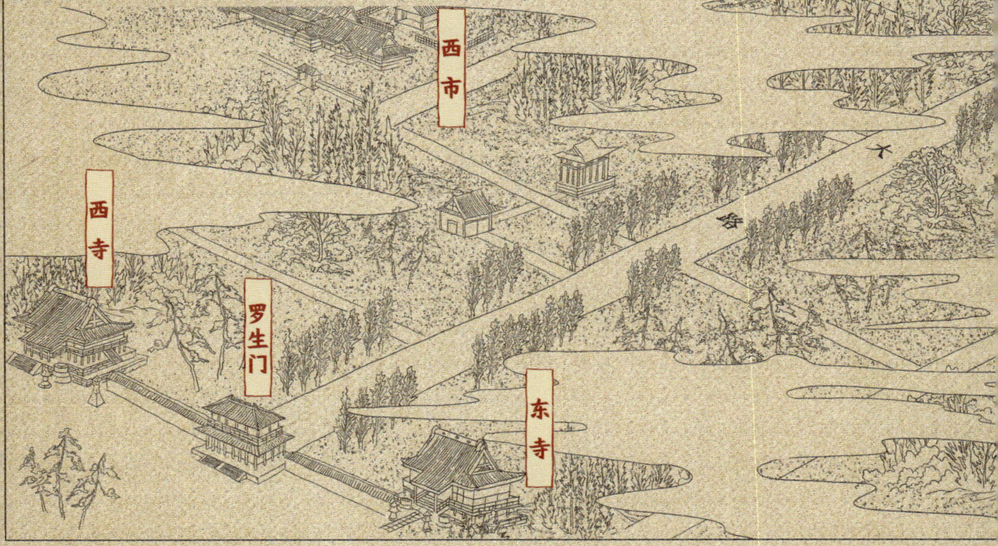

罗生门

[日] 芥川龙之介 著

鲁迅 文洁若 文学朴 译

读客三个圈经典文库

经典就读三个圈 导读解读样样全

江苏凤凰文艺出版社
JIANGSU PHOENIX LITERATURE AND ART PUBLISHING, LTD

らしょうもん

あくたがわ りゅうのすけ

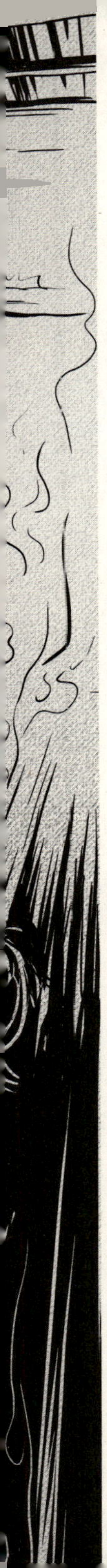

那老妪，将松明插在楼板的缝中，向先前看定的死尸伸下手去，正如母猴给猴儿捉虱一般，一根一根地便拔那长头发。

——《罗生门》

目 录

鼻子

鲁迅 译

一说起禅智内供的鼻子，池尾地方是没一个不知道的。长有五六寸，从上唇的上面直拖到下颏的下面去。形状是从顶到底，一样的粗细。简捷说，便是一条细长的香肠似的东西，在脸中央拖着罢了。

五十多岁的内供是从还做沙弥的往昔以来，一直到升了内道场供奉的现在为止，心底里始终苦着这鼻子。这也不单因为自己是应该一心渴仰着将来的净土的和尚，于鼻子的烦恼，不很相宜；其实倒在不愿意有人知道他介意于鼻子的事。内供在平时的谈话里，也最怕说出鼻子这一句话来。

内供之所以烦腻那鼻子的理由，大概有二：其一，因为鼻子之长，在实际上很不便。第一是吃饭时候，独自不能吃。倘若独自吃时，鼻子便达到碗里的饭上面去了。于是内供叫一个弟子坐在正对面，当吃饭时，使他用一条广一寸长二尺的木板，掀起鼻子来。但是这样的吃饭法，在能掀的弟子和所掀的内供，都不是容易的事。有一回，替代这弟子的中童子打了一个喷嚏，因而手一抖，那鼻子便落到粥里去了的故事，那时是连京都都传遍的。——然而这事，却还不是内供之所以以鼻子为苦的重大的理由。内供之所以为苦者，其实却在乎因这鼻子而伤了自尊心这一点。

池尾的百姓们，替有着这样鼻子的内供设想，说内供幸而是出家人；因为都以为这样的鼻子，是没有女人肯嫁的。其中甚而至于还有这样的批评，说是正因为这样的鼻子，所以才来做和尚。然而内供自己，却并不觉得做了和尚，便减了几分鼻子的烦恼去。内供的自尊心，较之为娶妻这类结果的事实所左右的东西，微妙得多多了。因此内供在积极的和消极的两方面，要将这自尊心的毁损恢复过来。

第一，内供所苦心经营的，是想将这长鼻子使人看得比实际较短的方法。每当没有人的时候，对了镜，用各种的角度照着脸，热心地揣摩。不知怎么一来，觉得单变换了脸的位置，是没有把握的了，于是常常用手托了颊，或者用指押了颐，坚忍不拔地看镜。但看见鼻子较短到自己满意的程度的事，是从来没有的。内供际此，便将镜收在箱子里，叹一口气，勉勉强强地又向那先前的经几上唪《观世音经》去。

而且内供又始终留心着别人的鼻子。池尾的寺，本来是常有僧供和讲论的伽蓝。寺里面，僧坊建到没有空隙，浴室里是寺僧每日烧着水的，所以在此出入的僧俗之类也很多。内供便坚忍地物色着这类人们的脸，因为想发现一个和自己一样的鼻子，来安安自己的心。所以乌的绢衣，白的单衫，都不进内供的眼里去；而况橙黄的帽子，坏色的僧衣，更是生平见惯，虽有若无了。内供不看人，只看鼻子——然而竹节鼻虽然还有，却寻不出内供一样的鼻子来。愈是寻不出，内供的心便渐渐地愈加不快了。内供和人说话的时候，无意中扯起那拖下的鼻端来一看，立刻不称年纪地脸红起来，便正是为这不快所动的缘故。

到最后，内供竟想在内典外典里寻出一个和自己一样的鼻子的人物，来宽解几分自己的心。然而无论什么经典上，都不说目犍连和舍利弗的鼻子是长的。龙树和马鸣，自然也只是鼻子平常的菩萨。内供听人讲些震旦的事情，带出了蜀汉的刘玄德的长耳来，便想道，假使是鼻子，真不知使我多少胆壮哩。

内供一面既然消极地用了这样的苦心，别一面也积极地试用些缩短鼻子的方法，在这里是无须乎特地声明的了。内供在这一方面几乎做尽了可能的事，也喝过老鸦脚爪煎出的汤，鼻子上也擦过老鼠的尿。然而无论怎么办，鼻子不依然五六寸长地拖在嘴上么?

但是有一年的秋天，内供的因事上京的弟子，从一个知己的医士那里，得了缩短那长鼻子的方法来了。这医士，是从震旦渡来的人，那时供养在长乐寺的。

内供仍然照例，装着对于鼻子毫不介意似的模样，偏不说便来试用这方法；一面微微露出口风，说每吃一回饭，都要劳弟子费手，实在是于心不安的事。至于心里，自然是专等那弟子和尚来说服自己，使他试用这方法的。弟子和尚也未必不明白内供的这策略，但内供用这策略的苦衷，却似乎动了那弟子和尚的同情，驾反感而上之了。那弟子和尚果然适如所期，极口地来劝试用这方法。内供自己也适如所期，终于依了那弟子和尚的热心的劝告了。

所谓方法者，只是用热汤浸了鼻子，然后使人用脚来踏这鼻子，非常简单的。

汤是寺的浴室里每日都烧着，于是这弟子和尚立刻用一个提桶，从浴室里汲了连手指都伸不下去的热水来。但若直接地浸，蒸汽吹着脸，怕要烫坏的。于是又在一个板盘上开一个窟窿，当作桶盖，鼻子便从这窟窿中浸到水里去。单是鼻子浸着热汤，是不觉得烫的。过了片时，弟子和尚说：

"浸够了罢……"

内供苦笑了，因为以为单听这话，是谁也想不到说着鼻子的。鼻子被汤蒸热了，蚤咬似的发痒。

内供一从板盘窟窿里抽出鼻子来，弟子和尚便将这热气蒸腾的鼻子，两脚用力地踏。内供躺着，鼻子伸在地板上，看那弟子和尚的两脚一上一下地动。弟子常常显出过意不去的脸相，俯视着内供的秃头，问道：

"痛罢？因为医士说要用力踏。……但是，痛罢？"

内供摇头，想表明不痛的意思。然而鼻子是被踏着的，又不能如意地摇。这时抬了眼，看着弟子脚上的皲裂，一面生气似的说：

"不痛。……"

其实是鼻子正痒，踏了不但不痛，反而舒服的。

踏了片时之后，鼻子上现出小米粒一般的东西来了。简括说，便是像一匹整烤的拔光了毛的小鸡。弟子和尚一瞥见，立时停了脚，自言自语似的说：

“说是用镊子拔了这个哩。”

内供不平似的鼓起了两颊，默默地任凭弟子和尚办。这自然并非不知道弟子和尚的好意，但虽然知道，因为将自己的鼻子当作一件货色似的办理，也免不得不高兴了。内供装了一副受着不相信的医生的手术时候的病人一般的脸，勉勉强强地看弟子和尚从鼻子的毛孔里，用镊子钳出脂肪来。那脂肪的形状像是鸟毛的根，拔去的有四分长短。

这一完，弟子和尚才吐一口气，说道：

“再浸一回，就好了。”

内供仍然皱着眉，装着不平似的脸，依了弟子的话。

待到取出第二回浸过的鼻子来看，诚然，不知什么时候已经缩短了。这已经和平常的竹节鼻相差不远了，内供摸着缩短的鼻子，对着弟子拿过来的镜子，羞涩地怯怯地望着看。

那鼻子——那一直拖到下面的鼻子，现在已经诳话似的萎缩了，只在上唇上面，没志气地保着一点残喘。各处还有通红的地方，大约只是踏过的痕迹罢了。这样，再没有人见笑，是一定的了。——镜中的内供的脸，看着镜外的内供的脸，满足然地眨几眨眼睛。

然而这一日，还有怕这鼻子仍要伸长起来的不安。所以内供无论唪经的时候，吃饭的时候，只要有闲空，便伸手轻轻地摸那鼻端去。鼻子是规规矩矩地存在上唇上边，并没有伸下来的气色，睡过一夜之后，第二日早晨一开眼，内供便首先去摸自己的鼻子，鼻子也依然是短的。内供于是乎也如从前的费了几多年，积起抄写《法华经》的功行来的时候一般，觉得神清气爽了。

但是过了三日，内供发见了意外的事实了。这就是，偶然因事来访池尾的寺的侍者，却显出比先前更加发笑的脸相，也不很说话，只是灼灼地看着内供的鼻子。而且不止此，先前将内供的鼻子落在粥里的中童子那些人，若在讲堂外遇见内供时，便向下忍着笑，但似乎终于熬不住了，又突然大笑起来。还有进来承教的下法师们，面对面时，虽然恭敬地听着，但内供一向后看，便屑屑地暗笑，也不止一两回了。

内供当初，下了一个解释，是以为只因自己脸改了样。但单是这解释，又似乎总不能十分地说明。——不消说，中童子和下法师的发笑的原因，大概总在此。然而和鼻子还长的往昔，那笑样总有些不同。倘说见惯的长鼻倒不如不见惯的短鼻更可笑，这固然便是如此罢了。然而又似乎还有什么缘故。

“先前倒还没有这样的只是笑……”

内供停了唪着的经文，侧着秃头，时常轻轻地这样说。可爱的内供当这时候，一定惘然地眺着挂在旁边的普贤像，记起鼻子还长的三五日以前的事来。“今如零落者，却忆荣华时”，便没精打采了。——对于这问题，给以解释之明，在内供可惜还没有。

人类的心里有着互相矛盾的两样的感情。他人的不幸，自然是没有不表同情的。但一到那人设些什么法子脱了这不幸，于是这边便不知怎的觉得不满足起来。夸大一点说，便可以说是其甚者且有愿意再看见那人陷在同样的不幸中的意思。于是在不知不觉间，虽然是消极的，却对于那人抱了敌意。——内供虽然不明白这理由，而总觉得有些不快者，便因为在池尾的僧俗的态度上，感到了这些旁观者的利己主义的缘故。

于是乎内供的脾气逐渐坏起来了。无论对什么人，第二句便是叱责。到后来，连医治鼻子的弟子和尚，也背地里说“内供是要受法悭贪之罪的”了。更使内供生气的，照例是那恶作剧的中童子。有一天，狗声沸泛地嗥，内供随便出去看，只见中童子挥着二尺来长的木板，追着一匹长毛的瘦狗，在那里跑。而且又并非单是追着跑，却一面嚷道“不给打鼻子，喂，不给打鼻子”而追着跑的。内供从中童子的手里抢过木板来，使劲地打他的脸。这木板是先前掀鼻子用的。

内供倒后悔弄短鼻子为多事了。

这是或一夜的事。太阳一落，大约是忽而起风了，塔上的风铎的声音，扰人地响。而且很冷了，在老年的内供，便是想睡，也只是睡不去。辗转地躺在床上时，突然觉得鼻子发痒了。用手去摸，仿佛有点肿，而且这地方，又仿佛发了热似的。

“硬将他缩短了的，也许出了毛病了。”

内供用了在佛前供养香花一般的恭敬的手势，按着鼻子，一面低低地这样说。

第二日的早晨，内供照例地绝早地睁开眼睛看，只见寺里的银杏和七叶树都在夜间落了叶，院子里是铺了黄金似的通明。大约塔顶上积了霜了，还在朝日的微光中，九轮已经炫眼地发亮。禅智内供站在开了护屏的檐廊下，深深地吸一口气。

几乎要忘却了的一种感觉，又回到内供这里，便在这时间。

内供慌忙伸手去按鼻子。触着手的，不是昨夜的短鼻子了；是从上唇的上面直拖到下唇的下面的、五六寸的先前的长鼻子。内供知道这鼻子在一夜之间又复照旧地长起来了。而这时候，和鼻子缩短时候一样的神清气爽的心情，也觉得不知怎么的重复回来了。

“既这样，一定再没有人笑了。”

使长鼻子荡在破晓的秋风中，内供自己的心里说。

《鼻子》译者附记

芥川氏是日本新兴文坛中一个出名的作家。田中纯评论他说："在芥川氏的作品上，可以看出他用了性格的全体，支配尽所用的材料的模样来。这事实，便使我们起了这感觉，就是感得这作品是完成的。"他的作品所用的主题，最多的是希望已达之后的不安，或者正不安时的心情，这篇便可以算得适当的样本。

不满于芥川氏的，大约因为这两点：一是多用旧材料，有时近于故事的翻译；一是老手的气息太浓厚，易使读者不欢欣。这篇也可以算得适当的样本。

内道场供奉禅智和尚的长鼻子的事，是日本的旧传说，作者只是给他换上了新装。篇中的谐味，虽不免有才气太露的地方，但和中国的所谓滑稽小说比较起来，也就十分雅淡了。我所以先介绍这一篇。

四月三十日译者识

罗生门

鲁迅 译

是一日的傍晚的事。有一个家将，在罗生门下待着雨住。

宽广的门底下，除了这男子以外，再没有别的谁。只在朱漆剥落的大的圆柱上，停着一匹的蟋蟀。这罗生门，既然在朱雀大路上，则这男子之外，总还该有两三个避雨的市女笠和揉乌帽子[1]的。然而除了这男子，却再没有别的谁。

要说这缘故，就因为这二三年来，京都是接连地起了地动、旋风、大火、饥馑等的灾变，所以都中便格外地荒凉了。据旧记说，还将佛像和佛具打碎了，那些带着丹漆、带着金银箔的木块，都堆在路旁当柴卖。都中既是这情形，修理罗生门之类的事，自然再没有人过问了。于是趁了这荒凉的好机会，狐狸来住，强盗来住；到后来，且至于生出将无主的死尸弃在这门上的习惯来。于是太阳一

1　市女笠是市上的女人或商女所戴的笠子。乌帽子是男人的冠，若不用硬漆，质地较为柔软的，便称为揉乌帽子。

落，人们便都觉得阴气，谁也不再在这门的左近走。

反而许多乌鸦，不知从哪里都聚向这地方。白昼一望，这鸦是不知多少匹地转着圆圈，绕了最高的鸱吻，啼着飞舞。一到这门上的天空被夕照映得通红的时候，这便仿佛撒着胡麻似的，尤其看得分明。不消说，这些乌鸦是因为要啄食那门上的死人的肉而来的了。——但在今日，或者因为时刻太晚了罢，却一匹也没有见。只见处处将要崩裂的、那裂缝中生出长的野草的石阶上面，老鸦粪粘得点点的发白。家将将那洗旧的红青袄子的臀部，坐在七级阶的最上级，恼着那右颊上发出来的一颗大的面疱，惘惘然地看着雨下。

著者在先已写道“家将待着雨住”了。然而这家将便在雨住之后，却也并没有怎么办的方法。若在平时，自然是回到主人的家里去。但这主人，已经在四五日之前将他遣散了。上文也说过，那时的京都是非常之衰微了，现在这家将从那伺候多年的主人给他遣散，其实也只是这衰微的一个小小的余波。所以与其说“家将待着雨住”，还不如说“遇雨的家将，没有可去的地方，正在无法可想”倒是惬当的。况且今日的天色，很影响到这平安朝[1]家将的Sentimentalisme[2]上去。从申末下开首的雨，到酉时还没有停止模样。这时候，家将就首先想着那明天的活计怎么办——说起来，便是抱着对于没法办的事，要想怎么办的一种毫无把握的思想，一面又并不听而自听着那从先前便打着朱雀大路的雨声。

雨是围住了罗生门，从远处沥沥地打将过来。黄昏使天空低下

1　公元794年以后的四百年间。

2　法语，意为“感伤，感伤主义”。——编者注

了；仰面一望，门顶在斜出的飞甍上，支住了昏沉的云物。

因为要将没法办的事来怎么办，便再没有工夫来拣手段了。一拣，便只是饿死在空地里或道旁，而且便只是搬到这门里来，弃掉了像一只狗。但不拣，则——家将的思想，在同一的路线上徘徊了许多回，才终于到了这处所。然而这一个“则”，虽然经过了许多时，结局总还是一个“则”。家将一面固然肯定了不拣手段这一节了，但对于因为要这“则”有着落，自然而然的接上来的“只能做强盗”这一节，却还没有足以积极的肯定的勇气。

家将打一个大喷嚏，于是懒懒地站了起来。晚凉的京都，已经是令人想要火炉一般寒冷。风和黄昏，毫无顾忌地吹进了门柱间。停在朱漆柱上的蟋蟀，早已跑到不知哪里去了。

家将缩着颈子，高耸了衬着淡黄小衫的红青袄的肩头，向门的周围看。因为倘寻得一片地，可以没有风雨之患，没有露见之虑，能够安安稳稳地睡觉一夜的，便想在此度夜的了。这其间，幸而看见了一道通到门楼上的、宽阔的、也是朱漆的梯子。倘在这上面，即使有人，也不过全是死人罢了。家将便留心着横在腰间的素柄刀，免得它出了鞘，抬起蹬着草鞋的脚来，踏上这梯子的最下的第一级去。

于是是几分时以后的事了。在通到罗生门的楼上的、宽阔的梯子的中段，一个男子，猫似的缩了身体，屏了息，窥探楼上的情形。从楼上漏下来的火光，微微地照着这男人的右颊，就是那短须中间生了一颗红肿化脓的面疱的颊。家将当初想，在上面的只不过是死人。但走上二三级，却看见有谁明着火，而那火又是这边那边地动弹。这只要看那浑浊的黄色的光，映在角角落落都结满了蛛网的藻井上摇动，也就可以明白了。在这阴雨的夜间，在这罗生门的楼上，能明着火的，总不是一个寻常的人。

家将是蜥蜴似的忍了足音，爬一般地才到了这峻急的梯子的最上的第一级。竭力地贴伏了身子，竭力地伸长了颈子，望到楼里面去。

待看时，楼里面便正如所闻，胡乱地抛着几个死尸，但是火光所到的范围，却比预想的尤其狭，辨不出那些的数目来。只在朦胧中，知道是有赤体的死尸和穿衣服的死尸，又自然是男的女的也都有。而且那些死尸，或者张着嘴或者伸着手，纵横在楼板上的情形，几乎令人要疑心到他也曾为人的事实。加之只是肩膀胸脯之类的高起的部分，受着淡淡的光，而低下的部分的影子却更加暗黑，哑似的永久地默着。

家将逢到这些死尸的腐烂的臭气，不由得掩了鼻子。然而那手，在其次的一刹那间，便忘却了掩住鼻子的事了。因为有一种强烈的感情，几乎全夺去了这人的嗅觉了。

那家将的眼睛，在这时候，才看见蹲在死尸中的一个人。是穿一件桧皮色衣服的、又短又瘦的、白头发的、猴子似的老妪。这老妪，右手拿着点火的松明，注视着死尸之一的脸。从头发的长短看来，那死尸大概是女的。

家将被六分的恐怖和四分的好奇心所动了，几于暂时忘却了呼吸。倘借了旧记的记者的话来说，便是觉得“毛戴”起来了。随后那老妪，将松明插在楼板的缝中，向先前看定的死尸伸下手去，正如母猴给猴儿捉虱一般，一根一根地便拔那长头发。头发也似乎随手地拔了下来。

那头发一根一根地拔下来时，家将的心里，恐怖也一点一点地消去了。而且同时，对于这老妪的憎恶，也渐渐地发动了。——不，说是“对于这老妪”，或者有些语病。倒不如说，对于一切恶的反感，一点一点地强盛起来了。这时候，倘有人向了这家将，提出这人先前在门下面所想的“饿死呢还是做强盗呢”这一个问题来，大约这家将是，便毫无留恋，拣了饿死的了。这人的恶恶之心，宛如那老妪插在楼板缝中的松明一般，蓬蓬勃勃地燃烧上来，已经到如此。

那老妪为什么拔死人的头发，在家将自然是不知道的。所以照“合理的”地说，是善是恶，也还没有知道应该属于哪一面。但由家将看来，在这阴雨的夜间，在这罗生门的上面，拔取死人的头发，即此便已经是无可宽恕的恶。不消说，自己先前想做强盗的事，在家将自然也早已经忘却了。

于是乎家将两脚一蹬，突然从梯子直蹿上去。而且手按素柄刀，大踏步走到老妪的面前。老妪的吃惊，是无须说得的。

老妪一瞥见家将，简直像被弩机弹着似的，直跳起来。

“呔，哪里走！”

家将拦住了那老妪绊着死尸踉跄想走的逃路，这样骂。老妪冲开了家将，还想奔逃。家将却又不放伊走，重复推了回来了。暂时之间，默然地叉着。然而胜负之数，是早就知道了的。家将终于抓住了老妪的臂膊，硬将伊捻倒了。是只剩着皮骨，宛然鸡脚一般的臂膊。

“在做什么？说来！不说，便这样！”

家将放下老妪，忽然拔刀出了鞘，将雪白的钢色，塞在伊的眼前。但老妪不开口。两手发了抖，呼吸也艰难了，睁圆了两眼，眼珠几乎要飞出窠外来，哑似的执拗地不开口。一看这情状，家将才分明地意识到这老妪的生死，已经全属于自己的意志的支配。而且这意志，将先前那炽烈的憎恶之心，又早在什么时候冷却了。剩了下来的，只是成就了一件事业时候的、安稳的得意和满足。于是家将俯视着老妪，略略放软了声音说：

“我并不是检非违使[1]的衙门里的公吏，只是刚才走过这门下面的一个旅人。所以并不要锁你去有什么事。只要在这时候，在这门上，做着什么的事，说给我就是。”

老妪更张大了圆睁的眼睛，看住了家将的脸。这看的是红眼眶，鸷鸟一般锐利的眼睛。于是那打皱的、几乎和鼻子连成一气的嘴唇，嚼着什么似的动起来了。颈子很细，能看见尖的喉结的动弹。这时从这喉咙里，发出鸦叫似的声音，喘吁吁地传于家将的耳朵里：

“拔了这头发呵，拔了这头发呵，去做假发的。”

家将一听得这老妪的答话是意外的平常，不觉失了望。而且一失望，那先前的憎恶和冷冷的侮蔑，便同时又进了心中了。他的气色，大约伊也悟得。老妪一手仍捏着从死尸拔下来的长头发，发出

1　古时的官，司追捕、纠弹、裁判、讼诉等事。

虾蟆叫一样的声音，咯咯的，说了这些话：

“自然的，拔死人的头发，真不知道是怎样的恶事呵。只是，在这里的这些死人，都是，便给这么办，也是活该的人们。现在，我刚才，拔着那头发的女人，是将蛇切成四寸长，晒干了，说是干鱼，到带刀[1]的营里去出卖的。倘使没有遭瘟，现在怕还卖去罢。这人也是的，这女人去卖的干鱼，说是口味好，带刀们当作缺不得的菜料买。我呢，并不觉得这女人做的事是恶的。不做，便要饿死，没法子才做的罢。那就，我做的事，也不觉得是恶事。这也是，不做便要饿死，没法子才做的呵。很明白这没法子的事的这女人，料来也应该宽恕我的。”

老妪大概说了些这样意思的事。

家将收刀进了鞘，左手按着刀柄，冷然地听着这些话。至于右手，自然是按着那通红的在颊上化了脓的大颗的面疱。然而正听着，家将的心里却生出一种勇气来了。这正是这人先前在门下面所缺的勇气。而且和先前跳到这门上来捉老妪的勇气，又完全是向反对方面发动的勇气了。家将对于或饿死或做强盗的事，不但早无问题，从这时候的这人的心情说，所谓饿死之类的事，已经逐出在意识之外，几乎是不能想到的了。

“的确，这样么？”

老妪说完话，家将用了嘲弄似的声音，复核地说。于是前进一步，右手突然离开那面疱，捉住老妪的前胸，咬牙地说道：

1　古时春宫坊的侍卫之称。

“那么，我便是强剥，也未必怨恨罢。我也是不这么做，便要饿死的了。”

家将迅速地剥下这老妪的衣服来。而将挽住了他的脚的这老妪，猛烈地踢倒在死尸上。到楼梯口，不过是五步。家将挟着剥下来的桧皮色的衣服，一瞬间便下了峻急的梯子向昏夜里去了。

暂时气绝似的老妪，从死尸间挣起伊裸露的身子来，是相去不久的事。伊吐出唠叨似的呻吟似的声音，借了还在燃烧的火光，爬到楼梯口边去。而且从这里倒挂了短的白发，窥向门下面。那外边，只有黑洞洞的昏夜。

家将的踪迹，并没有知道的人。

《罗生门》译者附记

芥川氏的作品，我先前曾经介绍过了。这一篇历史的小说（并不是历史小说），也算他的佳作，取古代的事实，注进新的生命去，便与现代人生出干系来。这时代是平安朝（就是西历七九四年迁都京都改名平安城以后的四百年间），出典是在《今昔物语》里。

二一年六月八日记

竹林中

文洁若 译

樵夫答典史问

是啊，发现那具尸体的正是我。今天早晨，我跟往常一样去砍伐后山的杉树。没料到山后的竹林里，竟有这么一具尸体。地点在哪儿？离山科的驿路有那么四五町[1]光景。竹子当中夹杂着细小的杉树，那地方连个人影儿也没有。

尸体上身穿淡蓝色短褂，头上戴着有皱纹的京式乌帽，脸朝天倒在那里。想想看，这一刀刚好戳在胸口上，尸体周围竹子的落叶简直就像是浸透了苏枋[2]水般地染红了。不，已经不再流血了，伤口好像早就凝固了。那里一只马蝇紧紧地叮在伤口上，似乎连我的脚步声都没理会。

1　町是日本长度单位，一町约合109米。

2　也叫苏木、苏方，是一种常绿小乔木，木材浸液可做红色染料。

没有看见什么凶器吗？没有，啥都没有。只是旁边的杉树底下丢着一根绳子。另外——对，除了绳子还有一把梳子。尸体旁边只有这两样东西。可是周围的草和竹叶，给踩得很厉害，看来那个汉子被害以前，还曾拼命搏斗过一番。什么，有马没有？那里根本进不去马，竹林后面的路才能够走马呢！

云游僧答典史问

不错，昨天我碰见过那个如今成了尸体的汉子。昨天晌午，地点是从关山到山科的路上。那个人跟着一个骑马的妇女朝关山这边走来。女人遮着面纱，我看不见她的脸，只看见了她身上那件夹衣的颜色——好像是红面蓝里子。马是桃花马，记得马鬃是剃光了的。马有多高吗？总有四尺四寸吧。……不过我是沙门，不大懂得这种事。那个男子——不，既佩着大刀，也带着弓箭；而且在上了黑漆的箭囊里插着二十来支箭，这我至今还清清楚楚地记得。

我做梦也想不到那个汉子会落到这么个下场，人生诚然是如过眼浮云。哎呀呀，我简直不知道怎么说才好，多么可怜！

捕役[1]答典史问

我抓到的那个人吗？他确实是个臭名昭著的强盗，名叫多襄

1 日本古代对一些犯人予以免除徒刑，利用他们来追捕罪犯。

丸。不过我逮他的时候，他正在粟田口的石桥上嗯嗯地呻吟着呢，大概是从马上摔下来的吧。时间吗？是昨天晚上初更光景。上回我差点儿捉住了他，被他逃掉了。那一回他穿的也是藏青短褂，腰里插着大刀。您瞧，如今他除了刀以外，还带着弓箭呢。啊？原来那个被害的人携带的也是这些……那么杀人的无疑就是这个多襄丸了。缠着皮的弓，黑漆的箭囊，鹰翎的箭十七支——这都是那个被害人随身带的吧。对，正如您说的，马也正是那匹剃光了鬃毛的桃花马。准是因果报应，被这畜生甩下来啦。它就在石桥过去一点的地方，拖着长长的缰绳，在吃路旁的青芒呢。

在洛中出没的强盗当中，多襄丸这家伙也是个好色之徒。去年秋天，有个好像是来进香的妇女和丫头一道在鸟部寺宝头卢的后山被杀，据说就是这家伙干的。男的被他杀了，骑桃花马的那个女人也不知道给带到什么地方去，后来怎样了呢。也许我不该多嘴，这一点也请您调查一下吧。

老媪答典史问

没错儿，这就是我闺女嫁的那个男人的尸体。他不是京城的人，是若狭国府的武士。名字叫金泽武弘，二十六岁。不，他性情温和，绝不会招人忌恨的。

女儿吗？女儿叫真砂，今年十九岁。她性格刚强，几乎赛过男子。除了武弘以外，她不曾跟别的男人好过。小小的瓜子儿脸，肤色微黑，左眼角上有颗痣。

武弘昨天跟我女儿一道动身到若狭去，竟出了这样的事，真不知前世造了什么孽！女婿已然这样，也只好认命了，可我女儿怎样了呢？真把我急坏了。我这苦老婆子求求您啦，一辈子也忘不了您，哪怕上天入地，也恳求您务必找到女儿的下落。不管怎么说，可恨的是那个叫作什么多襄丸的强盗。他不但害了我女婿，连我女儿也……（老媪泣不成声）

多襄丸的供词

那个男人是我杀死的，可我没杀女的。她到哪儿去啦？这我可不知道。喏，慢着。再怎么拷问，不知道的也说不出来呀！而且事到如今，我不打算卑鄙地隐瞒什么了。

昨天刚过晌午，我碰见了那对夫妇。那时候碰巧刮了一阵风，撩起了那女人长长垂下的面纱，我瞅见了她的脸。可一眨眼的工夫，就又看不见了。一方面也是由于这个缘故吧，我只觉得那个女人长得像菩萨一样标致。我一时打定了主意，即使杀了那个男的，也非把女的抢到手不可。

咳，杀死个把男人，并不是像你们想的那样了不起的事。要抢女人，男人横竖是要给杀死的，只不过我杀人是用腰间佩的大刀，而你们杀人不用刀，单凭权力，凭金钱，往往还仅仅凭了那张伪善的嘴巴就够了。不错，血是不会流的，人还活得好好的——然而还是给杀了。想想有多么罪孽呀！谁知道究竟是你们坏还是我坏呢？（嘲讽的微笑）

不过，要是能够不杀男人就把女人抢到手，倒也没什么不好。哦，那时候原是想尽量避免杀男人而把女人抢到手。但在那山科的驿路上，说什么也办不到，所以我就想方设法把那对夫妇引到山里去。

这也不费什么事。我跟那对夫妇搭伴着走，跟他们说，对面山上有个古冢，我一挖，挖出了许许多多镜子和大刀，我悄悄地给埋在山后的竹林里了。谁要是想买，随便哪样，出几个钱就成。——那个男的听了我这话，不知不觉地动了心。——您瞧，贪欲有多么可怕啊。不到半个时辰，那对夫妇就跟我一道走上了山路。

到了竹林前面我就说，宝贝埋在这里呢，来看吧。男的利欲熏心，自然同意。可是那个女人连马都没下，说是就在那儿等着。看到竹林那么密，也就难怪她会这么说了。说实在的，这正合我意，就把女人留在那儿，跟男的一块儿走进了竹林。

竹林里起初净是竹子。走了十六七丈，才是一簇疏疏朗朗的杉树。——为了达到我的目的，没有比这地方更便当的了。我扒开竹枝，撒了个听起来好像很有道理的谎，说宝贝就埋在杉树底下。听我这么一说，男的就拼命朝着透过竹叶已经能够看到细小杉树的那个方向走去。这当儿竹子稀疏起来，并立着好几棵杉树——刚走到这儿，我就马上把对方按倒。那人不愧是个佩刀的，好像相当有力气；无奈我给他个措手不及，他怎么也招架不住，马上就给捆到一棵杉树脚下了。绳子吗？这是做贼的妙处，随时得翻墙越壁，所以腰间早就准备好了。当然，为了不让他喊出声来，就用竹子的落叶堵上他的嘴，此外就没什么麻烦了。

我把男的安排停当后，就又到女人那里去说，那个男的好像得了急病，要她快去看看。不用说，这一次也达到了目的。女的已经摘掉那个垂着面纱的市女笠，就那样被我拉着手走到竹林深处来了。到这儿一看，男的给捆在杉树脚上呢——女人一看到这幅情景，不知什么工夫从怀里掏出了小刀，闪亮亮地拔出了鞘。我从来还没见过那么烈性子的女人呢。这当儿只要稍微一大意，就会被她一刀戳破了肚皮。不，即使躲过了这一下，在她的乱刀下面，指不定会受什么样的伤呢。我毕竟是多襄丸啊，好歹连大刀也没拔，到底把她的小刀打落了。再怎么刚强的女人，没有了武器也就没办法了。我终于照原来想的那样，不杀害男人，就把女人弄到了手。

不杀害男人——是的，只要把女人弄到手，我并不曾打算要男人的命。可是正当我丢下伏在地上哭泣的女人，往竹林外头逃去的时候，那个女人突然像疯子一样抓住了我的胳膊，而且她断断续续地喊道：你也罢，我丈夫也罢，你们之间总得死一个。在两个男人面前丢丑，比死还痛苦。后来还气喘吁吁地说，不管是你们哪个活下来，我就情愿跟他。这时我猛地对那个男人动了杀机。（阴郁的兴奋）

我这么一说，你们一定会认为我比你们还要残酷。那是因为你们不曾看见那个女人的脸，尤其是一瞬间她那烈火般的眸子。我和这个女人眼光相遇时，心想就是天打雷劈，也要把她娶到手。我只有娶她为妻这么一个念头。这不是像你们所想象的那种下流的色欲。假若当时除了色欲之外什么愿望也没有，我就是把女人踢倒了，也非逃跑不可。这样，我的大刀也就不至于沾上男人的血了。

但是我在阴暗的竹林中定睛看了看女人的脸。当时我就打定主意，不杀死男人，绝不离开这里。

但是杀男人嘛，我也不想用卑鄙的手段。我给他松了绑，要求跟他用大刀来决斗。（丢在杉树脚下的绳子，就是那时忘了扔掉的。）那个男人依然煞白着脸，马上把大刀拔出了鞘。一眨眼的工夫，一声不响气冲冲地向我扑来。——交手的结果怎样，那就不用多说了。第二十三个回合，我的大刀把对方的胸膛刺透了。请不要忘记——是第二十三个回合啊。直到现在，我对他这一点还是佩服的。因为他是天下唯一和我交手到二十回合以上的。（快活的微笑）

男人刚一倒下，我就提着血淋淋的大刀，回头去看女人。可哪里想到，女人已经无影无踪了。她逃到哪儿去了呢？我在那簇杉树中找了找，可是竹子的落叶上，连点可疑的痕迹也没有。竖起耳朵听了听，只传来了男子喉间发出的断气声。

也许我刚开始抢刀的时候，那个女人为了呼救，就钻出竹林逃跑了。——想到这里，这下子我为了保全自己的性命，就拿了大刀和弓箭，立即又回到原来的山路上去。女人的马还在那儿静静地吃草呢。以后的事情就用不着去说了。只是在进京之前，我已经把大刀卖掉了。——我的口供完啦。我这颗脑袋总有挂在苦楝树[1]梢上的一天，请处我以极刑吧。（气概昂然）

1 日本古代在牢狱门口植以苦楝树，以便将犯人枭首示众。

来到清水寺的女人的忏悔

那个穿戴青短褂的人把我污辱以后，就瞧着我那被绑起来的丈夫嘲笑起来，我丈夫该是多么气愤啊。可他不管怎么挣扎，浑身绑着的绳子只是越勒越紧。我不由得滚也似的跑到丈夫身边去——不，是想要跑过去。可是那个人马上一脚把我踢倒了。就在这当儿，我觉察到丈夫眼里有一种难以形容的光。难以形容的——直到现在，我一想起他那眼神还不禁发抖。丈夫一句话也说不出来，在这一刹那间，用眼睛把他整个儿的心意传给我了。可闪烁在他眼睛里的，既不是愤怒也不是悲哀——只是蔑视我的冷冰冰的光呀！与其说是被那个人踢的，毋宁说是由于受了这眼光的刺激，我不由得喊了一句什么，就终于昏倒了。

后来我总算恢复了知觉。一看，那个穿藏青短褂的人已经不知去向。只剩下我丈夫被绑在杉树脚下。我从落满竹叶的地上勉勉强强撑起身来，看了看丈夫的脸。但是丈夫的眼神跟方才丝毫没有两样。在冷冰冰的轻蔑之下，蕴藏着憎恶的光。羞耻，悲哀，愤怒——简直不知道怎么形容当时我心里的感觉才好。我摇摇晃晃地站起来，走到丈夫身边。

“你呀，事情已经是这样了，我再也不能跟你在一块儿啦。我打算一死了之。可是……可是请你也死掉。你看到了我的耻辱，我不能让你一个人就这样活下去。”

我拼命地说了这么几句。然而丈夫只是厌恶地盯着我。我按捺住几乎要破裂的胸膛，搜寻丈夫的大刀。大概是给强盗抢去了，大刀自不用说，竹丛里连弓箭也没有了。可是幸亏小刀还掉在我脚底下。我举起小刀，又对丈夫说了一遍："那么，请允许我先要了你的命，我随后就来。"

丈夫听了我这话，好容易才动了动嘴唇。他嘴里塞满了竹子的落叶，声音当然是一点儿也听不见的。但是我一看见他的嘴动，马上就明白了他在说什么。他依然对我抱着轻蔑的态度，说了句："杀吧。"我几乎像做梦一般朝着丈夫那穿着淡蓝色短褂的胸口"噗哧"一声把小刀戳了进去。

我这时大概又昏过去了。好歹恢复知觉后，四下里打量了一下，丈夫仍旧绑在那里，早已咽了气。透过交错的竹杉，一道夕阳从天空里射到他那苍白的脸上。我忍着哭声，给尸体松了绑。于是……于是我怎样了呢？唯独这一点，我已经没有力气来说明了。横竖我怎样也没有能耐去死。把小刀往喉咙里戳也罢，投身到山脚下的池子里也罢，种种办法都试过了，可就是死不了。现在还这么活着，这也不是什么光彩的事。（淡淡的惨笑）像我这样没有骨气的人，说不定连大慈大悲的观音菩萨也不屑看一眼了。可是，杀了丈夫的我，被强盗糟蹋了的我，究竟该怎么办才好呢？我究竟……我……（突然激烈地抽搭）

鬼魂借巫女之口所说的话

——强盗奸污完了我的妻子，就在那儿坐下来，用种种话来安慰她。我当然说不出话来，身子也给绑在杉树脚下，可是我多次给妻子使眼色，想暗示她，不要把这个人的话信以为真。要知道，不管他说什么都是一派谎言。可是我妻子沮丧地坐在竹子的落叶上，一个劲儿地望着自己的膝头。怎么看也像是在专心听强盗的话哪。我嫉妒得浑身发抖，可是强盗花言巧语地变着法儿讲下去，最后竟大胆地说出了这样的话：即便就被糟蹋这么一回，跟丈夫也很难再圆满相处了。与其跟这样的丈夫过下去，你有没有做我的妻子的打算呢？我正因为疼你，才干出了这样一桩无法无天的事来。

听强盗这么一说，妻子竟然就心荡神驰地仰起脸来。我还从来没看到妻子像那个时刻那么美丽过。可是那个美丽的妻子，当着像这样被绑起来的我的面，怎么回答了强盗呢？尽管魂游冥世，每逢想起妻子的回答，就怒火中烧。妻子确实是这样说的："那么，请你随便把我带到哪儿去吧。"（沉默良久）

妻子的罪过，还不止于此。要仅仅是这样，我也不至于在冥冥之中这么痛苦了。可是妻子犹如做梦一般被强盗牵着手往竹林外面走去的当儿，脸色忽然变得刷白，指着杉树脚下的我，像发疯了般地喊了好几遍："请你把那个人杀掉。只要他活着，我就不能跟你在一块儿。""请你把那个人杀掉。"——这句话像一股狂风，即使现在也好像要把我头朝下刮落到遥远、黑暗的深渊底下去。哪怕是一次，难道人的嘴巴曾吐出过这样可憎恶的话吗？哪怕是一次，难道人的耳朵曾听到过这样可诅咒的话吗？哪怕是一次，难道……（突然一阵冷笑）听了这话，连强盗也煞白了脸。"请你把那个人杀掉。"——妻子边这么喊着，边拉住强盗的胳膊。强盗定睛看着我的妻子，不说杀也不说不杀……我刚这么一想，妻子一脚就给踢倒在竹子的落叶上了。（又迸发出一阵冷笑）强盗安详地交抱起胳膊，向我看了看："那个女人你打算怎么处置？是杀掉，还是饶她一条命？点一下头吧：杀掉吗？"——单凭这句话，我就想赦免强盗的罪孽。（再度沉默良久）

趁着我迟疑的工夫，妻子喊叫了一句什么，立即逃到竹林深处去了。强盗马上扑奔过去，可是好像连袖子也没抓着。我仿佛是在梦幻中看到了这幅情景。

妻子逃掉以后，强盗夺过我的大刀弓箭，把我身上绑的绳子割断一处。我记得强盗消失到竹林外面的时候，喃喃地说了句："这回该轮到我了。"以后，周围寂静下来。不，还有什么人的哭声哩。我一边解开绳子，一边侧耳细听。哦，这不是我自己的哭声吗？（第三次沉默良久）

我很吃力地从杉树脚下抬起我那精疲力竭的身子。妻子落下的小刀就在我跟前闪着光。我把它拿在手里，朝着胸口一戳。一块带腥味的玩意儿涌到嘴里来。我丝毫不觉得痛苦，只是胸口凉了以后，四下里越发寂然无声。哎呀，多么凄凉啊！连只小鸟也不飞到这山后的竹林上空来啁啾，唯有几抹阳光寂寥地飘在竹子和杉树梢头。就连这阳光也逐渐暗淡下来，杉竹都再也看不见了。我倒在那儿，笼罩在深沉的静穆之中。

这当儿有谁蹑手蹑脚地走到我身边来了。我想掉过头去看一看，但是不知什么时候我周围已经昏暗下来了。什么人——不知是谁，用看不见的手悄悄地拔掉了我胸口上的小刀。同时，鲜血又涌到我嘴里来。从此，我就永远沉沦在冥世的黑暗中了。……

地狱变[1]

文洁若 译

一

堀川的侯爷这样的人物，恐怕是前不见古人，后不见来者。风闻他出生前，太夫人曾梦见大威德明王[2]站在自己的枕边有所启示。反正生来就好像与众不同。侯爷所作所为，无不出人意表。简而言之，瞻仰了堀川府邸的规模，说它宏伟也罢，豪壮也罢，似乎有我们这些凡人无论如何难以想象的气势磅礴之处。亦有纷纷加以谴责者，把侯爷的品行与秦始皇和隋炀帝相比。那不啻是谚语所说的盲人摸象吧。按侯爷的本意，绝不主张只顾谋求个人的荣华富贵。有着体察下层诸事，说得上是与天下人同乐的宽宏大量。

1 地狱变是地狱变相的略称，指亡灵在地狱里受苦的光景。变相为佛语。

2 佛教五大明王之一。

因此，即使遇到二条大宫[1]的百鬼夜行，侯爷大概也不会格外耿耿于怀。东三条的河原院以模仿陆奥盐釜的风光而闻名。据说左大臣融[2]的亡灵夜夜出现。只要侯爷予以申斥，就连此亡灵也必定失去踪影。由于他威风八面，也难怪当时京师男女老少，一提到这位侯爷，将他完全当作佛陀转生，无不肃然起敬。一次，侯爷出席大内的梅花宴后打道回府，途中，拉车的牛脱了缰，撞伤了一位过路的老人。那老人竟双手合十，庆幸自己被侯爷的牛撞了。

由于这种情况，侯爷此生流传后世的话题不一而足。有一次宴请宾客，仅白马侯爷就赏赐了三十四。他曾把所宠爱的侍童，作为长良桥的桥柱予以活埋。他还叫秉承华佗医术的震旦僧侣为他腿上生的疮开刀——诸如此类的逸事，简直不胜枚举。众多逸事中，最可怕的一桩莫过于如今已成为府邸里的珍宝的“地狱变”屏风之由来了。甚至平日轻易不动声色的侯爷，唯独那时似乎也不禁震惊了。何况随侍左右的我辈，只觉得魂飞魄散，这就不消说啦。其中尤以我而言，侍候侯爷二十年来，从未见过如此惨烈之事。

然而，讲这个故事之前，有必要先交代一下那位画了地狱变屏风、叫作良秀的画师之事迹。

1　在京都市中京区。

2　融（822—895），嵯峨天皇之子，赐姓源，成为公卿。其府邸叫河原院，位于京都六条坊门以南，万里小路以东。院内仿松岛盐釜的景致，营造了庭园。每天运来海水，放在釜内烧，含盐蒸气升起，形成一景。源融因皇位问题被杀，据说从此夜间常闹鬼。

二

提起良秀，至今也许还有人记得他。他是个闻名遐迩的画师，以至于那时有执画笔者无一胜得过良秀的说法。发生那档子事的时候，他恐怕已年届五十。他貌不惊人，身材矮小，瘦得皮包骨，像是个心术不正的老者。而他前往侯爷府邸之际，通常穿一件淡红透黄的礼服，头戴黑漆软帽，形容猥琐之至。不知怎的，嘴唇红得显眼，与老人不般配，令人不快，觉得实在像头野兽。有人说，那是由于舔画笔，沾上了红色颜料。很难说到底是怎么回事。不过，个别嘴更损的人，说良秀的举止动作像猴子，甚至给他起了个外号叫“猴秀”。

说起“猴秀”还有这么一段故事。那时，良秀那个年方十五的独生女在侯爷府上当小侍女。她跟父亲一点儿也不像，是个妩媚可爱的姑娘。而且可能是由于年幼丧母，她小小年纪就懂事，聪明伶俐，善解人意。太夫人以及其他侍女似乎都疼爱她。

一次，有人从丹波国[1]献上一只驯化了的猴子。正值淘气年龄的小公子给它起名“良秀”。它的模样本来就滑稽，又有了这么个名字，所以府邸里的人没有不乐的。光是逗乐倒也罢了，大家半开玩笑地起哄说：哎呀，它爬上了院子里的松树，哎呀，它弄脏了屋子里的铺席，每次都大声呼叫“良秀，良秀”，反正就是想要捉弄它。

1　日本旧地名，大部分划入现在的京都府，一部分属于兵库县。

一天，前文提到过的良秀的女儿拿着系有一封信的红梅花枝走过长廊。小猴儿良秀大概扭伤了脚，没有劲头像往日那样蹿上廊柱了，从远处拉门那边一瘸一拐地拼命逃过来。小公子边喊“偷蜜柑的贼，站住！站住”边抡起一根树枝追赶。良秀的女儿见了，好像迟疑了一下。这当儿，逃到跟前的小猴儿拽住她的裙裤下摆，哀叫不休。她大概突然抑制不住恻隐之心，一手举着梅枝，一手把衬以淡紫色里子的紫色长袖轻轻一甩，温存地抱起猴儿，向小公子弯了弯腰，用清脆的声音说：“恕我冒昧地奉告，它是畜生。请您高抬贵手吧。”

可是，小公子是负气追来的，就沉下了脸，跺了两三下脚：

“你干吗偏袒。这猴儿是偷蜜柑的贼。”

“它是畜生嘛……”

姑娘重复了一遍，旋即面泛一丝凄笑，豁出去了般地说：

“而且，良秀长良秀短地挂在嘴上，使我觉得好像我爹在受责打似的，不能冷眼旁观啊。”

这样一来甚至小公子恐怕也只得让步了。

“原来如此。既然是为父亲乞求饶命，那就宽恕它吧。”

小公子不得已丢下这么一句话，遂将树枝就地一扔，朝着原先穿过来的拉门那边径自回去了。

三

从此，良秀的女儿同这只小猴有了交情。姑娘把小姐所赐金铃用漂亮的深红绸带系起来挂在猴子的脖颈上。猴子无论遇到什么情况都轻易不离开姑娘身边。有一次，姑娘患感冒卧床，小猴就一动不动地端坐在她的枕边，似乎面泛戚色，连连啃自己的爪子。

在这种情况下，说也蹊跷，再也没有人像从前那样欺负小猴了。可不，人们反而渐渐疼爱上它了。到头来连小公子也时常抛给它柿子啦，栗子啦。岂但如此，据说某武士踹这只猴子一脚之际，小公子大发雷霆。之后，侯爷可能是由于风闻小公子动怒，这才特地召良秀的女儿抱着猴子到自己跟前来。估计姑娘疼猴子的来由也就势儿自自然然地传到他耳里。

"孝心可嘉。予以褒奖。"

按照这般旨意，侯爷当时赏赐给姑娘一件红色衵衣[1]作为奖励。然而，据说猴子看样儿学样儿毕恭毕敬地捧起这件衵衣拜领，致使侯爷格外高兴。所以，侯爷偏爱良秀的女儿，完全是出于赞赏她爱护猴子的孝顺恩爱之情，绝非世间说三道四的那样系好色所使然。当然，此等流言蜚语亦在所难免，且待以后慢慢诉说。此处只陈述一点即足矣：对方再美貌也充其量是一介画师之女，侯爷不是那种会倾心于她的人。

且说良秀的女儿露了脸，从侯爷跟前退下来。她本来就是个伶

1　衵衣也作袙衣，本系中国古字，训作里衣。

俐的女孩，因而也未引起其他粗俗的女侍们的嫉妒。从此，她反而跟猴子一道动辄受到疼爱，尤其可以说是不曾离开过小姐左右。小姐乘车外出游览，一向少不了由她随从。

不过，暂且撂下女儿的事，下面再谈谈父亲良秀。诚然，尽管猴子像这样不久就博得了大家的欢心，关键的良秀照旧遭到众人的嫌弃，背地里仍被贬作猴秀。而且不仅是在府邸里。说实在的，一提到良秀，就连横川[1]的僧都[2]也憎恨得脸色都变了，仿佛遇到魔障似的。（话虽如此，有人说这是由于良秀画过僧都行径的谐谑画。毕竟是庶民的风言风语，无从证实。）总之，不论去问什么人，他的名声都不好，一概是这种调子。倘若有不说坏话者，清一色统统是两三位画师伙伴啦，要么就是只知其画而不知其人者。

然而，良秀确实不仅外貌丑陋，还有更令人厌恶的坏习气，因此只能归之于完全是咎由自取，别无他法。

四

他的习气就是吝啬、贪婪、恬不知耻、懒惰、唯利是图——唉。其中特别过分的是霸道、傲慢，总炫耀自己是本朝第一画师。倘若只在画道上倒也罢了，然而此人较起劲儿来，甚至将世俗啦，常规啦，非完全蔑视不可。给良秀做过多年弟子的人说，有一天，

1 日本比睿山延历寺三塔之一。
2 日本僧官的一个级别，其地位仅次于僧正（最高僧官）。

在某望族的府邸里，大名鼎鼎的桧垣女巫[1]神灵附体，宣示了可畏的神谕。这当儿，他却充耳不闻，用现成的笔墨仔细画下女巫那副可怕的容貌。多半在他眼里，什么神灵附体只不过是骗娃娃的把戏罢了。

由于他是这么个人，画吉祥天神[2]时，就把卑贱的妓女的脸画上去；画不动明神[3]时，则描绘流里流气的差役[4]形象。不乏形形色色亵渎之举。尽管如此，责备他本人时，竟若无其事地扬言："良秀所画的神佛，会对良秀施以冥罚，那才是奇闻呢！"这下子甚至弟子们也惊讶到极点，看来其中对未来心怀畏惧，赶紧告辞而去者亦不在少数。——姑且一言以蔽之，就称作万劫重叠吧。总之，他认为当时天下再也没有像自己这样伟大的人了。

因此，良秀的绘画达到了多么高造诣，就不必讲了。不过，就连他的画，无论运笔还是着色，都跟其他画师迥然不同。与他不对劲儿的那帮绘师圈子里，好像有不少关于他是骗子云云的评语。据这些人说，凡是川成[5]啦，金冈[6]啦，以及其他古代名匠笔下之物，都有美好的传说，比如画在板门上的梅花，每逢有月光的夜晚就会发出清香；画在屏风上的公卿吹笛图，笛声悠扬可闻。但是，轮到良秀的画，总是只能风传令人不愉快的奇怪的议论。例如，据说该

---

1 女巫是古代日本的祀神未婚女子。

2 古代印度宗教的女神，伴有睡莲。

3 佛教里降伏一切恶魔之神。

4 原文作放免，指典史（原文作检非违使）厅最下级的差役。此词原意是释放（嫌疑犯或刑满者）。由于往往利用刑满出狱者担任此职，故名。

5 即百济川成（782—853），日本平安时代初期画家。

6 即巨势金冈，日本平安时代的宫廷画师。

人在龙盖寺的寺门上画了五趣[1]生死图。深夜从大门下面走过，能听到天女唉声叹气和啜泣的声音。岂但如此，还有人说是闻到了尸体腐烂下去的臭气。又说，后来他奉侯爷之命画了侍女肖像画[2]，偏偏是入画的人，不出三年，个个像是患上失魂病似的死去。用贬评者的话来说，此乃良秀之话堕入邪道的铁证。

然而，如前面所述，良秀是个刚愎自用的人，反倒非常以此自豪。有一次侯爷戏言："看来你这家伙总是喜欢丑恶的东西。"他用不似这把岁数的朱唇令人作呕地呆笑着，狂妄地回答说："正是这样。平庸的画师总的说来无从理解丑物之美。"尽管是本朝首屈一指的画师，竟然胆敢在侯爷跟前如此大言不惭。难怪方才引作见证人的那个弟子，背地里给师父起了个外号叫"智罗永寿"，指责其傲慢。看官大概晓得，"智罗永寿"乃是往昔从震旦渡来的天狗[3]的名字。

然而，就连良秀——就连这个不可名状、邪恶刁横的良秀也富于人性，情有独钟。

1　按佛教，五趣指天上、人间、地狱、畜生、饿鬼。人死后，根据生前善恶，分别被送往这五个地方。

2　原文作"似绘"，流行于镰仓时代（1185—1333）的肖像画，侧重写生、记录。流传于世的有藤原隆信的《平重盛像》《源赖朝像》等。

3　天狗是一种想象的妖怪，有翼，脸红鼻高，身居山中，神通广大。此处指自吹自擂的人。

五

这样说，是由于良秀简直发疯般疼爱他那做侍女的独生女儿。如前所述，姑娘性情非常温和，孝顺爹。而该人对女儿的溺爱有过之无不及。不论哪座寺院来化缘，他一概不施舍，反而对女儿的衣着啦，发饰啦，却毫不吝惜金钱，添购齐全，岂不是让人难以置信吗?

不过，良秀疼爱闺女，仅仅是疼爱而已，连做梦也没有考虑过不久就招个好女婿。那根本谈不到，倘若有人不识好歹，向姑娘求爱，他反倒恨不得纠集一帮街头的二流子，暗中对其大打出手。正因为如此，经侯爷关照，姑娘当上侍女的时候，做爹的极不满意。那阵子即使到了侯爷跟前，也总是哭丧着脸。风传侯爷倾心于姑娘之美貌，其父虽不同意，他还是硬收做侍女了。这样的谣言多半源于目睹此等情状者的随意推测。

不过，即使该谣传是一派胡言，由于舐犊情深，良秀一直祈望闺女被赐还给他，这乃是确实的。

有一次他奉侯爷之命画了一幅稚儿文殊[1]。他把侯爷所宠爱的侍童的脸画上去了，画得惟妙惟肖，侯爷无比满意，说了句难得的话："我奖赏给你想望之物。不必客气，尽管提。"于是，良秀正襟危坐，你道他说什么?他竟然大放厥词："请您务必辞退敝人的

1　文殊是梵文文殊师利音译的略称。意译"妙德""妙吉祥"等。佛教大乘菩萨之一，以智慧知名。稚儿作孩童解。师利与尸同音（均读作shili），故文殊被视为男子同性恋的始祖。

小女。”

倘若是旁的府邸倒也罢了，闺女已经在堀川侯爷身边服侍着了，再疼爱她，也不能如此冒冒失失地辞工呀，哪一国[1]也不兴这么做。对此，宽宏大量的侯爷也显得不大高兴了。他默默地瞧了一会儿良秀的脸，少顷，啐也似的说了句：“那可办不到！”匆匆忙忙扬长而去。

这类事先后有过四五次吧。如今回想起来，侯爷打量良秀的眼神好像越来越冷淡了。至于女儿这方面呢，恐怕也因为每每挂念父亲的处境之故，回到侍女房中的时候，常咬着衫袖抽抽搭搭地哭。所以侯爷恋慕良秀的女儿等谣言就越发广泛地传播开来。其中还有人说，实际上由于姑娘拒不依从侯爷的旨意才是地狱变屏风之缘起。然而，按说根本不可能有这种事。

以我辈的眼光来看，侯爷之所以不肯放良秀的闺女出府，似乎纯粹是由于怜悯姑娘的境遇，宽厚地认为，与其将她打发到如此顽固的父亲身边，不如让她留在府里，过充裕的生活。毫无疑问，侯爷当然偏袒那个性情温和的姑娘。不过，好色这种说法估计是牵强附会。不，更宜说是没影儿的瞎话。

此事且搁置一旁。就这样，由于闺女的事，良秀愈益不受待见了。这时，不晓得是出于什么打算，侯爷突然召唤良秀，吩咐他画地狱变的屏风。

1　国是日本明治维新（1868）之前的行政区划名（由几个郡组成，大者相当于现在的县）。

六

一提到地狱变的屏风，我就觉得画面上的恐怖景象已经历历浮现在眼前了。

同是地狱变，良秀所画的与其他画师之作相比，首先画面布局就不一样。在第一扇屏风的角落画着十王[1]及随从们的小小身姿，此外就是一片可怖的熊熊烈火，打漩儿翻腾着，简直连剑山刀树都能给熔化了。所以，除了冥官们所穿唐装式样的衣服稀稀拉拉地以黄色或蓝色作为点缀外，到处布满猛烈的火焰之色。其中，宛若卍字形飞墨的黑烟和扬撒金粉掀起的火星儿在狂舞。

单凭这一点，那笔势就令人望而非常惊异。再加以被地狱之火烧得翻滚受苦的罪人，几乎没有一个是通常出现在地狱图中者。何以会这样呢？要知道，良秀笔下的众多罪人中，上自公卿贵族，下至乞丐贱民，把一切身份的人全都临摹下来了。身着朝服、威风凛凛的殿上人[2]，在外衣里面衬了五件夹衣[3]的娇媚愣头儿青女官，挂着念珠的念佛僧，脚蹬高齿木屐的侍从学子，穿着长服的童女，擎

1　十王即十殿阎王。阎王一语，来源于梵文，音译是焰摩罗王，或叫阎罗。印度古神之一。原意为“地狱的统治者”或“幽冥界之王”，谓能判人生前之罪，加以赏罚。中国佛教唐末始有“十王”的传说。分居地府十殿，故名。阎罗王排在第五位。后道教也沿用此说。

2　殿上人指五位以上公卿及六位的藏人，他们有资格上皇宫中的清凉殿、紫宸殿，故名。位是日本朝廷诸臣地位高低的标志，从一位到八位共三十级，各有正、从之分，四位以下又有上、下之分。

3　原文作五衣，是旧时日本显贵妇女的盛装。在单衣外面穿上套在一起的五件夹衣，再罩以外衣。

起币帛的阴阳师——倘若一一数下去，大概是没有止境的。总之，形形色色的人在火与烟的翻卷里，备受牛头马面的狱卒的折磨，犹如大风吹散的落叶，纷纷迷茫地逃向四面八方。一个女子头发被钢叉绞住，手脚比蜘蛛还要蜷缩得紧，兴许是神巫之类吧。一个男子被长矛刺透了胸膛，像蝙蝠似的倒悬着。肯定是没有年功的地方长官。另外，有遭到铁笞击打的，有被压在千人才拖得动的磐石之下的，有被怪鸟的巨喙啄噬的，有被毒龙叼在颚间的——根据罪人数目，惩罚五花八门，不知凡几。

然而，其中最令人触目惊心的莫过于一辆牛车，它掠过野兽獠牙般的刀树尖儿（刀树梢头尸体累累，均被刺穿），从半空中落下。牛车的帘子被地狱之风刮得掀了起来。里面有一位女官，衣着极华丽，简直会被当成女御、更衣[1]。等身长的黑发在火焰中披散开来，白皙的脖颈往后挺，痛苦地挣扎着。女官的形象也罢，火势依然很旺的牛车也罢，无不使人联想炎热如灼的地狱之酷刑。可以说，宽阔的画面上的恐怖都集中在这个人物身上了。画得如此出神入化，观看它的人自然而然会觉得凄厉的号叫声传入了耳底。

啊，可不是嘛。正是为了画这个场面，才发生了那起骇人的事件。话又说回来了，要不然良秀又怎能那般活灵活现地画出地狱苦难呢。画师完成了这扇屏风上的画，却落个甚至命都丧了的悲惨下场。画中的地狱说得上是本朝首屈一指的画师良秀本人不知几时将下的地狱。……

1　妃嫔中地位最高的是女御，其次为更衣，皆侍寝。女御的爵位是三位，更衣是四位。

我太急于讲那扇弥足珍贵的地狱图屏风的事，或许竟把故事的次序给颠倒了。不过，现在就转话题，继续讲奉侯爷之命画地狱图的良秀吧。

七

那之后五六个月的期间，良秀根本没到府邸上去，专心致志地在屏风上作画。他那么疼爱女儿，可一旦画起画儿来，说是连女儿的脸都无意看了，岂不是不可思议吗？据方才提到过的那个弟子说，此人好像一着手工作就被狐狸迷了心窍。唉，确实是这样。当时谣传，良秀在画道上成名，有人说是由于他向福德大神[1]许过愿。证据是，良秀作画的时候，有人曾暗地里窥视，确实看到了阴森森的狐狸精，而且不止一只，而是前后左右围了一群。既然到了这个程度。一旦拿起画笔来，除了完成那幅画，其他的就什么都忘在脑后了。黑间白日，他蛰居一室，连阳光都轻易见不到。——尤其是画这扇地狱变屏风的时候，好像要多入迷有多入迷。

那个人在就连白天也撂下窗板[2]的屋子里，要么借着高脚油灯的光，调和密传的颜料，要么就让弟子们穿上公卿的常用礼啦，高官的便服啦，打扮成各种样子，他把每个人的身影一丝不苟地临摹下

1　福德是佛教语，指善行以及由此获得之福利。12世纪上半叶编成的日本古典文学名著《今昔物语》第一卷有云："舍利弗兼备大智与福德，最宜在国内供养。"舍利弗在释迦十大弟子中称智慧第一。

2　日本古式建筑的一种带格子的板窗，用以遮蔽阳光，挡风雨。除非刮风下雨，白天通常吊起。

来。——传说的可不是诸如此类的事。倘若是这般怪事，即使没画地狱变屏风，只要是正在作画，他随时都做得出。哦，就拿画龙盖寺的五趣生死图的时候来说吧。他曾从容不迫地坐到街头的尸体跟前——如果是正常人的话，路过时会故意把视线移开——将那半腐烂的脸和四肢，连头发都一根根分毫不差地临摹下来。那么，他究竟是怎样着迷得忘乎所以的呢，恐怕有些人还是不了解吧。现在没有工夫详细诉说，只将主要的事儿讲给看官听。大致是这样的。

良秀的弟子之一（还是前面提到过的那个人）有一天正在化开颜料，师父忽然走过来说："我想睡会儿午觉，可是近来净做噩梦。"这不是什么稀奇的事儿，弟子连手都没停下来，只是敷衍了一声："是吗？"

然而良秀不同寻常地面泛寂寥之色，语调客气地央求道："因此，我睡午觉的当儿，想请你一直坐在我的枕边，你看行吗？"

师父一反常态，竟然对梦什么的也介意起来，弟子感到纳闷儿，但此事不费吹灰之力，就说："好的。"

师父好像依然放心不下，迟迟疑疑地嘱咐道："那么，马上到里屋来吧。当然，回头要是旁的弟子来了，可不能放进我睡觉的地方。"

里屋就是那个人作画的房间。此日也和夜晚一样，屋门紧闭，当中间儿点着昏暗的灯，四周竖立着一圈儿屏风，上面用炭笔只勾画了草图。且说良秀一来到这里，就枕着胳膊，仿佛是个精疲力竭的人似的，酣然入睡。但是不到半个时辰，难以形容、令人毛骨悚然的声音开始传入坐在枕畔的弟子耳里。

八

开头儿仅只是声音而已，过了一会儿，逐渐变成断断续续的话语，好比是濒于溺死者在水里的呻吟，说出这样的话：

“什么，说是让我来。——到哪儿——到哪儿来呀？到地狱来。到炎热如灼的地狱来。——谁呀？说这话的你是？你是谁呀——我只当是谁呢。”

弟子不禁停下了正在把颜料化开的手，战战兢兢地迎着灯光窥视师父的脸。他遍布皱纹的脸煞白了，还渗出大粒的汗珠，嘴唇干裂。牙齿稀疏的嘴，喘气一般张开得老大。而且，那嘴里有个东西晃动得令人眼花缭乱，疑似系了根线什么的，拽来拽去。据说是那个人的舌头哩。断断续续的话语原来发自这舌头。

“只当是谁呢——嘿，原来是你呀。我也料想是你来着。什么，迎接我来了？所以就来吧。到地狱来吧。地狱里——我闺女在等着呢。”

据说当时弟子直觉得恶心，以致朦朦胧胧、奇形怪状的阴影掠过屏风面儿一簇簇滚落下来的情景仿佛映入眼帘。不待言，弟子立即伸手按住良秀，竭尽全力摇撼他。可是师父依然似睡非睡地喃喃自语，看光景轻易醒不过来。于是弟子毅然决然将旁边那洗笔的水哗啦地泼到那人的脸上。

“等待着哪，乘这辆车来吧——乘这辆车到地狱里来吧——”话音未落，变成喉咙被勒住般的呻吟声，良秀这才好不容易睁开眼睛，比挨针扎还要慌张地冷不防一跃而起。梦中的魑魅魍魉大概仍留在眼帘里，挥之不去。他眼里一时透露出恐惧的神色，仍旧张大了嘴，凝望天空。不久，好像苏醒过来了，这会子非常冷淡地吩咐道：“已经行了，到那边去吧。”

这种时候倘若违抗，总会大受叱责，所以弟子急忙从师父屋里走了出去。他说什么乍一看到外边依然明亮的阳光，就觉得自己简直像是从噩梦醒过来似的，松了一口气。

然而，这还算是好的。过了一个月光景，另一个弟子又特地被召到里屋。良秀仍在昏暗的油灯光下叼着画笔。他猛地朝弟子转过身来说：“劳驾，再脱光一次衣服吧。”

以往，师父也动辄如此吩咐过，所以弟子赶紧脱得赤条条的。那个人把眉头皱得怪怪的，这么说：“我想观看被铁链箍住的人，真对不起，你就暂且听从我的摆布好不好。”

其实，他口气冷冰冰的，丝毫没有表示遗憾的样子。这位弟子本来就是个身体魁梧的后生，与其握画笔，似乎更适合拿大刀。看来此举毕竟使他感到震惊。事过境迁，只要一提及当时的情景，据说他就反复念叨：“我以为师父疯了，莫非是要杀我。”至于良秀呢，因为对方磨磨蹭蹭的，恐怕惹得他越来越焦急了。不晓得是打哪儿拿出来的，他哗啦哗啦地拖着一根细细的铁锁链儿，几乎以猛扑过去的势头骑到弟子的脊背上，不容分说就那样反剪其双臂，用锁链一道道缠起来。他还残忍地将锁链的一端用力一拽。这怎么受得了。弟子身体不支，把地板震得山响，咕咚一声横倒在那儿啦。

九

弟子此时的姿势，可谓像煞翻倒了的酒坛子。由于手脚被残忍地捆成一团，只有脖子还能动弹。长得又胖，浑身的血液被锁链勒得不流通，以致脸啦，腰部啦，皮肤啦，全都发红了。然而，良秀似乎对此并不大在意，他围着那酒坛子般的身体这儿那儿地边转边瞧，临摹了好几张相差不多的图。这期间，被捆绑的弟子身体何等剧痛，就无须特意诉说了。

不过，倘若什么事都没发生，这种痛苦恐怕还会延续下去。所幸（与其这么说，也许不如说是不幸更恰当些）少顷，从屋角的坛子后面细细地蜿蜒流出一条黑油般的东西。起初好像是黏糊糊的，慢腾腾地移动，滑得越来越轻快了，旋即闪着光，流到鼻子跟前来了。弟子一看，不禁倒吸了一口气，大叫道："蛇呀——蛇呀！"他说，登时觉得全身的血液都凝固了。敢情，蛇那冰凉的舌尖差一点儿就触到被锁链箍住的脖肉了。发生了这意外事故，良秀不论多么蛮不讲理，大概也吓了一跳。他慌忙扔下画笔，刹那间一弯腰，飞快地抓住蛇尾，把蛇倒吊起来。蛇被倒吊着，仍仰起脑袋，紧紧地卷起身子，然而无论如何也够不着那个人的手。

"可惜被你这家伙败坏了一笔。"

良秀感到窝心似的嘟囔，将蛇就那样丢进屋角的瓮里，然后才仿佛勉勉强强一般替弟子卸下了身上的锁链。那也只是卸下了而已，对当事的弟子连一句体恤话也不肯说。弟子挨蛇咬犹在其次，使他怒火填膺的多半是临摹之际败坏了一笔。——后来听说，这条蛇也是那个人特意饲养来供写生用的。

仅仅听了这些，就大致明白良秀是如何着迷得疯疯癫癫、有点令人生畏的情况了吧。然而最后还有一桩，这回是年方十三四的弟子，也沾了地狱变屏风的光，体验了恐怖，说起来差点儿把命搭进去。该弟子生来皮肤白皙，像个女人。有一天晚上，他被不动声色地招呼到师父屋里。良秀在灯台的光下，手心上托着怪腥臊的什么肉，正喂一只不常见的鸟。大概有普通的猫那么大。这么说来，不论是宛若耳朵那样向两侧翘出去的羽毛，还是又大又圆的琥珀色眼睛，看上去总觉得像猫。

十

良秀这个人历来最讨厌别人对自己做的任何事插嘴。方才讲的蛇什么的也是这样。他一概不告诉弟子们自己的屋子里有什么。因此，有时桌子上放着骷髅，有时排列着白银碗和莳绘[1]高座漆盘，要看当时作的是什么画，摆出许许多多意想不到的东西。然而，平素究竟将这样的物品收藏在何处，据云谁都不晓得。这恐怕也是良秀受到福德大神冥助这个谣传的起因之一吧。

于是，弟子一面独自思量，桌上的怪鸟一定是画地狱屏风所需之物，一面拘谨地凑到师父跟前毕恭毕敬地说："敢问有何吩咐？"良秀简直就像没听见似的，伸舌舔了舔红嘴唇，边说“怎么

1　莳绘是日本奈良时代（710—784）创始的一种漆法。在器具上刻图纹，着以金、银、铜、黄铜等粉（莳绘粉），再加工制成。

样，多驯熟啊”，边朝着鸟扬了扬下巴。

“这是什么玩意儿呀。我可从来没见过。”

弟子一边说一边觉得可怖似的盯着这长着耳朵、宛若一只猫的鸟儿。良秀则照旧以往常那嘲笑般的语气说：“什么，没见过？城市长大的人就是这样，不好办。这是两三天前鞍马[1]的猎人送给我的叫作猫头鹰的鸟。不过，这么驯熟的还不多。”

那个人这么说着，徐徐举起手，轻轻地从下而上抚摩刚好吃完食的猫头鹰脊背的羽毛。于是，就在这当儿，鸟突然尖锐、短促地叫了一声，转瞬间从桌上蹿起，挓挲着两爪，抽冷子朝弟子的脸扑去。倘非当时弟子慌忙扬袖遮脸，准已负伤一两处。弟子啊啊地喊叫着，甩袖欲轰之，猫头鹰却盛气凌人，张开嘴叫着，又是一次突袭——这时弟子已忘掉是在师父面前了，站起来防御，坐下去驱逐，不由得在狭窄的屋中四下里乱窜。怪鸟当然紧追不舍，时高时低地飞翔，只要有隙可乘，就朝着眼睛猛冲过来。翅膀每每吧嗒吧嗒扇出可怕的声响，诱发落叶气息啦，瀑布飞溅的水花啦，要么就是猴酒[2]馊味，诸如此类古怪氛围，就别提有多么瘆人啦。据说这个弟子曾讲，他甚至把幽暗的油灯火当成朦胧的月光了，心情不安，觉得师父的屋子就那样乃是远山深处妖气弥漫的峡谷。

然而，弟子感到可怕的并不只是被猫头鹰袭击这档子事。不，使他更加毛骨悚然的是师父良秀冷冰冰地瞧着这场混乱，慢条斯理地摊开纸，舔着笔，临摹像女子般的少年被怪鸟折磨的惨状。弟子

1 鞍马是日本京都市左京区的地名。

2 猴子贮存在枯树的空洞或岩石凹处的果实自然发酵酿成的酒状液体。

瞥了一眼这幅情景，立即感到难以言表的恐惧。他说，其实，一时甚至觉得自己的性命会断送在师父手下哩。

十一

其实不能说他被师父杀死的事绝对不会发生。真的，就连那个晚上特地召唤弟子前去，老实说似乎也是心怀诡计，唆使猫头鹰去啄弟子，他就好临摹弟子到处乱逃的模样儿了。所以，弟子刚看了一眼师父的神态，就不由自主地把脑袋藏在双袖里，连自个儿都不晓得惊叫的是什么，就那样蹲伏到屋角拉门跟前去了。这样一来，良秀也不知发出了些什么着慌般的声音，有站起来了的动静。转瞬之间，猫头鹰扑扇翅膀的声音比先前还响了，东西倒下去的声音啦，摔碎的声音啦，一片喧嚣传到耳际。这下子弟子再一次慌了神儿，不禁抬起藏着的头。只见屋子里不知什么时候变得一团漆黑，师父喊叫弟子们的声音在黑暗中焦急地响着。

不久，一个弟子从远处答应，举灯照亮儿，急忙走过来。借着被烟熏污的那盏灯的光望去，但见高脚灯台倒了，地板和草席上满是油，方才那只猫头鹰显得蛮痛苦地光扑扇着一只翅膀，就地滚来滚去。良秀在桌子对面探起上身，似乎惊呆了，嘟囔着旁人听不懂的话。——这也难怪。那只猫头鹰身上，从脖颈到一只翅膀，紧紧地缠着一条乌黑的蛇。多半是弟子蹲伏下去的当儿，撞翻了放在那里的瓮，里面的蛇爬出来了，猫头鹰贸然地抓将上来，终于引起这样一场大乱子。两个弟子面面相觑，茫然观看了一会儿这稀奇的光景。少顷，向师父默默地行礼，偷偷摸摸地退回到自个儿的屋子。蛇和猫头鹰其后怎样了，这，无人知晓。

这一类事另外还有好几档子。先前说漏了，侯爷是秋初下令画地狱变屏风的。所以，自那以来直到冬末，良秀的弟子们不断地受到师父那古怪举动的威胁。可是，到了冬末，良秀在屏风的画方面大概有了什么不如意的事。他那神态比以前更加阴郁，谈吐也眼看着粗暴了。同时，屏风上的草图也只画完了八成，没有进展的样子。不，看那光景，一个不好，甚至把自己至今所画处涂掉也在所不惜。

然而，屏风的什么不如意呢，无人知晓。恐怕也无人想知晓。以前发生的种种事使弟子们吃过苦头，所以他们的心情宛如与虎狼同槛，从此想方设法不接近师父。

十二

因此，这期间的事就没有什么值得奉告的了。如果非说不可的话，是这个刚愎自用的老爷子不知怎的变得格外心软爱流泪，时常在无人处独自哭泣。尤其是有一天，一个弟子到庭前来办什么事，这时师父热泪盈眶，正站在廊子里心不在焉地望着即将入春的天空。弟子见状，反而觉得难为情，就默不作声偷偷摸摸折了回去。但是，为了画五趣生死图，连路边死尸都临摹的那个傲慢的人，竟由于未能随心所欲地画屏风画这么一点小事就像小孩儿似的哭起来，岂不是太奇怪了吗？

然而，一方面良秀简直不像是正常人那般不顾一切地在屏风上作画，另一方面那个姑娘不知何故越来越忧郁，就连当着我们的面都明显地忍住眼泪。正因为她本来就是个面带愁容、皮肤白皙、举止谦恭的女子，这么一来，睫毛沉甸甸的，眼圈儿发黑，越发显得凄怆。起初还有人这样那样地揣测，什么想念爹啦，害相思病啦，可是其间又开始风传说哪里，是侯爷要让她就范才这样的。随后，人人都忘却了似的，关于那个姑娘的风言风语戛然而止。

恰巧就是那个时候的事儿吧。一天晚上，更深人静，我独自沿着廊子走，那只猴子良秀突然从什么地方蹿过来，一个劲儿地拽我的裙裤下摆。记得那是个仿佛已发散着梅香、淡月辉光的暖夜。迎着亮儿望去，只见猴子龇着雪白的牙齿，皱起鼻尖，简直要发疯似的尖叫。我感到三分不快，又因新裙裤的下摆被拽而七分生气。起初打算一脚踹开猴子径自走过去，转念一想，还有过某武士由于整治这只猴子而冒犯了小公子的先例，更兼猴子的举动看来太不寻常了，我终于拿定主意，朝着猴子拖曳的方向信步走了三四丈远。

沿着走廊一拐弯，就连在夜间，透过枝叶柔嫩的松树展现在眼前的是一泓泛白的宽阔池水。刚走到那儿的时候，好像有人在近旁哪间屋里争吵的动静，既仓促又分外悄然地逼到我的耳际。四下里一片静寂，混混沌沌，分辨不出是月色呢还是雾霭，除了鱼儿跳跃的声响，听不到任何语音。此刻传来了这样的声音，我不禁止步，倘若有不法之徒，非得给他点厉害尝尝不可。于是我屏息，悄悄把身子移到拉门外边。

十三

然而，猴子可能嫌我的动作缓慢了。良秀急不暇待地在我的脚边兜了两三个圈子，用宛如喉咙被扼住般的声音尖叫着，抽冷子飞快地跳上我的肩头。我不由得把脖颈向后一仰，以防被爪子挠了。猴子又搂住我的礼服袖子不放，免得从我身上滑落下去。——这下子我不知不觉踉踉跄跄晃出两三步，后背重重地撞到拉门上。这样一来，我片刻也不能犹豫了。我猛地拉开门，准备冲进月光照不到的里屋。但这当儿遮住视线的是——哦，更使我惊愕的是，那一刹那正要从屋里像流弹一般飞奔而出的女子。女子迎面而来，差点儿跟我撞个满怀，就势儿跌倒在门外。不知怎的，双膝着地，上气不接下气，战战兢兢地仰望我的脸，宛似看什么可怕的东西。

那就是良秀的闺女，倒也无须特地交代。然而那个晚上该女子恰像换了个人，生气勃勃地映入我的眼帘。双目圆睁，闪着光，两颊看上去也燃红了。加以裙裤和衣衫凌乱不堪，一反平素的稚气，甚至平添了妖媚。这确实是良秀的那个纤弱、凡事都谦和谨慎的闺女吗？——我倚着拉门，边凝视月光中美少女的倩影，边把慌忙远去的另一个人的脚步声当作能指认的东西似的指着，静悄悄地以眼神询问那是谁？

姑娘当即咬着嘴唇，默默地摇头。那神态仿佛确实心有不甘。

于是我弯下身去，这一次宛如跟姑娘咬耳朵般地小声问：“是谁呀？”然而姑娘仍仅只摇头，一言不答。不，与此同时，长长睫毛的尖儿上泪水盈盈，嘴唇比先前咬得更紧了。

敝人生性愚钝，唯懂些最明白不过的事，此外偏巧一窍不通。所以，不知道说什么才好，只觉得仿佛是在聚精会神地倾听姑娘的心脏怦怦跳的声音，呆呆地伫立在那里。当然，这里有个原因，不知怎的，于心不安，感到不宜进一步问出个究竟。

我不知道这样持续了多少时间。然而，过一会儿我把敞开的门拉严，回头看了看红晕好像稍微褪了些的姑娘，尽量温存地对她说："回到自个儿屋里去吧。"而后，我内省恍若目睹了什么不该看的事儿。受到不安情绪的胁迫，羞愧感油然而生，偷偷地沿着来路折回去。但是，还未走出十步，不知是谁又从后面小心翼翼地拽住我裙裤的下摆。我吃了一惊，回过头去看。各位看官道是什么？

只见猴子良秀在我的脚边，像人那样双手着地，金铃铛响着，屡次毕恭毕敬地低下头去。

十四

且说打从出事那天晚上，过了半个来月。一天，良秀突然到府邸来，恳请立即叩见侯爷。虽然他身份低微，大概是由于平素格外合侯爷的胃口吧，轻易不肯接见任何人的侯爷那一天也爽快地准许了，马上将他召唤到跟前。他像往常一样，身穿淡红透黄的狩衣[1]，头戴软乌帽子，神色比平日显得更加郁郁不乐，毕恭毕敬地跪伏侯爷前，少顷，嘎着声儿说："承蒙侯爷早先吩咐画地狱变屏风，小

1　狩衣亦称布衣，原是狩猎服装，但稍微短些，袖口有结扎用的带子。

人昼夜竭诚执笔，已见成效。可谓大致完成了。”

“可喜可贺。我也满意。”

然而，侯爷的语声儿不知何故怪没劲头，无精打采的。

“不，一点儿也不可喜可贺。”良秀略显得气恼，一动不动地耷拉着眼皮说，“虽然大致完成了，但唯独有一处小人至今画不出来。”

“什么？有画不出来的地方？”

“正是。总的说来，小人只画得出看到的东西。即使画出来了，也不会称心如意。那样的话，跟画不出来不是一码事吗？”

听了这番话，侯爷脸上浮现出嘲弄般的微笑。

“那么，要想画地狱变的屏风，就得看地狱喽？”

“正是。那一年发生大火灾，小人亲眼瞧见了简直像是炎热地狱的猛火般的火势。其实，由于遇见了那场火灾，小人才画了‘不动明王’的火焰。老爷也记得那幅画吧。”

“然而，罪人如何呢？地狱里的鬼卒也没见到过吧。”侯爷仿佛根本没听见良秀所说的话，接二连三地这么问。

“小人见过用铁链子捆绑住的人。也仔细临摹过遭受怪鸟折磨的姿态。因此，不能说连罪人在酷刑下痛苦地挣扎的模样儿都不知晓。至于鬼卒呢——”说着，良秀露出令人不快的苦笑，“至于鬼卒呢，梦境中屡次出现在小人眼前。要么是牛头，要么是马面，要么是三头六臂的鬼，拍巴掌不响，张开不能出声音的嘴，可以说是几乎每天每夜都来折磨小人。——小人想画而画不出来的并不是这样的东西。”

听罢，甚至侯爷也惊讶了。一时，他只顾焦躁地对良秀的脸怒目而视，随后严峻地紧蹙眉头，不屑理睬地说："那么，说说画不出什么？"

十五

"小人打算在屏风正当中画一辆从天而降的槟榔毛车[1]。"

良秀这样说着，头一次目光锐利地凝视侯爷的脸。风闻但凡涉及绘画，他就变得犹如狂人。此刻其眼神确实让人心怀畏惧。"那辆车里，一位艳丽的贵妇人在烈火中披散乌发，痛苦地扭动身子。脸膛儿挨烟呛，眉头紧蹙，仰八叉儿望着车篷。手把车帘扯碎了，兴许想遮挡雨点般落下来的火星子。周围呢，一二十只怪模怪样的鸷鸟在鸣叫，纷纷飞来飞去。唉，这，牛车里的贵妇人，小人怎样也画不出来。"

"那么——该当如何？"

不知为什么，侯爷分外喜形于色，这么催促良秀。而良秀那像往常一样红红的嘴唇，犹如发烧似的颤动着。他用让人觉得是说梦话般的声调重复了一遍："这，小人画不出来。"他突然以怒不可遏的势头说，"千恩万谢，请老爷把一辆槟榔毛车在小人眼前放火烧掉。而且，如果办得到的话——"

侯爷顿时面有愠色，接着就突然尖声大笑。他边笑得上气不接

1　槟榔毛车（也叫蒲葵车），日本古代贵人乘坐的牛车，车厢外贴着槟榔树叶。

下气，边说：

“行，凡事都照你说的办。讨论办得到办不得乃无益之举。”

我一听此言，也许是预感，总觉得糟透了。事实上，侯爷嘴边汪着白沫子，眉梢剧烈抽动，样子异乎寻常，简直让人确信是沾染上了良秀那股疯狂劲头。他刚把话头顿一下，旋即喉咙里又以什么东西爆裂开来的气势没完没了地响着，笑道：

“把槟榔毛车也点起火。让一个贵妇装束的娇艳女人坐在车里。车中的女人备受烟熏火燎的熬煎，苦苦挣扎着死去——你想到画这样的形象，不愧为时下首屈一指的画师。予以褒奖。嗯，予以褒奖。”

听罢侯爷这番话，良秀骤然失色，透不过气似的只是翕动嘴唇，过了一会儿，仿佛浑身的筋都松弛了一般，将双手瘫软地支在铺席上。

“多谢老爷的鸿恩。”他用低得几乎听不见的声音郑重其事地致谢。多半是由于随着侯爷的话语，自己的意图之恐怖历历展现在眼前了。我毕生仅此一次将良秀当成一个可悯之人。

十六

那是过了两三天后的夜晚的事。侯爷按照诺言，召唤良秀，让他就近目睹槟榔毛车燃烧的场面。不过，并非在堀川的府邸里，而是在俗称融雪府，即昔日侯爷之妹曾居住过的京城郊外的山庄中烧的。

说起这座融雪府，已经很久无人居住了，宽阔的庭园荒芜到无以复加的地步。大概是有谁看过这副连个人影儿也没有的样子，胡乱猜测的。关于死在此处的侯爷妹妹的身世，谣言四起。至今仍有这么个传说，一条可疑的裙裤，其绯红色完全不着地，在走廊里移动。——倒也难怪。这座府邸连白昼都冷冷清清，一旦日暮了，庭园里灌溉花木的水就格外阴森森地响。就连在星光下飞翔的苍鹄亦形似怪物，令人毛骨悚然。

那恰好又是个无月之夜，晚间黑漆漆的。借着正殿的油光灯望去，靠近廊沿就座的侯爷，身着浅黄色贵族便服，配以深紫色凸花绫绢裙裤，高高地盘腿坐在白地织锦镶边的圆形坐垫上。他的前后左右，五六个近侍恭恭敬敬地列坐着。这就无须细述了。然而，其中的一个显得大有来头儿。据说此人前几年在陆奥之战时曾因难耐饥饿而吃过人肉，从此，连鹿角都活生生地掰下来。这个膂力过人的武士，看样子衣服里面在腹部围了铠甲，佩带的大刀鞘尾翘起，威风凛凛地蹲在廊沿底下。——皆在随着夜风摇曳的灯光下，忽明忽暗，恍若梦境，放眼望去，不知怎的，一片令人恐惧的景象。

此外还把一辆槟榔毛车拉到庭园里，黑暗沉甸甸地往高高的车篷压将下来，没有套牛，黑色的车辕斜架在凳子上，金属器具的黄金像星辰一样闪烁，尽管是春天，看着这些，不由得让人有点寒意。不过，车厢是用凸花绫子镶边的蓝色帘子严严实实罩着，所以不晓得里面装着什么。周围，听差们一个个手执燃烧得正旺的松明，一边担心烟儿正朝廊沿那边摇曳，一边煞有介事地等候着。

良秀本人离得稍远一些，恰好跪在廊沿正对面，穿的似乎是平素那件淡红透黄的狩衣，戴着软乌帽子，显得比往常还要矮小寒酸，甚至让人觉得兴许是给星空的重量压的。他后面还蹲伏着一个同样是乌帽子狩衣装束的人，大概是带来的弟子吧。两个人刚好都蹲伏在远处的暗影中，从我所在的廊沿下，连狩衣的颜色也弄不清楚。

十七

大约将近午夜时分了。据认为，笼罩着树林、泉水的黑暗正屏息静悄悄地窥视众人的呼吸，其间唯有夜风轻轻地掠过去的声音，松明的烟随风一阵阵送来烧焦的气味。侯爷默默地凝视了片刻这种奇异情景，随后将膝盖向前挪了挪，尖声呼唤道：

“良秀！”

良秀似乎应答了什么，我只听见了呻吟般的声音。

“良秀。今夜我要按照你的意愿，放火烧车子给你看看。”

侯爷说罢，朝近侍们斜眼看了看。当时，侯爷和身边随便哪个侍者之间好像相互会心微笑了一下，但这或许是我神经过敏。于是良秀诚惶诚恐地抬起头来，仿佛朝廊沿上边仰望了一下，照旧什么都没说，等候着。

“仔细瞧瞧。那是我素日所乘的车。你也记得吧。——我打算现在就放火把那辆车烧了，以便让火焰地狱在眼前显现。”侯爷又把话头顿一下儿，朝近侍们使个眼神。随后，骤然用令人厌恶透顶的语调说，“我把一个犯了罪的女侍捆绑起来让她坐在车里面了。因此，一旦点燃了车，那个娘们儿必定给烧得肉烂骨焦，受尽苦难而死。对你绘制完屏风而言，这是千载难逢的好画帖喽。雪白的肌肤怎样烧烂，这可别漏看；乌黑的头发燎成火星儿飞扬的光景，也得瞧个分明。”

侯爷第三次闭口不谈了。不知想起了什么，这回只是晃动肩膀，默不作声地笑了一阵。接着说：

“简直是永世难以见到的场面。我也在此开开眼界。喂，喂，揭开帘子，让良秀看看里面的女子！”

闻罢此令，一名听差一手高举松明，肆无忌惮地走向车子，冷不防伸一只手忽地掀起帘子让人看。烧得噼噼啪啪响的松明的光，红彤彤地摇曳了一阵，立即将窄小的车厢照得清清楚楚。座铺上是用锁链残酷地绑起来的侍女——唉，谁会看错呢！绣着樱花的华丽锦袍上，垂着乌黑油亮的秀发，斜插的金钗熠熠生辉。虽说装束变了，那娇小玲珑的身材，搭着堵嘴毛巾的脖颈，幽婉矜持的侧脸，不折不扣是良秀的女儿。我险些叫出声来。

这时，我对面的一个武士慌忙起身，手按刀把，朝着良秀那边怒目而视。我吓得放眼望过去。良秀见此情景，好像进入了半疯狂状态。一直蹲伏在地上的他，猛地跳起来，双手伸向前边，情不自禁地想冲着车子奔去。偏不巧，前面已交代过，他待在远处阴影中，分辨不清其容貌。然而，我刚这么一想，不仅是良秀那大惊失色的脸，就连他的身躯，仿佛被冥冥中一股力量腾空吊起似的，转瞬之间竟然杀出幽暗，清晰地浮现到眼前。敢情，此刻随着侯爷一声令下：“点火！”那辆载着姑娘的槟榔毛车已被听差们投去的松明点上了火，熊熊燃烧起来。

十八

火焰眼看着包围了车篷。檐子上的紫色流苏仿佛被扇也似的，嗖嗖摇曳。夜色中，下面依然可见白烟弥漫，打着旋涡。火星儿像雨点一般飞溅，让人觉得帘子啦，扶手啦，车梁上的金属器具啦，一下子迸裂飘散——就别提有多么惨厉啦。不，尚有甚焉者矣，火舌哗哗地燎着车两侧的格子窗，高高蹿向半空。炽烈的火色犹如一轮红日落地，天火喷发。方才我险些呼叫，此刻简直失魂落魄，唯有茫然张嘴，定睛注视这恐怖景象。但是，身为人父的良秀呢——

良秀当时的表情，我至今不能忘怀。他不由得想朝车子那边奔过去，却在着火的那一瞬间，停下脚步，依然伸着双手，像被吸住似的，直勾勾地盯着吞噬车子的烈火浓烟。他浑身披着火光，那张布满皱纹的丑陋面孔，就连胡须梢儿都能看个分明。然而，不论是那双张得大大的眼睛里，还是歪斜的嘴唇边儿上，抑或是两颊肌肉那不停的抽搐，脸上历历表露出良秀心中所交集的恐惧、悲愤与惊讶。哪怕是即将问斩的强盗，乃至被拉到阎王殿之十恶不赦的罪人，都不会显出如此痛苦的神态。就连强悍刚猛的武士也为之色变，战战兢兢地仰望着侯爷的脸。

侯爷则咬紧嘴唇，时而发出令人作呕的狞笑声，紧紧盯着车子。而那辆车里——唉，我无论如何也没有勇气详细述说当时所瞧见的姑娘是什么样子。被烟呛得仰起来的脸儿是那么惨白，为了甩掉火焰竟弄得蓬蓬乱乱的头发是那么长，还有那眼睁睁地化为火的绣了樱花的锦袍是那么绚丽——这是何等惨绝人寰的景象啊。尤其是夜风朝下面一刮，烟随之扑向姑娘的当儿，她的身影就浮现在红底子上泼撒了金粉般的火焰中。她咬着堵嘴的毛巾，浑身扭动，几乎要挣断捆绑自己的锁链。这情景让人疑心，莫非是地狱中前世恶业之苦活现在眼前了。岂但是我，就连强悍刚猛的武士也不禁毛骨悚然。

这时，又一阵夜风刮过庭园里的树梢——大概人人都是这么想的。这样一种声音刚刚划破黑压压的天空某处，忽然有个绰绰黑物，下不着地上不着天，犹如圆球一般跃起，从正殿的屋脊径直跳进烧得正猛的车厢。车两侧的朱漆格子窗给烧得噼啪乱响，七零八落，姑娘仰面倒着，它抱住姑娘的肩膀，发出裂帛似的尖叫，声音穿透了烟，痛苦而悠长。接着又是两三声——“哎呀！”我们不由自主地异口同声惊喊起来。抱住姑娘肩膀的，原来是那只拴在堀川府邸里的猴儿，诨名“良秀”。

十九

不过，看见这猴仅是一刹那的工夫。火星儿就像漆器上撒布的金粉粒，朝空中迸发升腾，不消说是猴儿，连姑娘的身影也隐没在黑烟深处。庭园当中间儿，唯有一辆燃烧着的车子，火势旺盛，声音骇人。不，与其说是火焰车，或许不如说是火柱，倒与这冲破星空沸沸腾腾的可怖的火景来得更贴切。

面对这火柱，良秀凝固了般地伫立着——好生奇怪。方才还仿佛在地狱里受责罚，感到苦恼，而此刻，良秀那布满皱纹的脸上，竟泛出无可形容的光辉，俨然是心醉神迷的法悦[1]之光辉。难道已忘记是在侯爷跟前吗，他双臂紧紧交抱着胸站在那儿。闺女拼命挣扎而死的情景似乎未映入他的眼帘。唯有绚丽的火焰之色，以及在其中备受苦难而死的女人的身姿，给他心里带来无比的欣喜——看上去就是这么个光景。

然而奇怪的是，事情并不仅仅是此人好像欢欢喜喜地凝视独生女儿临终的痛苦。当时的良秀不知怎的仿佛已不是凡人了，却有着不同寻常的庄严，活脱儿就像是梦中所见狮王之愤怒。所以，就连被突如其来的火势惊起、啼叫喧闹着在空中盘旋的无数夜鸟，似乎也不敢飞近良秀所戴的软乌帽子。想必这些天真的鸟儿也看到了宛若圆光[2]一般悬在他头上的神秘威严吧。

鸟儿尚且如此，何况我们，甚至听差也统统屏住气息，心中充满奇异的喜悦，感激得几乎战栗，直勾勾地注视良秀的脸，恰像瞧一尊开眼[3]的佛。响彻天空的火焰车，为之灵魂出壳、呆立不动的良秀——何等的庄严，何等的欢喜。然而其中唯有坐在廊下的侯爷，判若两人，脸色发青，嘴边堆着泡沫，双手紧紧抓住穿着紫裙裤的膝盖，仿佛一头口渴的野兽似的，喘个不停。……

1　佛教语，因闻法或开悟而得到的喜悦。

2　佛教称佛菩萨头部放出的轮光。

3　也叫开光。佛教的宗教仪式之一。佛像塑成后，吉日致礼供奉。

二十

那一夜侯爷在融雪府焚车的事，无意中从什么人嘴里传到世间去了。关于此事，好像颇有种种贬词。首先，侯爷为什么要烧死良秀的女儿——最多的谣传是，恋爱不能遂愿，出于仇恨而为。可是，毫无疑问，由于绘师脾气邪行，为了画屏风画儿，不惜烧车乃至杀人，侯爷完全是予以惩罚之意。我甚至听侯爷亲口这样说过。

再说那个良秀，也横遭物议：一心想画屏风，宁肯瞧着女儿当面给活活烧死，真是一副铁石心肠。有人大骂良秀，说他为了画画儿，竟忘了父女之情，简直禽兽不如。就连横川那位方丈也这么认为："生而为人，倘为一艺一能臻于出神入化，竟不辨人伦五常，必堕地狱无疑。"

此后，过了一个来月，地狱变屏风终于画好。良秀当即送到府上，恭恭敬敬请侯爷过目。适逢方丈也在座，一见屏风上的画：烈火狂飙，肆虐天地，令人惊怖，不觉倒吸一口凉气。原本板着面孔，瞪着良秀的方丈，这时也禁不住拍着大腿赞道："真鬼斧神工也！"侯爷听罢此语，苦笑时的那副神态，我至今难以忘怀。

从此，至少府里几乎无人再说良秀的坏话了。因为无论谁，哪怕平日多么恨良秀，见了那架屏风，都会出奇地为他那虔敬庄严的精神所打动，深深感受到火焚地狱的大苦难。

然而，等到那时，良秀早已不在人世。画好屏风的第二天夜里，他便在屋里悬梁自尽了。让独生女儿先他而死，恐怕他也无法再安心地活下去了。他的尸体至今还埋在自家房屋的遗址上。尤其是那块小小的碑石，几十年来风吹雨淋，长满青苔，早就成了一座不知墓主是谁的荒冢了。

父

文学朴 译

这事发生在我上中学[1]四年级的时候。

那年秋天，学校举办了一次从日光到足尾的历时三天的参观旅行。学校发给我们的油印通知单上规定："早晨六点半在上野车站前集合，六点五十分开车……"

那天，我连早饭也没正经吃就从家里跑出去了。心里虽想，坐电车到火车站，连二十分钟也用不了，但还是不由得感到着急。站在电车站的红柱子跟前等车的当儿，也是焦虑不堪。

天公不作美，阴沉沉的。令人觉得，四下里工厂发出的汽笛声一旦震撼那暗灰色的水蒸气，说不定就会化为一阵蒙蒙细雨哩。在阴郁的天空下面，火车驰过高架铁道，运货马车驶向被服厂，店铺一爿挨一爿地开了门。我站在那里的电车站也来了两三个人，个个

1　日本战前中学是五年制，高等学校（相当于大学预科）是三年制，战后改为三三制。

都愁眉苦脸，显得睡眠不足。好冷啊。——这当儿，开来一辆减价加班车。

车上很挤，我好容易才抓住拉手。这时有人从背后拍了拍我的肩膀说："早上好！"

我赶紧回头一看，原来是能势五十雄。他也跟我一样，身穿深蓝色粗斜纹哔叽制服，将大衣卷起来搭在左肩上，缠着麻布绑腿，腰上挂着饭盒包儿和水壶什么的。

能势和我毕业于同一个小学，又进了同一个中学。他哪门功课都不特别好；另一方面，门门功课都可过得去。不过有些事他倒来得乖巧，流行歌曲只要听上一遍就能把曲调背下来。参观旅行的途中晚上住旅馆，他就神气活现地给大家表演。吟诗、萨摩琵琶[1]、曲艺、说书、相声、魔术，他样样来得。他还擅长于比手画脚、挤眉弄眼来逗人乐。因而在班上人缘不赖，也获得了教师们的好评。我和他之间虽也有一些交往，可是说不上怎么亲密。

"你也来得挺早哇。"

"我一向来得早。"能势边说边蹙了一下鼻子。

"不过前些日子你迟到啦。"

"前些日子？"

"上语文课的时候。"

"哦，是挨马场训的那回吗？书法家也难免笔误嘛。"能势经常直呼老师的姓。

1　16世纪后半叶创始于萨摩国（今鹿儿岛县西部）的一种四弦琵琶。

“我也挨过那个老师的训。”

“是因为迟到吗？”

“不，忘了带课本。”

“仁丹吹毛求疵得厉害。”

“仁丹”就是能势给马场老师起的绰号。说着说着，电车已开到火车站跟前了。

电车还是像上的时候那么挤，好容易才下了车，走进火车站一看，时间还早，同学才到了两三个。我们相互说了声“早上好”之后，就争先恐后地在候车室的长凳上坐下，照例兴致勃勃地聊起天来。在我们这个年龄，都以“老子”代替“我”，自鸣得意。自称“老子”的伙伴们，大谈对这次旅行的估计，议论旁的同学，并说些老师的坏话。

“老泉可鬼啦。那家伙有一本教员用的英文读本，听说事先他连一回也没温习过哩。”

“平野更鬼。据说考试的时候，他把历史年代都写在指甲上。”

“说起来，老师也鬼。”

“可不是鬼吗！本间连receive[1]这个字是i靠先还是e靠先都拿不准，他就靠那本教师用的读本好歹糊弄着教呢。”

我们开口一个“鬼”，闭口一个“鬼”，没一句正经话。能势旁边的凳子上坐着一个匠人打扮的，在读报，他的鞋不但失去了光

---

1 英语，意为“得到，收到”。——编者注

泽，而且前头还裂了口。当时流行一种“马金莱”鞋，能势就送给这个人的鞋一个雅号，叫“啪金莱”。

“‘啪金莱’可真绝啦。”大伙儿不禁笑了起来。

我们越发得意，就去注意出出进进候车室的形形色色的人，并一一加以只有东京的中学生口中才说得出来的刻薄的讥讽。在这一点上，我们当中没有一个逊色的老实人，其中尤以能势的形容最损，也最俏皮。

“能势，能势，看看那位大娘。”

“她那副长相活像一只怀了孕的河豚。”

“这边的搬运夫也似乎像个什么。你说呢，能势？”

“像卡尔五世[1]。”

最后能势简直独自把坏话都包下来了。

这时同学当中的一个发现了个古怪的人，站在列车时刻表前面，查对那些密密麻麻的数字。他身穿暗褐色西服上衣，深灰色粗条纹裤子里的两条腿细得像跳高用的撑竿一样，宽边旧式黑礼帽下面露出花白头发，看来已上了岁数，脖子上却围了一条黑白格子的醒目的手绢，腋下轻轻地夹着一根长长的紫竹手杖。不论服装还是举止，活像是把《笨拙》[2]上的插图剪下来，将它立在这熙熙攘攘的火车站上了。由于找到了新的笑柄而兴高采烈的那个同学，乐得两肩直颤，拽拽能势的手说：“喂，你瞧那家伙怎么样？”

于是，我们就把视线集中在那个怪人身上。那个人脸部略挺，

1 卡尔五世（1500—1558），德意志神圣罗马帝国皇帝。

2 英国讽刺漫画杂志。

从西服背心的口袋里掏出一只系着紫色绦带的镍壳大怀表，一个劲儿地核对列车时刻表上的钟点。我虽然只瞥见了他的侧脸，却一眼就认出那是能势的父亲。

但是在场的同学谁也不知道。所以个个都想听能势恰如其分地形容一下这位滑稽的人物，于是大家兴致勃勃地盯着能势，准备大笑一场。我当时作为一个中学四年级的学生，是无从揣度此时此刻能势的心情的。我差点儿冒出“那是能势的father[1]哩”这么一句话。

这当儿，我听见能势说道：“那家伙吗？他是个伦敦乞丐。”

不消说，大家哄堂大笑起来。有人还故意挺起脸，掏出怀表，学能势的父亲的姿势。我不由得低下了头，因为我没有勇气去看当时能势脸上作何表情。

“说得妙！”

“瞧，瞧他那顶帽子。”

“贫民窟里才找得到吧？”

“贫民窟里也找不到的。”

“那么只好到博物馆去喽。”

大家又趣味盎然地笑了。

阴天的火车站黑得跟黄昏时分一样。我在半明半暗中悄悄地打量着那位“伦敦乞丐”。

不知什么时候透出了微弱的阳光，窄窄的一条光带从高高的天

---

1 英语，意为“父亲，爸爸”。——编者注

窗朦朦胧胧地照射进来。能势的父亲正好处在光带之中。——不论目光所及的地方还是看不见的地方，周围一切都在活动，并像雾一样笼罩着这栋巨大的建筑物，难以辨别这是人声鼎沸还是物体的轰鸣。然而唯独能势的父亲却一动也不动。这个身穿旧式西服、与现代风马牛不相及的老人混在川流不息的人的洪水当中，斜戴着过时的黑礼帽，右手掌心上托着系紫色绦带的怀表，依然像《笨拙》上的剪影那样伫立在列车时刻表前面……

事后我暗中打听出，能势的父亲当时正在大学的药房工作，是为了在上班途中看看自己的儿子跟同学一道去旅行的场面，才特地到火车站来的——事先他也没有告诉儿子一声。

中学毕业后不久，能势五十雄就患肺结核病故了。我们在中学的图书室为他举行了追悼会，我站在戴了制服帽的能势遗像前致悼词。我在悼词中加上了这么一句：“你素日孝敬父母……”

猴 子

文洁若 译

那时我刚刚结束远洋航行，雏妓（军舰上对见习军官的称呼）好容易快要自立了。我乘的A号军舰驶进了横须贺港口。第三天下午，大约三点钟，响亮地传来通知上岸的人集合的号声。记得该轮到右舷的人上岸了。大家刚在上甲板排好，这一次，又突然响起了全体集合的号声。事情当然不同寻常。不了解内情的我们，一边走上舱口，一边互相说着："出了什么事？"

全体集合之后，副舰长说了大致这样的话："……最近舰里发生过两三起丢东西的案子。尤其是昨天镇上钟表店的人来的时候又丢了两只银壳怀表。今天要对全体人员进行身体检查，同时检查一下随身物品……"钟表店的事情是初次听说的，至于有人丢东西的事，我们早有所闻。据说一个军士和两个水兵都丢了钱。

既然是检查身体，大家都得脱光衣服。幸而方交十月初，漂在港内的红浮标受着烈日照晒，看上去使人觉得还像是夏天呢，所以这也算不了什么。感到尴尬的是那些打算一上岸就去逛的伙伴们，一检查，就从兜里翻出了春画什么的，局促不安地涨红了脸也来不及了。有两三个人似乎还挨了军官的揍。

一共有六百人呢，检查一遍要耽误不少工夫。真是洋洋大观。六百个人都脱了衣服，把上甲板排得水泄不通。尤其是脸和手腕子都黑黝黝的轮机兵，由于这次失盗，他们一度遭到嫌疑，这会子连三角裤衩都扒了下来，气势汹汹地要求查个仔细。

上甲板正闹得天翻地覆，中甲板和下甲板已开始检查起随身物品来了。每个舱口都派了见习军官来站岗，上甲板的人们当然一步也走不下来。我刚好负责下甲板，就和其他伙伴一道去检查水兵的衣囊和小箱子什么的。自从上了军舰，我还是头一遭干这种事儿，既要摸摸横梁后头，又要把放衣囊的隔板里边翻个遍，比想象的要麻烦多了。后来，跟我一样当见习军官的牧田，好容易找到了赃物。怀表和钱一股脑儿都在姓奈良岛的信号兵的帽盒里。据说其中还有服务员丢失的那把柄上镶着蓝贝壳的小刀呢。

于是下令“解散”，接着就要求“信号兵集合”。其他伙伴就别提有多么高兴了。尤其是曾经被怀疑过的轮机兵，更是欢喜万分。可是信号兵集合后才发现奈良岛不在。

我缺乏经验，对这方面的事一无所知。据说在军舰里，有时会出现找到赃物而抓不到犯人的情况。当然，犯人已经自杀了，十之八九是在煤库里上吊，几乎没有跳海的。不过，我乘的这艘军舰听说还有用小刀剖腹的，没有死掉就被人发现了，总算保住了一条命。

正因为如此，奈良岛失踪的消息好像使军官们吓了一跳。特别是副舰长那个慌劲儿，我至今还记得清清楚楚。他的脸色变得刷白，那种担心的神情，看上去怪可笑的。上次打仗的时候，他还曾以骁勇驰名呢。我们看着他，互相交换轻蔑的眼色，心想：平时还净讲什么精神修养呢，怎么竟惊慌失措成这个样子。

副舰长一声令下，我们立即在舰内搜查开了。这时沉湎在愉快的兴奋当中的，恐怕不只是我一个人。这就好比是着火时看热闹的那种心情。警察去抓犯人的时候，不免要担心对方会抵抗，军舰里却绝不会有这样的事。我们和水兵之间严格地存在着等级之分——只有当了军人才能知道这个界线是多么清楚。对我们来说，这是个极大的仗势。我几乎是兴高采烈地跑下了舱口。

牧田也是这时跟我一道下去的伙伴中的一个，他兴致勃勃地从背后拍拍我的肩膀说："喂，我想起了那次逮猴子的事儿。"

"嗯，今天的猴子没那么敏捷，放心好了。"

"可别麻痹大意，让他跑掉了。"

"左不过是一只猴子，跑就跑呗。"

我们边说着笑话，边走下去。

那只猴子是远洋航行到澳大利亚时，炮长在布里斯班跟人要来的。航海途中，驶入威廉港的两天之前，它拿了舰长的手表销声匿迹。于是整个军舰闹得人仰马翻。一方面也是因为长途航行中大家正闲得无聊，炮长本人自不用说，我们连工作服也没换，全体出动，下自轮机舱，上至炮塔，都找了个遍，这场混乱，非同小可。其他人讨来和买来的动物也不少。我们跑去时，一路上又是给狗绊住，又是塘鹅叫，用绳子吊起来的笼子里，鹦哥像发了疯似的扇翅膀，好像是马戏棚子着了火似的。过一会儿，那猴子也不知是打哪儿怎么钻出来的，手里拿着那只表，忽然在上甲板出现了，蓦地想往桅杆上爬。刚好有两三个水兵在那儿干活呢，它当然逃不了。其中一个人马上就抓住了它的脖子，于是它乖乖受擒。手表只是玻璃碎了，损失不大。后来炮长提议罚猴子绝食两天。可是多有意思，期限还没到呢，炮长就破坏了罚规，亲自喂猴子胡萝卜和白薯吃。他还说什么："瞧它那么垂头丧气的，即便是猴，于心也不忍啊。"——说句题外的话，我们去找奈良岛时的心情，确实颇像是追猴子时的心情。

当时，我第一个走到下甲板。你大概也知道，下甲板一向是黑咕隆咚的，这儿那儿，擦得干干净净的金属机件和上了油漆的铁板发着暗淡的光。——我觉得有些喘不上气来，简直受不了。我摸着黑，朝着煤库走了两三步，只见煤库的装煤口露出一个人的上半截身子。我差点儿喊出声来。这个人正从这小口子向煤库里钻呢，先把脚伸进去了。脸给深蓝色水兵服的领子和帽子遮住了，从这边看不出是谁。而且光线不足，只能看见上半身朦朦胧胧地浮现出来。但是我立即感觉到那就是奈良岛。这么说来，他当然是为了自杀而进煤库的喽。

我感到兴奋异常。这是一种无法形容的愉快的兴奋，浑身的血仿佛都要沸腾起来。这也可以说是握枪等待的猎人看到猎物时的那种心情吧。我几乎是不顾一切地扑向那个人，比猎犬还敏捷地用双手按住他的肩膀。

“奈良岛。”我的声音尖而发颤，也说不清是责备呢还是骂他。那个人当然就是犯人奈良岛。

“……”

奈良岛没有甩开我的手，他从装煤口露出半截身子，安详地抬头望望我的脸。光用“安详”这个字眼儿还不足以形容。这是使出了浑身的力气，可又不得不保持的那种“安详”。他没有选择的余地，被逼得无可奈何，好比是风暴过去后，被刮断了的帆桁凭靠剩下的那点力气，试图回到原来的位置去。这就是那种迫不得已的“安详”。由于没有遇上我原来预料到的那种抵抗，我就无意之中产生了类似不满的心情，因而越发感到焦躁气愤，默默地俯视着那张“安详地”仰望着我的脸。

我再也没有看到过那样的脸。连魔鬼对那样的脸看一眼，想必都会哭出来。你没有真正看到过，我这么说，你恐怕也是难以想象的。我大概能够把他那双泪汪汪的眼睛形容给你听。他嘴角的肌肉像是忽然变成了不随意肌似的抽动了几下，兴许这一点你也揣想得到。还有他那汗涔涔的、脸色很坏的面容，也还容易描述。但是把这一切加在一起的那种可怕的神色，任何小说家也是不能表达的。我当着你这个小说家的面，也敢这么断言。我感到，他的表情闪电般地击毁了我心里的什么东西。这个信号兵的脸竟给了我那么强烈的打击。

我机械地问他道：“你想干什么？”

不知怎的，我觉得这个“你”，仿佛指的是我自己。倘若有人问我：“你想干什么？”我怎么回答好呢？谁能够心安理得地回答说："我想把这个人当成罪犯。"有谁看见了这张脸，还说得出这样的话？这么写下来，时间就显得挺长似的，其实一眨眼的工夫我心里就闪过了这些自咎的念头。就在这当儿，我听见他说了声"太见不得人了"，声音虽然不大，我听着却很难过。

你也许会把这情景形容作"听上去好像是我暗自这么说的"。我只感到，这话像打了一针似的刺着了我的神经。我当时真恨不得跟奈良岛一道说"太见不得人了"，朝着比我们伟大得多的什么东西低下头去。不知什么时候，我撒开了按着奈良岛肩膀的手，好像我自己就是个被抓住的犯人似的，呆呆地伫立在煤库前面。

下面的事情，我不说你大概也料想得到。那一天奈良岛关了一天禁闭。第二天被押送到浦贺的海军监狱去了。有一件事，我不大愿意说，那里经常叫囚犯"运炮弹"。那就是在相隔八尺的两个台子上放上二十来斤重的铁球，让囚犯不断地搬来搬去。对囚犯来说，再也没有比这更痛苦的刑罚了。记得我过去向你借过陀思妥耶夫斯基的《死屋手记》，其中有这样一句话："要是迫使囚犯多次重复无谓的苦工，诸如从甲桶往乙桶里倒水，再从乙桶往甲桶里倒回去，那个囚犯准会自杀。"海军监狱的囚犯真是这么干的，没有人自杀倒令人觉得奇怪呢。我抓到的那个信号兵就被押送到那儿去了。他满脸雀斑，个子矮矮的，一看就是个怯懦的老实人。

当天傍晚，我正跟其他的见习军官一道凭栏看着暮色即将降临的港口时，牧田来到我身边，用揶揄的口吻说："你活捉了猴子，立了大功啊。"他大概以为我心里怪得意的呢。

"奈良岛是人，不是猴子！"

我粗声粗气地回了他一句，迅速离开了栏杆。伙伴们一定觉得很奇怪。因为我和牧田在海军军官学校的时候就是莫逆之交，从来没拌过嘴。

我独自沿着上甲板从舰尾走向舰首，欣慰地回顾副舰长由于担心奈良岛的安危，曾怎样惊慌失措。当我们把信号兵看作猴子的时候，唯独副舰长却把他作为人寄予同情。我们竟对副舰长抱轻蔑的态度，简直是愚蠢透顶，太不像话了。我羞愧得无地自容，低下了头。我尽量不让皮鞋发出声音，沿着暮色苍茫的上甲板从舰首折回到舰尾。我觉得让禁闭室里的奈良岛听到精神抖擞的鞋声未免太过意不去了。

据说奈良岛是为了女人的缘故而偷窃的。不知道刑期是多久。起码也得在黑暗的牢房里蹲上几个月吧。猴子是可以免受处分的，人却不行。

烟草与魔鬼

文洁若 译

烟草这种植物，本来日本是没有的。那么它是什么时候从国外移进来的呢？关于年代，种种记录并不一致。有的说是庆长年间[1]，也有的说是天文年间[2]。到了庆长十年左右，全国各地好像都在栽培了。文禄年间[3]，吸烟已普遍流行，甚至出现了这样一首世态讽刺诗：

莫要说是禁烟令，
一纸空文禁钱令，
天皇御旨无人听，
郎中诊病也不灵。

1　庆长年间是1596年至1615年。
2　天文年间是1532年至1554年。
3　文禄年间是1592年至1595年。

烟草又是谁带进来的呢？举凡历史学家都会回答说，是葡萄牙人或西班牙人。但未必尽然。传说中，另外还有一种回答。据说烟草是魔鬼从什么地方带来的，而魔鬼又是天主教神父（多半是方济各司铎[1]）万里迢迢带到日本来的。

这么一说，天主教徒也许会责备我诬蔑了他们的神父。依我说，事实好像确是如此，因为，南蛮[2]的天主来到的同时，南蛮的魔鬼也来了——输进西洋的善的同时，也输进西洋的恶，此乃极其自然之事。

但是魔鬼是不是真的把烟草带进来了呢？这一点我也不敢保证。据阿那托尔· 法朗士[3]的作品，魔鬼曾企图用木樨草花来诱惑一位修士。那么，它把烟草带到日本来的说法就不一定是捏造的了。即使是捏造的，在某种意义上也许会意想不到地接近于事实呢。由于具有上述看法，我想在下面记载一个输入烟草的传说。

天文十八年[4]，魔鬼变成方济各 · 沙勿略手下的一名传教士，经过漫长的航程，安然无恙地来到日本。它之所以能变成一名传教士，乃是因为那个传教士本人在阿妈港还是什么港口上了岸，一行人所乘的船只就起了锚，把他撂在岸上。魔鬼一直把尾巴卷在帆桁

1 方济各 · 沙勿略（1506—1552），西班牙天主教耶稣会的传教士，曾在印度和日本传教。司铎是神父的尊称。

2 日本室町时代（1392—1573）末期至江户时代将吕宋、爪哇等南洋各岛称作南蛮。后来又把经由南洋而来的西欧（主要是西班牙、葡萄牙）人叫作南蛮人，并将天主教叫作南蛮宗，天主教堂叫作南蛮寺。

3 阿那托尔 · 法朗士（1844—1924），法国小说家、评论家。

4 1549年。

上，倒挂着暗中窥伺船里的动静。于是，它就摇身一变，变成了那个传教士，成天伺候方济各司铎。当然，倘若这位先生去造访浮士德博士，他还能变成穿红大氅的体面骑士呢。这点把戏耍起来算不得什么。

可是到日本一看，跟他在西洋时读过的《马可·波罗游记》所记载的大相径庭。首先，游记把这个国家描述得似乎遍地是黄金，但是到处也找不到这样的迹象。看光景，只要用指甲搓搓十字架，把它变成金的，就颇能诱惑此地的人们。马可·波罗还说，日本人靠珍珠之类的力量获得了起死回生之术，这恐怕也是扯谎。既然是谎言，只要见井就往里面吐口唾沫，让疫病流行，大多数人将会痛苦得把死后升天堂的事忘得干干净净。——魔鬼装出一副虔诚的样子，跟随方济各司铎到处参观，心里这么想着，兀自踌躇满志地微笑起来。

但是只有一件糟糕的事，就连魔鬼也无可奈何。方济各·沙维尔乍来到日本，教既没传开，连一个信男信女也还没有呢，魔鬼也就找不到可诱惑的对象。对这一点，连魔鬼也颇感到尴尬。别的不说，眼下就无所事事，不知道该怎么去消磨光阴才好。

魔鬼左思右想，它打算种点花草来解闷。离开西洋时，它就在耳朵眼里装了各式各样植物的种子。至于土壤，从附近借一块田就成了。对此举连方济各司铎也满口赞成。司铎只当是自己手下的这个传教士想在日本移植西洋药草什么的呢。

魔鬼马上把犁和镐头借来，耐心地耕起路旁的园子来了。

正当初春潮润季节，隔着弥漫的霞雾深处，咣——传来远处寺院慵洋洋的钟声。声音是那么清越悠扬，不像听惯了的西洋教堂的钟那样怪嘹亮的，当当震耳。——那么，魔鬼待在这样的太平景象当中，是不是心里就感到轻松了呢？才没有那么回事呢。

魔鬼一听到这梵钟的声音，马上就皱起眉头，比听了圣保罗教堂的钟声还要难受，他就死命地翻起地来。因为人们一旦听到这不紧不慢的钟声，沐浴在明媚的阳光底下，那心情就会奇妙地松弛下来，既不想行善，也不想作恶了。魔鬼特地渡海来诱惑日本人，这岂不白跑一趟吗！魔鬼顶讨厌劳动了，以致由于手掌上没有茧子，挨过伊凡的妹妹[1]的责骂。它为什么如此卖力地抡起镐头来了呢？纯粹是为了驱走那一不小心就会缠住它、使它变得有道德的那种瞌睡才这么拼命的。

魔鬼终于花了几天工夫把地翻好，然后将藏在耳朵里的种子播种在垄里。

又过了几个月，魔鬼撒下的种子萌芽，长茎，到了当年的夏末，宽阔的绿叶子把园子里的土整个覆盖了。但是谁也不知道这种植物叫什么。连方济各司铎亲自问魔鬼，它都只是咧嘴笑笑，默不作声。

后来这植物茎部的顶端开了一簇簇的花儿，是漏斗形的淡紫色的花。魔鬼大概因为辛勤劳动过一场，花儿开了，感到颇为高兴。早祷和晚祷后，它就到田里来不遗余力地莳弄。

1　伊凡的妹妹是俄国小说家列夫·托尔斯泰（1828—1910）的童话《傻瓜伊凡》中的人物。凡是到她哥哥伊凡家来吃饭的客人，她都要检查一下他们的手掌，没有茧子的就不许入座。

有一天（这事儿恰好出在方济各外出几天去传教的期间），一个牛贩子牵了一头黄牛打园子旁边经过。一看，一个身穿黑袍、头戴宽边帽的南蛮传教士在圈着篱笆、紫花盛开的园子里，正一个劲儿地给叶子除虫呢。那花儿太罕见了，牛贩子不由得停下步来，摘下斗笠，毕恭毕敬地向那个传教士招呼道："喂，神父大人，那是什么花儿呀？"

传教士回过头来。他是红毛儿，矮鼻子，小眼睛，一看就是个好脾气的人。

"这个吗？"

"是啊。"

红毛儿倚着篱笆摇了摇头。他用半吊子日本语说："对不起，这个名字我可不能告诉人。"

"哦？是方济各大人不许你说出去吗？"

"不，不是的。"

"那你能不能告诉我呢？最近我也受到方济各神父大人的感化，信了教，你看！"

牛贩子得意扬扬地指了指自己的胸部。果然，他脖子上挂着个小小的黄铜十字架，它正在阳光照耀下闪闪发光呢。也许太晃眼了，传教士皱了皱眉，低下头去，随即用比刚才还要和蔼的语调半真半假地说："那也不成。这是我们国家的规矩，不准告诉人。你还不如自己猜猜看呢。日本人挺聪明，一定猜得着。要是猜中了，地里长的东西，我一股脑全送给你。"

牛贩子还以为传教士在跟自己开玩笑呢。他那被太阳晒黑了的脸上泛着微笑，故意使劲地歪歪脑袋说：“是什么呢？一时半会儿可猜不出来呀。”

“哎，用不着今天就猜出来。三天之内，你好好想想，再来吧。问人也没关系。要是猜中了，就统统给你，此外还给你红葡萄酒。要么就给你张《人间天堂》画吧。”

对方太热心了，牛贩子未免感到吃惊。“那么，要是猜不着，怎么办呢？”

传教士把帽子往后戴戴，一边甩甩手，笑起来了。他笑声像乌鸦那么尖，牛贩子都有些觉得奇怪了。

“要是猜不着，我就跟你要点什么。咱们是在打赌。猜得着还是猜不着，反正就押这一注。要是猜中了，就全都给你。”红毛儿说着说着，那声调又变得温和了。

“好的。那么我也豁出去啦，你要什么，就给你什么。”

“什么都给？连牛都肯给吗？”

“要是你不嫌弃，现在就给。”牛贩子边笑边抚摸黄牛的额头，他好像一直以为这是和蔼可亲的传教士在开玩笑呢。“可要是我赢了，那个开花的草就是我的了。”

“好的，好的，一言为定。”

“答应了。我以主耶稣基督之名发誓。”

传教士听罢，一双小眼睛忽闪忽闪的，满意地吭哧了两三下鼻子。他左手叉腰，略微挺起胸脯，用右手摸摸紫花说：“要是猜不中，我就要你的肉体和灵魂。”

红毛儿说着，抡起右胳膊，摘下帽子来。蓬乱的头发里面长着两只山羊角般的大犄角。牛贩子的脸色不禁变得刷白，失手把斗笠掉在地下了。也许是太阳西斜的缘故，地里的花儿和叶子一霎时都失去了光泽。连牛都不知道被什么吓住了，低垂着犄角，以一种大地轰鸣般的声音叫着。

“你答应我的话也得算数。你不是以那个我忌讳叫的名字发誓了吗！不要忘了，期限是三天。那么，再见！”

魔鬼以瞧不起人的、但又假装殷勤的腔调这么说着，又故意恭恭敬敬地向牛贩子鞠了个躬。

牛贩子后悔自己不该麻痹大意，上了魔鬼的当。照这样下去，终归要给那个“恶魔”抓住，肉体和灵魂都将在“永无止息的烈火”中焚烧。这样一来，他不是白白放弃过去的信仰而领洗了吗？

但是他既然凭着主耶稣基督之名发过誓了，就不能收回诺言。当然，如果有方济各司铎在场，好歹还能想出个办法；不凑巧，目前司铎外出了。究竟怎样才能将计就计，不让魔鬼的阴谋得逞呢？他连觉也不睡，足足想了三天。为了做到这一点，非得想法了解那个植物的名称不可。但是连方济各司铎都不晓得，又有谁能知道呢？……

在期限将满的那天晚上，牛贩子终于牵着黄牛，悄悄走到传教士住着的房屋旁边。那座房屋挨着园子，房前就是大道。走去一看，传教士大概也已经睡着了，窗户里连灯光都没有。虽然有月亮，却是个阴沉的夜晚，地里寂静无声，这儿那儿，在微暗中依稀能够看到紫花寂寞的姿影。原来牛贩子想到了一个没有多大把握的主意，才强打起精神，蹑手蹑脚来到这里。可是这片万籁俱寂的景物使他望而生畏，他想干脆就这样回去算了。尤其想到那位长着山羊那样的犄角的仁兄正在那扇门后面做地狱的好梦呢，于是勉强鼓起来的勇气也就窝窝囊囊地消失了。但转念一想，怎么能把肉体和灵魂交给“恶魔”呢，绝不能这么泄气啊。

于是，牛贩子一面祈求圣女马利亚的庇护，一面断然实行了预先想好的计划。那就是把牵着的黄牛的缰绳解下来，照着牛屁股狠狠地打一下，猛地把它赶进园子里去。

牛屁股被打得疼痛难忍，它就蹿了起来，撞垮了篱笆，把园子践踏个稀烂。它还把犄角三番两次撞在房屋的墙板上。蹄子声和哞哞的叫声洪亮地响彻四周，震撼着薄薄的夜雾。这时有人打开窗户，露出脸来。虽然黑咕隆咚地看不清楚，肯定是变成传教士的魔鬼喽，只觉得透过黑暗还能清清楚楚地看见它头上的犄角。

“这畜生，干吗踩我的烟草园子！”

魔鬼甩甩手，用发困的声音嚷道。他大概刚刚睡着就给吵醒了，气得要命。

牛贩子正躲在园子后面窥伺着呢。魔鬼这话，他听起来觉得就像是耶稣的福音一样……

“这畜生，干吗踩我的烟草园子！”

跟所有类似的故事一样，这个故事也结束得很圆满。也就是说，牛贩子顺利地猜中了烟草这个名字，赌赢了魔鬼，并且把园子里长的东西统统据为己有。

但是我老早就认为这个传说恐怕有更深的含义。因为魔鬼尽管未能把牛贩子的肉体和灵魂弄到手，却得以使烟草遍布日本。这么说来，正如牛贩子之获救伴随着堕落的一面，魔鬼的失败也伴随成功的一面吧。魔鬼连摔个跤也不会白白站起来的。当人自以为战胜了诱惑的时候，说不定已经进了圈套呢。

顺便再略记一下魔鬼的下落。方济各司铎刚一回来，就凭着他手里牧杖的威力终于把魔鬼从当地驱逐走了。但是那以后，它似乎仍旧扮作传教士到处流浪。还有关于建立南蛮寺的时候它经常出入京都的记载呢。也有关于愚弄松永弹正[1]的果心居士就是这个魔鬼的说法，关于这一点，小泉八云[2]先生业已写过，这里就不赘述了。自从丰臣、德川两氏禁传外教以来[3]，起初魔鬼还露露面，终于还是完全离开日本了。……关于魔鬼的记载，只写到这里为止。进入明治年代后，它再度来日，但对它的活动情况我却毫无所知，不胜遗憾……

1　松永弹正即松永久秀（1510—1703），日本室町时代末期的武将。弹正是他的职称。

2　小泉八云（1850—1903），原为英国人，叫拉夫卡迪奥·赫恩，生于希腊。1890年以记者身份去日本，并与日本女人小泉节子结婚，入了日本籍，著有关于日本的英文著作多种。

3　丰臣秀吉统一全国后，于1587年下令禁止天主教。日本武将德川家康（1542—1616）于1603年成立江户幕府，1613年重新下令禁止天主教。

大石内藏助的一天[1]

文学朴 译

明媚的阳光照射着紧闭的拉窗，老梅树参差不齐的枝影鲜明如画，映在从右到左伸展两三丈的一扇扇窗纸上。大石内藏助良雄原为浅野内匠头[2]的家臣，当时被交给细川家管制。他背向拉窗，双膝齐并，正襟危坐，一直在专心致志地看书。那本书大概是细川家的一位家臣借给他的《三国志》中的一册。

这个房间里一共有九个人。其中片冈源五右卫门刚刚到厕所去了。早水藤左卫门到下房去聊天，还没有回来。还剩下吉田忠左卫门、原总右卫门、间濑久太夫、小野寺十内、堀部弥兵卫、间喜兵

1　日本封建时代，常把姓冠在职称前面，名字则附在职称后面。此处的内藏助（内藏厅次官）是大石良雄（1659—1703）的职称。大石是播州赤穗的城主浅野长矩的家臣之长，浅野因在接待天皇特使的过程中几次遭到幕臣吉良的捉弄出丑，于1701年3月拔刀砍伤吉良，当天被迫剖腹自杀，领地被没收。大石率领浅野家臣46人于次年腊月夜袭吉良宅邸，杀死吉良，为其主浅野报了仇。

2　内匠头是宫廷中司营造、殿宇装饰等的机构内匠寮的长官。内匠是宫廷中的工匠。

卫六人。他们似乎都忘记了照射着拉窗的阳光，有的埋头看书，有的在写信。也许是因为这六个人全都是年过半百的老人，春寒料峭的房间里万籁俱寂。即使偶然有人清清嗓子，声音也轻得连微微飘荡着的墨香都不会被震动。

内藏助的视线忽而从《三国志》移开，似乎在凝视远方。他默默地把手伸到身边的火盆上烘着。罩着铁丝网的火盆里，埋着的木炭底下，红灼灼的炭火微微映亮炭灰。内藏助一感到火的热气，心里就又洋溢着怡然自得之情。刚好是去年腊月十五日为故主报了仇，撤到泉兵寺的时候，他吟道："快哉雪恨身可舍，尘世之月无云遮。"当时的满意心情又油然而生。

退出赤穗城以来，近两年的岁月里，他在焦虑和策划过程中，耗费了多少心血啊。单是为了抑制容易感情用事、急于求成的同伙的轻率行动，等待时机慢慢成熟，他操的心就绝非一般。而且仇人家派出的奸细不断地在窥探他的动静。他装作放荡不羁，以蒙骗这些奸细，同时又必须设法消除他这样的放荡的假象在伙伴当中引起的疑虑。他回想起往昔怎样在山科[1]和圆山[2]计议，当时难言的苦衷又涌上心头。然而，一切都过去了，目的已经达到了。

如果说还有未了事宜的话，那就是官方对一伙四十七人的处分。处分准不会是为时很远的事。是啊，一切都过去了，目的已经达到了。而且不单单是完成了复仇的行动，一切都是以与他的道德上的要求几乎完全一致的形式完成的。他不仅因完成事业而心满意

1　京都市东山区的地名。

2　京都市东山西麓的日本式公园，与八坂神社毗邻。

足，同时还尝到了发扬道德的满足。而且，无论从复仇的目的来考虑，还是从采取的手段来看，这种怡然自得是问心无愧的。可以说是满足到了顶点……

内藏助这么想着，舒展眉头，隔着火盆向吉田忠左卫门搭话说："看来今天相当暖和啊。"

吉田忠左卫门也许由于看书疲倦了，把书伏在膝上，在用手指比画着习字。他回答说："可不是嘛。天气太暖和了，这么待着，直发困。"

内藏助微微一笑。今年新春，富森助右卫门三杯屠苏酒[1]下肚就醉了。他吟道："今日又迎春，纵然闲睡心无愧，武士愿已偿。"内藏助就是因为忽然想起了这首俳句才微笑的。其寓意与良雄当前踌躇满志的心情刚好吻合。

"毕竟是大功告成，松了一口气吧。"

"对，这也有关系。"

忠左卫门拿起手边的烟袋，装上烟，文静地吟味着烟香。早春的下午是那么明朗静寂，吐出来的一缕青烟袅袅上升，逐渐消失了。

"咱们都再也没有想到还能过上这么悠闲的日子。"

"是啊。我做梦也没想到还能再赶上春天。"

"看来咱们都挺走运呢。"

两个人心满意足地互相望着笑了笑。这时，良雄背后的拉门上

1　屠苏酒是新年喝的酒，浸以山椒、橘皮、肉桂等。

映现一个人影，一只手伸到门拉手上，人影随即消失，接着身材魁梧的早水藤左卫门走进了房间。倘若不是这样，良雄必定还会以自豪的满足心情继续沉湎在早春温煦的阳光之下。可是红光满面的藤左卫门笑眯眯地来到他俩当中，不由分说地把他们拉回到现实生活中来；而他们呢，当然没有注意到这一点。

“看来下房倒挺热闹的。”忠左卫门说着又点燃了一袋烟。

“今天是传右卫门官人值班，所以聊得格外起劲。片冈等人也是刚才到了那边就坐下不走了。”

“怪不得耽搁了那么久。”

忠左卫门被烟呛得凄然笑了笑。不断挥笔疾书的小野寺十内突然想起了什么似的，抬了抬头，目光却又立即落在纸上，一个劲儿地继续写下去。他大概正给在京都的妻子写信呢。

内藏助眯起眼睛笑着说：“有什么趣闻吗？”

“没有，还是照样瞎扯。不过，方才近松讲起甚三郎的故事的时候，传右卫门官人等都是含着眼泪听的。此外——是呀，这么说来，倒是有个很有趣儿的事情呢。据说自从咱们杀掉吉良官人以来，江户城内流行起报仇雪恨之类的事来啦。”

“哈哈，真没有想到呀。”

忠左卫门以诧异的神色看了看藤左卫门。不知怎的，藤左卫门把这个故事讲给别人听的时候，似乎很得意。

“我刚才听说了类似的两三档子事。发生在南八丁堀的凑町附近的事尤其可笑。事情是这样引起的：附近米店的老板在澡堂里跟旁边染房的伙计吵起架来，原因大概是洗澡水溅了他这类鸡毛蒜皮的事。结果，染房伙计抡起水桶把米店老板痛揍了一顿。于是米店的一个学徒气愤不过，傍晚埋伏在那儿，乘染房伙计外出的时候，突然举起铁钩[1]砍进了对方的肩膀。听说他是边喊‘给主人报仇，看我的厉害’边干的……”

藤左卫门说说笑笑地比画着。

“那简直乱来一气。”

“看来那伙计受了重伤。可是邻居反而同情那学徒，你说怪不怪。另外，通町三巷发生了一起，新曲町二巷也发生了一起，还有什么地方也发生了一起。总之，到处都发生这样的事。听说都是在学咱们呢，岂非怪事？”

藤左卫门和忠左卫门相视而笑。他们听到复仇之举给江户人心的影响，不论多么微小，也必然是痛快的。唯独内藏助一个人，一手支着额头，露出不感兴趣的样子，默不作声。他本来挺满意，藤左卫门这番话却使他的心头罩上了微妙的阴影。话虽这么说，他自然用不着对自己的行为造成的一切后果承担责任。即便他们完成了复仇快举后，报仇雪恨在江户城内风靡一时，他当然也是问心无愧的。尽管这样，他感到原来自己心里热乎乎的情绪多少有点凉下去了。

说实在的，当时他只是对自己一伙人所干的事竟在意想不到的地方产生了影响而感到有些惊讶而已。如果是平时，他就会同藤左卫门和忠左卫门一起一笑了之。但是这个事实却给他当时那踌躇满

1　一种带木柄的铁钩，做武器用。

志的心里蓦地播下了不快的种子。这恐怕是由于他那心满意足的情绪带有异想天开的实质，竟肯定自己的行动和一切后果，在不知不觉中和事实逻辑背道而驰吧。当然，这时他心里丝毫没有打算这样来分析问题。他只觉得春风得意的深处有一股刺骨的冷气，使他感到一种说不出的恼火。

可是，内藏助没有笑这一点，似乎并没有特别引起这两个人的注意。是呀，憨厚的藤左卫门大概真心实意地相信，他本人感兴趣的事情内藏助也会感兴趣。不然他就不会亲自到下房去特地把细川家当天值班的家臣堀内传右卫门领到这里来。可是，他干什么都认真，回过头对忠左卫门说了声"把传右卫门官人叫来吧"，就立即拉开隔扇，轻松愉快地向下房走去。不大工夫，他仍面带微笑，伴随着一看就挺朴讷的传右卫门扬扬得意地回来了。

"真是，竟让您劳步，实在惶恐。"

忠左卫门一看见传右卫门就代替良雄笑容可掬地打招呼说。传右卫门为人朴实、直率，良雄等人自从受到管制以来，早就和他之间结成了故旧一般的深厚情谊。

"早水兄非要我来，我虽然怕打扰你们，可还是来了。"

传右卫门坐下来就挑起粗眉，晒得黝黑的双颊的肌肉像是要笑似的抽搐着，四下里打量在座的人们，于是，无论是看书的还是挥笔写字的，都向他致意。内藏助也殷勤地向他打了招呼。其中只有堀部弥兵卫显得有点滑稽。他把没读完的《太平记》[1]摊在跟前，戴

1　14世纪写成的一部小说，记载了日本南北朝的对抗。作者据传是小岛法师等人。

着眼镜就打起盹来，一醒过来就慌忙摘了眼镜，恭恭敬敬地鞠了一躬。甚至间喜兵卫也被他这副模样逗乐了，冲着旁边的屏风，绷着脸忍俊不禁。

“传右卫门官人似乎讨厌老人，总也不到这里来。”

内藏助一反常态，口齿流利地说。这是由于虽然略受到干扰，他的内心深处还乐滋滋地荡漾着先前的满足之情。

“不，倒不是由于这个缘故，可总是给那边的各位挽留住，不知不觉就谈下去了。”

“我刚刚听说，你们讲到很有趣的事情呢。”忠左卫门也从旁插话说。

“有趣的事情——是指……”

“指的是江户到处都学着报起仇来了。”藤左卫门说罢，笑嘻嘻地看看传右卫门，又看看内藏助。

“哦，是那档子事呀。人心确实是很奇妙的。看来黎民百姓受到你们的忠义的感染，也都想仿效那样的行动。在改变上上下下堕落的风气方面，可以产生不可估量的影响。如今盛行的净是我们根本不想看的净瑠璃啦，歌舞伎剧什么的，所以是上好时机。”

对内藏助来说，谈话的苗头又不对了，于是他故意郑重其事地讲了一些谦卑的话，想巧妙地扭转话题。

“您夸奖我们的忠义，我们感谢。可是，我个人的想法是首先感到丢脸。”他说着，环视了在座的人们，“原因是，虽然赤穗藩人员众多，可是正如您所看到的，这里的净是身份低下的人。当然，最初连奥野将监[1]这样的警卫长[2]也这个那个地参与了磋商，可是中途变了卦，终于脱离了同盟，真是令人遗憾。此外，进藤源四郎、河村传兵卫、小山源五左卫门等人都比原总右卫门的地位高，佐佐小左卫门等人也比吉田忠左卫门的身份高，可是即将起义的时候都变了心。其中还有我的亲属。因此，也就难怪我会感到耻辱了。”

随着内藏助这番话，室内的空气失去了先前的快活劲儿，顿时呈现出严肃的气氛。在这个意义上，他可以说是按照自己的意图扭转了话题。至于这么一来人们的谈话是否就能使内藏助感到愉快了，那又当别论。

听了他的感想，早水藤左卫门把两个拳头在膝上蹭了两三下，说：“他们个个都是十足人面兽心的家伙。没有一个够得上武士资格。”

“不错，像高田群兵卫那号的，还不如畜生呢。”忠左卫门扬眉望着堀部弥兵卫，像争取同情似的。

慷慨激昂的弥兵卫自然不甘寂寞：“完成起义的那天早晨，我们遇到了他，我觉得啐他两口也不解气。因为他恬不知耻地来到我们面前，还说实现了愿望真是大喜啦什么的。”

“高田也够呛，可是小山田庄左卫门等人也是不可救药的家伙。”间濑久太夫自言自语地说。

1　将监是近卫府的判官（律令制的四等官之一）。近卫府是古时掌管宫中警卫、行幸等事的机关。

2　原文作番头，江户时代在宫中担任警卫和杂务的番众之长。

于是，原总右卫门和小野寺十内也异口同声地骂起变节分子来了。连沉默寡言的间喜兵卫，虽然不开口，也频频点着白发苍苍的头，对大家的意见表示赞同。

“不管怎么样，再也想不到像他们那样的家伙竟跟你们这些忠臣是同一个藩的。正因为如此，不用说武士，连黎民百姓似乎也都在骂那些无功受禄的饭桶武士。冈林杢之助官人虽然去年剖腹死了，可是风传也还是亲戚们商定，逼他剖腹自杀的。即使不是那样，事到如今，恐怕也免不了受那个污名。何况别人呢。江户的情况就是这样，人们见义勇为，甚至仿效复仇，再说老早以前大伙儿就感到气愤，说不定会把这号人给斩掉呢。”

传右卫门激昂地断然说，表情不像是在讲旁人的事。看他那个架势，他本人首先就有可能去担当斩掉那些人的任务。吉田、原、早水、堀部等人在他的影响下似乎都激动起来，越发恶狠狠地痛骂乱臣贼子。——可是其中唯有大石内藏助仍把双手放在膝上，百无聊赖地望着火盆发呆，话也少了。

他发现了这样一个新的事实：他把话题扭转的结果，在牺牲变了心的旧友们的基础上，他们的忠义受到了越来越多的表扬。于是在他心里吹拂的春风再度消失了几分温暖。当然，他并不仅是为了扭转话题才为变节分子表示惋惜的。实际上他对他们的变节行为既觉得遗憾，也感到不快。可是他固然可怜那些不忠的武士，却并不憎恨他们。人情的向背和世态的炎凉，他都深有体验。在他看来，他们的变心，大多是十分自然的。如果允许用率直这个词，那真是率直到令人遗憾的程度。因此，他对他们始终持宽容的态度，何况在已经报了仇的今天，对他们唯有怜悯地一笑而已。社会上的人们似乎觉得杀了他们也不解气。为什么为了将我们捧作忠义之士就非把他们当成衣冠禽兽不可呢。我们同他们之间并没有什么了不起的差别。江户平民受到的奇妙影响早就使内藏助感到不愉快了。他又从以传右卫门为代表的舆论中看到了这次变节分子所受到的影响。二者的性质虽然不同，但也难怪他怫然不悦了。

可是，这还不算，内藏助的不快注定要火上加油。

传右卫门看到他沉默不语，推测大概是由于他态度谦虚的关系，就更加钦佩他的为人。为了表达自己的钦佩之情，这位纯朴的肥后[1]武士硬把话题一转，立即开始对内藏助的忠义倍加赞扬："过去曾听一位博学多闻的人说过，中国有某位武士，他为了伺机替主人报仇，甚至吞了煤炭变成了哑巴。可是，他的苦痛远远比不上内藏助官人吧，因为官人还要违心地装出一副放荡的样子。"

传右卫门先讲了这样一段开场白，然后滔滔不绝地谈起内藏助一年前尽情地放荡的逸事。到高尾[2]和爱宕[3]去赏红叶时他也装疯，心里该是多么痛楚啊。对于一心搞苦肉计的他来说，在岛原[4]和祇园[5]参加赏樱花宴会也一定是痛苦的……

"听说那时京都还流行过'纸糊大石轻飘飘，腹中无物是草包'这样的打油诗。把天下人欺骗到这种地步，不是十分巧妙行

---

1 日本旧国名，在今熊本县。

2 京都市右京区的地名，自古以来赏红叶的胜地。

3 京都市西北、上嵯峨北部的一座山。

4 京都市下京区西部，当时这里有花街。

5 京都八坂神社旧称，附近一带有花街。

事，是办不到的。先前天野弥左卫门官人称赞您沉着勇敢，是非常有道理的。”

“哪儿的话，那不算什么。”内藏助勉强回答说。

内藏助这种谦虚谨慎的态度似乎使传右卫门感到讲得不够透彻，同时越发觉得他的品格高尚。他本来是朝着内藏助的，这时又转向长期在京都值勤[1]的小野寺十内，更加热情地表示钦佩之意。他这种像孩子般热切的劲头，大概使一伙人中以博学多闻著称的十内感到既可笑又可爱吧，他朴实地迎合着传右卫门的意思，详细地叙述了当时内藏助为了蒙骗仇人家派出的奸细，身着法衣，经常到升屋的名妓夕雾那里去的情况。

“那样一本正经的内藏助，当时作过《花街小景》这样一首歌。这歌又很叫座儿，花街柳巷到处都唱。而且当时内藏助穿上黑色法衣，在祇园的樱花凋谢、花瓣纷落之中，醉醺醺地走着，人们起哄，管他叫浮华公子，浮华公子。也难怪《花街小景》这支歌会流行，内藏助的放荡行为会出名。只要一提到内藏助，夕雾也好，浮桥也好，岛原和撞木町[2]的有名的太夫[3]们就都争相殷勤招待他。”

内藏助听十内讲这样的话，简直像受了侮辱，心里很不是滋味。同时，又不由得想起以前的放荡行为。对他来说，那是色彩鲜明得出奇的记忆。他在回忆当中，看到长蜡烛的光，闻到沉香油

1 原文作勤番。江户时代，各地诸侯的家臣轮流到江户的藩邸来值勤，担任军事和警备工作。也有派到当时天皇的宫殿所在地京都值勤的。

2 江户时代京都南部伏见区的花街。

3 一级妓女的职称。

的味道，还听到三弦奏加贺小调[1]的声音。十内刚才提到的《花街小景》的歌词“果然是，珠泪扑簌，把红袖湿遍，泪扑簌，皮肉生涯，露水缘”，以及妖娆美丽得像是来自东宫的夕雾和浮桥，也浮现在他的脑际。他当时是怎样尽情地享受这种记忆犹新的放荡生活的啊。在那放荡的生活中，一霎时他又是怎样感到心旷神怡，而把复仇的事完全抛在脑后的啊。他是个正直的人，不肯自欺而否定这个事实。当然，由于他对人性了解得那么透彻，他连做梦也想不到这档子事是不道德的。因此，把他的一切放荡行为都看作是他尽忠的手段而予以表扬，使他感到不快，同时又感到内疚。

内藏助这么料想着，他听到自己装疯卖傻的苦肉计受到称赞而怫然作色，也就不足为奇了。他意识到，心里剩下的那一点和暖的春风，再次受了打击后眼看就荡然无存了。现在心里只是笼罩着一层冷冰冰的阴影：他对一切误解有反感，又因为自己没有预料到这种误解，而对自己的愚蠢也有反感。他的报仇行动，他的同伙，最后还有他本人，大概会随着这种任意赞赏之声传之后世吧。——面对这样不愉快的事实，他在炭火即将熄灭的火盆上烘着手，避开传右卫门的视线，悲伤地叹了一口气。

几分钟以后，大石内藏助借口去厕所离座出来，独自倚着檐廊的柱子，望着那古老庭院里的寒梅老树耸立在青苔和石头之间，开放着鲜艳的花朵。夕晖溟蒙，栽在院中的竹丛阴影处早已暮色苍茫。可是隔着纸拉门，兴致勃勃的谈笑声不绝。他边听着，边感到

1 原文作加贺节，室町时代流行于加贺的小曲。加贺是旧国名，在今石川县南部。

一抹哀情慢慢包围了自己，随着梅花吐出的微香沁透到冷彻的内心深处。这种寂寞，无以名状的寂寞，到底是从哪儿来的呢。——内藏助仰望着像镶嵌在蔚蓝天空中般的、坚硬冰冷的花朵，一动不动地久久伫立在那里。

戏作三昧[1]

文洁若 译

一

那是天保三年[2]九月间的一个上午。从早晨起，神田同朋町的松汤澡堂照例挤满了浴客，依然保持着几年前问世的式亭三马[3]的滑稽本里所描述的“神祇、释教、恋、无常，都混杂在一起的澡堂”[4]那幅景象。这里有个梳妈妈髻儿[5]的，正泡在澡水里哼唱俗曲[6]；

1 戏作三昧，三昧是佛教用语，指事物的诀要或精义。如称在某方面造诣深湛为“得其三昧”。此处指主人公马琴专心致志于戏作的写作。

2 1832年。

3 式亭三马（1776—1822），日本江户时代的小说家，著有《浮世澡堂》等。

4 见《浮世澡堂·澡堂概况》。日本古时编辑歌集，多以“神祇、释教、恋、无常”这四者分类，这里指澡堂里各式各样的人都有。

5 古时日本男子蓄发结髻，平时在理发店梳，妈妈髻儿是文化年间（1804—1817）江户下层社会的男子在家梳的一种格式不入时的头，意思是说老婆所梳。

6 原文作歌祭文，江户时代山僧唱的一种俗曲。

那里有个梳本多髻儿[1]的，浴罢在拧手巾；另一个圆圆前额、梳着大银杏髻[2]的，则让擦澡的替他冲洗那刺了花纹的背；还有个梳由兵卫髻[3]的，从刚才起一个劲儿洗脸；再有就是一个剃光头的，蹲在水槽[4]前面不停地冲澡；此外也有专心致志地玩着竹制的玩具水桶和瓷金鱼的顽童[5]。一片蒙蒙热气之中，在从窗口射进来的朝阳映照下，模模糊糊地可以看到形形色色的人们，湿漉漉的身子柔和地闪着光，在狭窄的冲澡处蠕动着。澡堂里热闹非凡。首先是浇水和木桶碰撞声；其次是聊天唱小调，从柜台那儿还不时传来打拍板[6]的声音。因此，石榴口[7]里里外外简直像战场一样嘈杂。这还不算，商贩啦，乞丐啦，都掀开布帘进来。浴客更是不断地进进出出。

在这一片杂乱当中，有个六十开外的老人谦恭地靠在角落里，静静地擦洗污垢。他两鬓的头发黄得挺难看，眼睛好像也有点毛病。但是，瘦削的身子骨儿却很结实，说得上是棒势，手脚的皮虽松了，却还有一股子不服老的硬朗劲儿。脸也一样，下颌骨挺宽的面颊和稍大的嘴巴周围显出动物的旺盛精力，几乎不减当年。

1　本多髻儿是日本江户时代男人梳的一种发式。

2　大银杏髻是日本江户时代武士梳的发式，髻端像银杏叶一般张开来，故名。

3　由兵卫髻是日本江户时代流行的一种男子发式。

4　用大锅把水烧热后倒在水槽里，供浴客浴后洗脸净身之用。

5　原文作虻蜂蜻蜓。日本江户时代的男孩子或小伙计将剃剩下的一缕头发梳成牛虻、蜜蜂或蜻蜓翅膀状，此处用来做顽童的代名词。

6　浴客有需要“擦澡”即叫人代洗肩背者，老板就用拍板通知擦澡的人，照例女汤两下，男汤一下。

7　浴池入口设有半截板屏，地上放着木台，入浴的人必须迈过木台，从板屏和木台之间的空隙当中钻进去。据说是为了防止澡水变冷，俗称石榴口。

老人仔仔细细地洗罢上半身，也没用留桶[1]浇一浇就洗起下半身来了。不管用黑色甲斐绢[2]搓多少遍，他那干巴巴、满是细碎皱纹的皮肤也搓不出什么污垢来。这大概使老人忽然勾起了秋季的寂寥之感，他只洗了一只脚，就像泄了气一般停下了攥着布巾的手。他俯视着留桶里浑浊的水，窗外的天空清晰地映现在水里，疏疏朗朗的枝子上挂着红红的柿子，下面露出瓦屋顶的一角。

这时"死亡"在老人心里投下了阴影。但是这个"死亡"却不像过去威胁过他的那样有恐怖的因素；犹如映现在桶里的天空，它是那么宁静亲切，有一种解脱了一切烦恼的寂灭之感。倘若他能够摆脱尘世间所有的劳苦，在"死亡"中永眠，像个天真烂漫的孩子似的连梦也不做，那他将会多么高兴啊。他不但对生活感到疲倦，几十年来不断写作，也使他精疲力竭……

老人茫然若失地抬起眼皮来。四下里，伴随着热闹的谈笑声，许许多多赤身露体的人们在水蒸气当中穿梭般地活动着。石榴口里的俗曲声中夹进了唱小调[3]和优西可诺调[4]的声音。刚刚在他心中投下阴影的"死亡"，在这里当然丝毫也看不到。

"哎呀，先生。想不到在这样的地方碰见了您。我做梦也没料

1　常年来洗澡的主顾在澡堂里备有专用水桶，叫作留桶。

2　甲斐绢是甲斐国郡内地方生产的绸子。

3　原文作美里耶斯，是一种较短的长歌。

4　优西可诺调是江户时代的流行歌曲。因附有"优西可诺，优西可诺"的叠句，故名。

到曲亭先生[1]会一大早来洗澡。”

老人听到有人这么招呼他，吃了一惊，一看，旁边有个红光满面、中等身材、绾着细银杏髻[2]的人，前面摆个留桶，肩上搭块湿手巾，笑得挺起劲。他浴罢，大概正要用净水冲身。

马琴泷泽琐吉微笑着，略带嘲讽地回答说：“你还是那么快活，好得很。”

二

“哪里的话，一点儿也不好。说起好来，先生，《八犬传》才越写越出色，离奇呢，写得真好啊。”那个绾着细银杏髻的人把肩上的手巾放在桶里，拉开嗓门谈开了，“船虫[3]化装成盲女，企图害死小文吾[4]。他一度给抓起来，遭到严刑拷打，最后庄介[5]把他营救下来，这段情节安排得妙极了。这样一来，庄介和小文吾又重新相逢。鄙人近江屋平吉只是个卖小杂货的，虽不才，自认为对小说还是有研究的。就连我对先生的《八犬传》都挑不出毛病来。我算是服了。”

1　曲亭先生即泷泽马琴（1767—1848），日本江户时代后期的小说家，曲亭、著作堂主人、蓑笠渔隐都是他的号。他花28年的时间写了一部长达98卷的《南总里见八犬传》。该书通过仁、义、礼、智、信、忠、孝、悌八德化身的八犬士的行动，鼓吹劝善惩恶思想。

2　细银杏髻也叫小银杏髻，江户时代日本男子梳的发式，形状略小于大银杏髻。

3　《八犬传》里的人物。

4　即犬田小文吾悌顺，八犬士之一。

5　即犬川庄介义任，八犬士之一。

马琴又默默地洗起脚来。他对热爱自己作品的读者一向怀有一定的好感，可决不会因此就改变对那个人的评价。对他这样一个聪明人来说，这是极其自然的事。但奇怪的是，相反，他对一个人的评价也从来不会损害他对那个人的好感。因此，在一定的场合，他能够对同一个人同时产生轻蔑和好感。这位近江屋平吉正是这样一个热心的读者。

“写那样大部头的作品，花的力气也不同寻常啊。眼下先生称得上是日本的罗贯中喽——哎呀，这话说得造次啦。”

平吉又朗笑起来。正在旁边冲澡的一个身材矮小、皮肤黝黑、绾着小银杏髻、长着一双对眼儿的人，大概被他的笑声吓了一跳，回过头来打量着平吉和马琴，露出一副莫名其妙的神色，往地上吐了口痰。

马琴巧妙地把话题一转，问道：“你还热衷于发句[1]吗？”然而并不是因为对眼儿的表情使他感到有些不安，他才这么做的。他的视力幸而已衰退到看不清这些了。

“蒙先生询问，惶恐得很。我本来搞不好，偏偏喜欢这些，厚着脸皮三天两头到处参加评诗会[2]。但不知怎么回事，总也没有长进。喏，先生怎么样？对和歌、发句有没有特殊的兴趣？”

“不，那玩意儿我虽做过一个时期，可完全做不好。”

“您别开玩笑啦。”

1　发句原指俳谐连句的第一句，后来独立成短诗，即俳句。

2　原文作运座，许多人聚坐一堂作俳句，互相评议，创始于日本江户时代文政年间（1818—1829）。

“不，大概是不合脾胃，直到现在也还没入门呢。”

马琴在“不合脾胃”这个词上加重了语气。他并不认为自己不会做和歌、俳句。当然，他自信对这方面还是懂得不少的。但是他一向看不起这一类的艺术。因为不论和歌还是俳句，篇幅都太小了，不足以容纳他的全部构思。抒情也好，叙景也好，一首和歌或俳句不论作得多么出色，把它的思想内容填在他的作品里也仅仅是寥寥数行而已。对他来说，这样的艺术是第二流的。

三

他加强语气说“不合脾胃”，是含有这样轻蔑之意的。不巧近江屋平吉好像全然没听懂。“哦，敢情是这么回事啊。我原以为像先生这样的大作家，不拘什么都能一气呵成呢。俗话说得好：天不与二物。”

平吉用拧干了的手巾使劲搓身，搓得皮肤都发红了，用含蓄的口吻说。马琴说的本是谦虚之词，却被平吉照字面上来理解了，对此，自尊心很强的马琴感到莫大的不满。更使他不痛快的是平吉那种含蓄口吻。于是他把手巾和搓身绢往地下一扔，直起腰来，面呈不悦之色，用炫耀的口吻说：“不过，当今的和歌作家和俳句师父的水平，我还是有的。”

话音未落，这种孩子气的自尊心忽然使他不好意思起来。就连方才平吉对《八犬传》赞不绝口的时候，他也没怎么觉得高兴。那么，现在反过来被看成是个不会作和歌、俳句的人，却又感到不满，显然是个矛盾。他蓦地醒悟到这一点，恰似掩盖内心的羞愧一般，急匆匆地把留桶里的水从肩上浇下来。

“是啊，不然的话，您也写不出那样的杰作啊。这么说来，我能看出您会作和歌、俳句，我的眼光也了不起吧。哎呀，怎么替自己吹起来了。”

平吉又哄笑起来。刚才那个斜眼儿已经不在左近了，他吐的那口痰也给马琴浇的水冲掉了。但马琴当然比方才还要感到惶恐。

“哎呀，不知不觉谈了这么半天，我也去泡泡澡吧。”

马琴感到怪尴尬的，他这么招呼了一声，边生自己的气，边慢腾腾地站起来，准备离开这位和蔼可亲的忠实读者。

由于马琴那么一夸口，平吉似乎觉得连他这个忠实读者脸上都添了光彩。他像是追在马琴后面般地说：“先生，改天请您作一首和歌或俳句好不好？您答应了？可别忘记啊。那么我这就告辞了。您路过我家的时候，请在百忙之中进来坐一坐。我也会到府上去叨扰的。”

于是平吉边把手巾重新涮洗一遍，目送着朝石榴口走去的马琴的背影，心想：回家后，该怎样把遇见曲亭先生的事讲给老婆听呢？

四

石榴口里幽暗得像黄昏一般。溱溱热气笼罩得比雾还要浓，马琴眼睛不好使，晃晃悠悠地用手分开人群，总算摸索到了澡池的一角，好容易把满是皱纹的身子泡在水里。

水有点热。他感到热水浸入了指甲尖，就深深吸了口气，慢条斯理地四下里看了看。半明半暗中露出七八个脑袋，有的在聊天，也有的哼唱着小调。融化了油脂的滑腻腻的澡水面上反射着从石榴口透进来的昏暗光线，懒洋洋地晃动着。令人恶心的“澡堂子味儿”扑鼻而来。

马琴的构思素来是富于浪漫色彩的。以澡堂子的水蒸气为背景，他眼前自然而然地浮现出自己正在写的小说中的一个情景。有个沉甸甸的船篷。船篷外面，随着日暮，海上似乎起了风。拍着船舷的浪涛声，听起来挺沉闷的，像是油在晃荡。与此同时，船篷呼啦呼啦响，多半是蝙蝠在扑扇翅膀。有个船夫似乎对这声音感到不安，悄悄地从船舷朝外面瞥去。笼罩着雾的海面上空，阴沉沉地挂着红色的月牙。于是……

这时，他的构思猛地被打断了。因为他突然听见石榴口里有人在批评他的小说；而且不论声调还是语气，都好像是故意讲给他听的。马琴本来已经要离开澡池了，但是打消了这个念头，静静地侧着耳朵听那个人的批评。

“什么曲亭先生啦，著作堂主人啦，净吹牛，其实马琴写的都是人家故事的翻版。别的不说，《八犬传》不就简直是模仿《水浒传》的吗！当然，不去探究的话，情节倒还有趣儿，敢情他根据的是中国小说嘛。单是把它读一遍就不简单哪。这还不算，却又抄袭起京传[1]的作品来了，简直让人目瞪口呆，气都没法生了。”

马琴老眼昏花地对这个诋毁他的人盯着看。给热气遮得看不清楚，却像是原先待在他们旁边的那个绾着小银杏髻的对眼儿。这么说来，一定是因为刚才平吉称赞了《八犬传》，惹得他一肚子火，故意拿马琴来撒气。

“首先，马琴写的玩意儿全是要笔杆儿，肚皮里什么货也没有。仅仅是把‘四书’‘五经’讲解一通，活像是个教私塾的老学究。因此他又不谙世事。从他光是写从前的事儿就可以证明这一点。他写不出现实生活中的阿染久松[2]，所以才写了《松染情史秋七草》[3]。要是借马琴大人的口气来说嘛，这样做是其乐无穷的。”

倘若一方怀着优越感，就不可能产生憎恶的感情。对方的这番话虽然使马琴感到生气，奇怪的是他却恨不起那个人来。相反，他很想表示一下自己的轻蔑。他所以没这么做，大概毕竟是因为上了岁数，懂得克制之故。

1　即山东京传（1761—1816），日本江户时代后期的小说家，浮世绘画家。

2　阿染是18世纪初大阪瓦屋桥油坊老板的女儿，久松在油坊里当学徒。江户时代有不少净琉璃和歌舞伎脚本是以他俩的情死事件为题材的。

3　曲亭马琴的小说，出版于1808年。书中虽借用了阿染、久松的名字，故事却以南朝武将楠氏一族的兴衰史为背景。南朝也叫吉野朝。1336年后醍醐天皇在大和的吉野建都，称南朝，与足利幕府所拥立的持明院系统的北朝分立。至1392年，南北朝合并。

“相形之下，一九[1]和三马可真了不起。他们笔下的人物写得多自然，真是栩栩如生啊。绝不是靠一点小技巧和半瓶醋的学问勉强凑成的，跟蓑笠轩隐者之流大大地不同。”

就马琴的经验而言，听人家贬低自己的作品，不但使他不愉快，而且也感到有很大的危险。这并不是由于承认人家贬得对，因而感到沮丧，而是由于认为人家贬得不对，因而以后的创作动机就会不纯了。由于动机不纯，可能屡屡写出畸形的作品。仅仅以迎合潮流为目的的作家又做别论，多少有气魄的作家，反倒容易陷入这样的危险。因此马琴至今尽量不去读对自己作品的那些指责。但另一方面却又禁不住想去读一读这样的批评。一半是因为受到这样的诱惑，他才在澡堂里听起小银杏髻的诽谤的。

他发觉了这一点，立即责怪自己太愚蠢，不该这么懒洋洋地泡在水里，他不再听小银杏髻那尖细嗓门儿了，猛地迈出了石榴口。透过蒙蒙热气可以看到窗外的蓝天，空中浮现出沐浴着温煦的阳光的柿子。马琴走到水槽前面，平心静气地用净水冲身。

刚才那个人也许因为是对眼儿的关系，没有看到马琴已经迈出了石榴口，误以为他还在场呢，就在浴池里对他继续进行着猛烈抨击：“反正马琴是个冒牌货，好个日本的罗贯中！”

1　即十返舍一九（1765—1831），日本江户时代的小说家，著有《东海道徒步旅行记》。

五

但是，马琴离开澡堂时，心情是郁闷的。对眼儿那番刻薄话，至少在这个范围内确实起到了预期的效果。他边在秋高气爽的江户市街上走着，边审慎地琢磨和掂量着在澡堂里听到的苛刻批评。他当即证明了这一事实：不论从哪一点来考虑，那都是不值一顾的谬论。然而他的情绪一旦被扰乱了，似乎很不容易恢复平静。

他抬起忧郁的眼睛望望两旁的商店。店里的人们跟他的心情风马牛不相及地埋头于当天的营生。印着“各国名茶”字样的黄褐色布帘、标明“真正黄杨[1]”的梳子形黄色招牌、写着“轿子”的挂灯[2]、算命先生那印着“卜筮”二字的旗帜——这些东西参差不齐地排成一列，乱哄哄地从他眼前掠过去。

“我对这些批评并不以为然，可为什么竟弄得如此烦恼呢？”马琴继续想下去，“使我不痛快的首先是那个对眼儿对我怀着恶意。有什么办法呢？不管原因何在，只要是有人对我心怀恶意，就会使我不愉快。”

他这么想着，对自己的怯懦感到羞愧。说实在的，像他这样态度傲慢的人固然不多，对别人的恶意如此敏感的也少见。他当然老早就觉察到了这一事实：从行为上来看似乎是截然相反的两种结果，其实起因于同一种神经作用。

1　日本的伊豆七岛因产黄杨木著称。黄杨木因质地坚韧，多用于制造梳子和棋子等。

2　轿子铺门口挂着写明“轿子”字样的纸灯笼以招徕主顾。

“可是，另外还有使我不愉快的原因。那就是我被摆到和那个对眼儿对抗的地位上了。我一向不喜欢这样，所以我才从来不跟人打赌。”

他琢磨到这里。从他那抿得紧紧的嘴唇这时忽然咧开这一点就看得出，当他更深入地探究下去时，心情起了意想不到的变化。

“最后还有一桩，把我放到这样一个处境的竟然是那个对眼儿，这也确实使我感到不快。倘若他不是这么个渺小的对手，就一定足以引起我的反感，以致把心中的不快发泄在他头上。可是跟这样一个对眼儿交锋，叫我如何是好呢？”

马琴苦笑着仰望高空。鹞鹰快活的鸣声，跟阳光一道雨点般地洒下来。一直闷闷不乐的他，感到心情逐渐舒畅了。

“但是，不论对眼儿怎么诋毁我，顶多不过是使我觉得不愉快而已。鹞鹰再怎么叫，太阳也不会停止旋转。我的《八犬传》一定能够完成。到那时候，日本就有了古今无与伦比的一大奇书。”

他恢复了自信，这样自我安慰着，在窄小的巷子里拐了个弯，静静地走回家去。

六

到家一看，幽暗的门廊台阶底下，摆着一双眼熟的麻花趾袢儿[1]竹皮草屐。一看到它，那位来客没有表情的面孔就浮现到马琴眼前。他愤愤地想到，又得耽误工夫，讨厌死了。

"今天上午又完啦。"他边这么想着，边迈上台阶，女用人阿杉慌里慌张地出来迎接他。她手按地板，跪在那里，抬头望着他的脸说："和泉屋的老爷在房间里等着您回来哪。"

他点点头，把湿手巾递给了阿杉。但是他说什么也不愿意马上到书房去。

"太太呢？"

"烧香去了。"

"少奶奶也去了吗？"

"是的，带着小少爷一道去了。"

"少东家呢？"

"到山本先生家去了。"

全家人都出门了。一抹失望般的感觉掠过他的心头。他无可奈何地拉开了门旁书房的纸槅扇。

一看，房间中央端坐着一个白白的脸上满是油光、有些装腔作势的人，衔着一个细细的银制烟杆儿。他的书房里，除了贴着拓本

1　元禄年间（1688—1703）流行的一种由几股细带子拧成的草屐袢儿。

的屏风和挂在壁龛[1]内的一副红枫黄菊的对联而外，没有任何像样的装饰。沿墙冷冷清清地排列着一溜儿五十几个古色古香的桐木书箱。窗户纸大概过了年还没换过呢，东一块西一块，破洞上补着白纸。在秋日映照下，上面浮现着芭蕉残叶婆婆娑娑的巨大斜影。正因为如此，来客的华丽服装就越发和周围的气氛不协调了。

“啊，先生，您回来了。”

刚一拉开纸槅扇，客人就口齿伶俐地这么说着，毕恭毕敬地鞠了一躬。他是书店老板和泉屋市兵卫，当时声誉仅次于《八犬传》的《金瓶梅》，就是由该书店出版的。

“让你久等了。今天一早我难得地去洗了个澡。”

马琴不由自主地略皱了皱眉，跟平时一样彬彬有礼地坐下来。

“哦，大清早去洗了个澡，那可真是……”

市兵卫发出了一种表示非常钦佩的声音。像他这样对任何琐事都动不动就感到钦佩——不，是做出一副钦佩的样子——的人，也是少见的。马琴慢条斯理地吸着烟，照例把话题转到正事上来。他尤其不喜欢和泉屋表示钦佩的这股劲儿。

“那么，今天有何贵干？”

“嗯，又向您讨稿子来了。”

市兵卫用指尖把烟杆儿转了一下，像女人一样柔声说。这个人的性格很特别。在大多数场合下，他外面的表现和内心的想法是不一致的。岂止不一致，简直是表现得截然相反。因此，当他打定主

1　壁龛是日本式客厅里靠墙处高出地板的一块地方，有柱隔开，用以陈设装饰品，墙上挂画。

意非要做什么事的时候，说起话来反倒准是柔声柔气的。

马琴听了他这个声调，又不禁皱了皱眉。

“稿子嘛，可办不到。”

“哦，有什么困难吗？”

“不仅是困难。今年我揽下了不少读本，无论如何也抽不出空来搞合卷[1]。”

“嗯，您可真忙啊。”

市兵卫说罢，用烟杆儿磕磕烟灰筒，于是做出一副刚才的话已忘得干干净净的神色，突然谈起鼠小僧次郎太夫的事来。

七

鼠小僧次郎太夫是个有名的大盗，今年五月上旬被捕，八月中旬枭首示众。他专门偷大名[2]府，把赃物施舍给穷苦的老百姓，所以当时他有了个古怪的外号叫义贼，到处受到赞扬。

“据说被他偷的大名府有七十六座，钱数达三千一百八十三两二分，多么惊人哪。虽是个盗贼，可不是一般人做得到的。”

马琴不由自主地产生了好奇心。市兵卫这番话是蕴含着自满的，因为他每每能够向作者提供素材。这种自满当然使马琴感到

1　江户时代后期流行的一种草双纸。草双纸原作草草纸。草纸是书册的意思，第一个草字指粗糙的，即指供妇孺阅读的通俗本。后来把第二个草字改为双（日语中，草、双二字同音）。合卷是把从前的五册小本子合成一卷，每部书包括两卷，就有了以前十册的篇幅，这样就便于发表长篇了。

2　日本封建时代的诸侯。

气愤。尽管气愤，还是引起了好奇心。他颇有一些作为艺术家的禀赋，在这方面大概格外容易受到诱惑。

“嗯，可真了不起啊。我也听到了种种风言风语，可没想到竟是这样。”

“总之，他说得上是贼中之豪杰吧。听说以前还当过荒尾但马守[1]老爷的随从什么的，因此对大名府内部的情况了如指掌。据斩首前游街示众时看到他的人说，他长得胖胖的，挺讨人喜欢，当时穿着深蓝色越后[2]绉绸上衣，下面是白绫单衣。这不完全像是您的作品里出现的人物吗？”

马琴含糊其词地回答了一句，又点了一袋烟。市兵卫才不是个含糊一下就会给吓倒了的人呢，他说：“您看怎么样？把次郎太夫搬到《金瓶梅》里来写如何？我很清楚您非常忙，但是求求您啦，还是答应下来吧。”

他把话题从鼠小僧一下子就转回到催稿子上去了。对他惯用的这个手段已经习以为常的马琴依然不答应。岂止不答应，他的心情更不愉快了。虽说仅仅是片刻工夫，竟然中了市兵卫之计，动了几分好奇心，他觉得自己太愚蠢了。他显得挺没味道似的吸着烟，终于找到了这么一套理由：“首先，我就是硬着头皮写，反正也写不出像样子的东西。那就会影响销路，你们也会觉得没意思。看来，还是听我的，归根结底对双方都有好处。”

---

1 荒尾是姓，但马是日本旧国名，在今兵库县北部。日本古代行政区划为七道七十余国。守是日本古代的地方官国司中的一等官。

2 日本旧国名，在今新潟县。

“话虽这么说，还是想请您尽力而为，您看行不行？”

市兵卫边说边用两眼“扫视”（马琴用这样的词来形容和泉屋的某种眼神）马琴的脸，并且隔一会儿从鼻孔里喷出一股烟来。

“无论如何也写不出来。想写也没工夫，没办法啊。”

“那可叫我为难了。”

市兵卫说罢，突然把话题转到当时的作家们上面去。他那薄薄的嘴唇仍衔着细细的银制烟杆儿。

八

“听说那个种彦[1]又要有一部新作品问世了。左不过是辞藻华丽、凄凄惨惨的故事罢了。那位仁兄所写的东西，有着唯独他才写得出来的特色。”

也不知道是什么意思，市兵卫提到作家们的时候，从来不加敬称。马琴每逢听到他这么称呼作家们，就心想，背地里市兵卫准管自己叫“那个马琴”。当他肝火旺的时候，常常想道：凭什么非给这个把作家当成自己雇的店员、呼名道姓的无礼之徒写稿子不可？于是越想越气。今天一听到种彦这个名字，他就越发沉下脸来。但是市兵卫却好像浑然不觉。

1　即柳亭种彦（1783—1842），日本江户时代后期的小说家，著有《伪紫土源氏》等。

“我们还想出版春水[1]的作品呢。您讨厌他，但是他的作品好像挺合俗人的口味哩。”

“哦，是吗？”

马琴眼前浮现了不知什么时候看到过的春水的脸。他觉得春水更加形容猥琐了。他老早就风闻春水曾这么说过：“我不是作家。我只是个挣工钱的，根据顾客的要求写言情小说供大家欣赏。”因此，他当然打心里看不起这个不像是个作家的作家。然而，现在他听到市兵卫提及春水时连尊称都不加，他还是禁不住感到不快。

“总之，他这个人呀，论写桃色玩意儿可是个能手哩。而且以笔头快出名。”

市兵卫边这么说着，边瞥了马琴一眼，随即又把视线移到衔在嘴里的银烟杆儿上。这一瞬间，他脸上泛出了极其下流的表情，至少在马琴看来是如此。

“他写得那么好，听说是下笔千言，两三章讲究一气呵成。说起来，您的笔头也很快吧？”

马琴一方面感到不愉快；一方面又产生了一种受威胁的感觉。他自尊心很强，当然不愿意人家拿他和春水、种彦相比，看谁的笔头快。而且他毋宁说是写得慢的。他觉得这证明自己没有能力，经常为此感到泄气。但另一方面，他又不时地把写得慢作为衡量自己艺术良心的尺子，而引为可贵。但是，不论他的心情如何，听凭俗人横加指责，他是绝不答应的。于是，他朝挂在壁龛内的红枫黄

---

1 即为永春水（1790—1843），日本江户时代后期的小说家，著有《春色梅历》等。

菊的对联看了看，硬声硬气地说："要看时间和场合，有时候写得快，也有时候写得慢。"

"哦，敢情要看时间和场合。"

市兵卫第三次表示钦佩。但他当然不会仅仅钦佩一下了事。紧接着，他就单刀直入地说："可是，我已经说了好几次了，原稿方面您能不能答应下来呢？就拿春水来说……"

"我跟春水先生不一样。"马琴有个毛病，一生气下唇就往左撇。这当儿，下唇又狠狠地向左边一撇。"哎，我敬谢不敏。……阿杉，阿杉，你把和泉屋老板的木屐摆好了吗？"

九

马琴对和泉屋市兵卫下了逐客令后，独自凭靠着廊柱，眺望着小院子的景色，竭力把心头的怒火压下去。

院子里遍布阳光，叶子残破的芭蕉和快要秃光了的梧桐，与绿油油的罗汉松以及竹子一道，暖洋洋地分享着几坪[1]地的秋色。这边，挨着洗手盆的芙蓉，稀稀落落剩不下几朵花了。那边，栽在袖篱[2]外面的桂花，依然散发出馥郁的香气。鹞鹰那吹笛子般的鸣叫声，从蔚蓝的天空高处不时撒下来。

与自然风光相对照，他又一次想到人世间竟有多么下等。生活在下等的人世间的人们的不幸在于，在这种下等的影响下，自己的

1　坪是日本面积单位，一坪约3.3平方米。

2　袖篱，原文作袖垣，紧挨着房子修的篱笆，状如和服袖子，故名。

言行也不得不变得下等了。就拿他自己来说吧，他刚刚把和泉屋市兵卫赶走了。下逐客令，当然不是什么高雅的事。但是由于对方太下等了，他自己也被逼得非做这样下等的事不可。于是，他就这么做了。这么做，无非是意味着他使自己变得跟市兵卫一样卑贱。也就是说，他被迫堕落到这个地步。

想到这里，他就记起前不久曾发生过跟这相类似的一件事。住在相州朽木上新田这么个地方的一个叫长岛政兵卫的人，去年春天给他写来了一封信，要求拜他为师。信的大意是：我现在二十三岁了，自从二十一岁上成了聋子，就抱着以文笔闻名天下的决心，专心致志地从事读本的写作。不用说，我是《八犬传》和《巡岛记》的热心读者。但是，待在这样的穷乡僻壤，学习方面总有种种不方便。因此，想到府上来当食客，不知可否。我还有够出六册读本的原稿，也想请你斧正，送到一家像样子的书店去出版。在马琴看来，对方的要求，打的净是如意算盘。但是正因为自己由于眼睛有毛病而感到苦恼，所以对方耳聋引起了他几分同情，他回信说，请原谅，不能接受你的要求。就马琴而言，这封信毋宁是写得非常客气的。那个人寄来的回信，却从头到尾都是猛烈的谴责之词。

信是这么开头的：不论是你的读本《八犬传》还是《巡岛记》，都写得又长又臭，我却耐心地把它们读完了。你呢，连我写的仅仅六册读本都拒绝过目。由此可见你的人格有多么低下了。并且是以这样的人身攻击结尾的：作为一个老前辈，不肯把后辈收留下来当食客，乃是吝啬所致。马琴一怒之下，立即写了回信，还加上了这么一句：有你这样的浅薄无聊的读者，是我终生的耻辱。这位仁兄以后就杳无音信了。莫非他至今还在写读本吗？并且梦想着有朝一日让日本全国的人都读到它吗？……

回顾此事的时候，马琴情不自禁地既觉得长岛政兵卫可怜，同时也觉得他自己可怜。于是这又使他产生了莫可言喻的寂寥之感。太阳一个劲儿地晒着桂花，那香气越发馥郁了。芭蕉和梧桐也悄无声息，叶儿一动也不动。鹞鹰的鸣叫声和刚才一样嘹亮。大自然是如此，而人呢……他像做梦般地呆呆地倚着廊柱，直到十分钟后，女用人阿杉来通知他午饭已经准备好了。

十

他孤零零地吃完了冷冷清清的午饭，这才回到书房来。不知怎的心神不定，很不痛快。为了使心情宁静下来，他翻开了好久没看过的《水浒传》。顺手翻到风雪的夜晚豹子头林冲在山神庙看到火烧草料场那一段。戏剧性的情节照例引起了他的兴致。但是读了一会儿，他反倒感到不安了。

前去朝香的家里人还没回来，房屋里静悄悄的。他收敛起阴郁的表情，对着《水浒传》机械地抽着烟。在烟雾缭绕中，脑子里一向存在的一个疑问又浮现出来。

这个疑问不断纠缠着作为道德家和作为艺术家的他。他从来没怀疑过“先王之道”。正如他公开声明过的，他的小说正是“先王之道”在艺术上的表现。因此，这里并不存在矛盾。但是“先王之道”赋予艺术的价值，以及他在思想感情上想赋予艺术的价值之间竟有很大的距离。因而，作为一个道德家，他是肯定前者的，而作为一个艺术家，他当然又肯定后者。当然，他也曾想用一种平庸的权宜之计来解决这个矛盾。他也确实想在群众面前打出不痛不痒的协调的幌子，借此掩盖自己对艺术的暧昧态度。

但是，即便骗得过群众，他却骗不过自己。他否定戏作的价值，称它为“劝善惩恶的工具”，然而一旦接触到不断在心中沸腾的艺术灵感，就蓦地觉得不安起来。正因为如此，《水浒传》中的一段恰巧给他的情绪带来了意想不到的影响。

在这方面，马琴内心里是怯懦的。他默默地抽着烟，强制自己去惦念眼下外出的家属。但是《水浒传》就摆在跟前。他总也排遣不开环绕着《水浒传》而产生的不安。就在这当儿，久违的华山渡边登[1]来访。他身穿和服外褂和裙裤，腋下夹着个紫色包袱，大概是来还书的。

马琴高高兴兴地特地到门廊去迎接这位好友。

华山进了书房后，果然说道：“今天我是来还书的，顺便还想给你看一样东西。”

一看，除了包袱，华山还拿着个用纸卷着的画绢般的东西。

“你如果有空，就请赏光。”

“哦，马上就给我看吧。”

华山好像要掩盖近乎兴奋的心情，矜持地微微一笑，把卷在纸里的画绢打开来给马琴看。画面上或远或近，疏疏落落画着几棵萧

1　渡边登（1793—1841），日本江户时代末期的画家，号华山。因谴责幕府的闭关自守政策，受迫害而自杀。

瑟、光秃秃的树，林间站着两个拍手谈笑的男人。不论是撒落地面的黄叶还是群聚树梢的乱鸦，画面上处处弥漫着微寒的秋意。

马琴看着这张色彩很淡的寒山拾得像，眼睛里逐渐闪烁出温和润泽的光辉。

“每一次你都画得这么好。我想起了王摩诘。这里表达的正是‘食随鸣磬巢乌下，行踏空林落叶声’的意境啊。”

十一

“这是昨天画好的，还算满意，要是你老人家喜欢的话，打算送给你，所以才带来的。”华山边抚摸刚刚刮过胡子的发青的下巴，边踌躇满志地说，“当然，说是满意，也不过矮子里挑将军就是了……什么时候也画得不够理想。”

“那太谢谢啦。总是承蒙惠赠，真是不敢当。”

马琴边看画，边喃喃致谢。因为不知怎的，他那还没完成的工作，忽然在他的脑子里一闪。而华山呢，好像也依然在想着自己的画。

“每逢看到古人的画，我老是想，怎么画得这么出色。不论木石还是人物，都画得惟妙惟肖，而且把古人的心情表达得活灵活现。这一点可实在了不起。相形之下，我连孩子都不如。”

“古人说过：后生可畏。”马琴用妒忌的心情瞥着老是想着自己的画的华山，难得地说了这么一句俏皮话。

“后生当然也是可畏的。但是我们仅仅是夹在古人和后人之间，一动也不能动，一个劲儿地被推着往前走。倒也不光我们是这样。古人也是这样，后生大概也是如此。”

“你说得对，要是不前进，马上就会给推倒了。这么说来，哪怕一步也好，要紧的是研究一下怎样前进。”

“对，这比什么都要紧。”

主人和客人被自己的话所感动，沉默了片刻，倾听着划破秋日的肃穆传来的响动儿。

不久，华山把话题一转，问道：“《八犬传》依然进行得很顺利吗？”

“不，总是迟迟不见进展，真没办法。从这一点来说，似乎也赶不上古人。”

“你老人家说这样的话，可不好办啊。”

“说到不好办，我比谁都感到不好办。可是无论如何也得尽自己的力量去写。所以，最近我打定主意和《八犬传》拼了。”马琴说到这里，泛着羞愧的神色苦笑了一下，“心里想，左不过是戏作罢了。可是做起来就不那么容易了。”

“我的画也是一样的。既然开了个头，我也打算尽力画下去。”

“咱俩都把命拼了。”

两个人朗笑起来。笑声中却蕴含着只有他俩才能觉察到的一抹寂寥。同时，这种寂寥又使主客双方都感到强烈的兴奋。

这次轮到马琴改变话题了：“可是，绘画是值得羡慕的。不会受到官方的谴责，这比什么都强。”

十二

“那倒不会……不过，你老人家写东西，也用不着担心这一点吧。”

“哪里的话，这种事多着呢！”马琴举了个实际例子来说明检察官的书籍检查粗暴到了极点。他写的小说有一段描写官员受贿，检察官就命令他改写。

他又议论道：“检察官越是吹毛求疵，越露马脚，多有意思。由于他们接受贿赂，就不愿意人家写贿赂的事，硬让你改掉。而且，正因为他们自己一来就动下流念头，不论什么书，只要写了男女之情，马上就说是秽淫的作品。而且还认为自己在道德方面比作者要高，简直令人耻笑。这就好比是猴儿照镜子，因为自己太低级了，气得龇牙咧嘴。”

由于马琴那么起劲地打着比喻讲着，华山不禁失笑。他说：“这种情况恐怕多得很。可是，即使被迫改写，也不会丢你老人家的脸。不论检察官怎么说，伟大的著作也必然是有它的价值的。”

“但是蛮不讲理的事太多了。对了，有一次，只因为我写了一段往监狱里送吃的穿的，也给删掉了五六行。”

马琴本人边这么说着，边和华山一道哧哧笑起来。

“但是，再过五十年一百年，检察官就没有了，只有《八犬传》还留传于世。”

“不管《八犬传》能不能留传下去，我总觉得，任何时候都会有检察官的。”

“是吗？我可不这么想。”

“不，即使检察官没有了，检察官这样的人可什么时代都没断过。你要是认为焚书坑儒只是从前才有过，那就大错特错了。”

“近来你老人家净说泄气话。”

“不是我泄气，而是检察官们横行跋扈的世道，让我泄气的啊。”

“那你就更加起劲地搞创作好了。”

“总之，只好如此吧。”

“咱们都把命拼了吧。”

这一次，两个人都没有笑。不仅没笑，马琴还绷了一下脸，看了看华山，华山这句像是开玩笑的话，竟是如此尖锐。

过了一会儿，马琴说：“但是，年轻人首先要懂得好歹，想方设法活下去。命嘛，什么时候都可以拼。”

他知道华山的政治观点，这时忽然感到一阵不安。但华山只是淡淡地一笑，没有回答。

十三

华山回去后，马琴依然感到兴奋，他就在这股劲头的推动下，为了续《八犬传》的稿子，像往常那样对着书桌坐下来。他一向有个习惯，总是把头一天写的部分通读一遍再往下续。于是，今天他也把行间相距很近、用红笔改得密密麻麻的几页原稿细心地慢慢重读一遍。

不知怎的，文章和他的心情不那么吻合。字里行间蕴含着不纯的杂音，处处破坏全文的协调。起初他还以为这是自己肝火旺所致。

“我现在心情不佳。我本来是尽自己的一切力量写的啊。”

他这么想着，又重读一遍。但跟刚才完全一样，还是不对头。他心里慌得厉害，简直不像是个老人了。

“前一段怎么样呢？”

他又翻看前面的文章。这里还是那样，极其粗糙的词句，触目皆是。他一段接一段地往前读下去。

可是，越读，拙劣的结构和杂乱无章的句子越展现在眼前。这里有着给人留不下任何印象的叙景，一点也不感动人的咏叹，以及不合逻辑的说理。他花费几天时间写成的几章原稿，现在读来，觉得全是无用的饶舌而已。他猛地感到钻心的痛苦。

“只好从头改写啦。”

他心里这么喊着，狠狠地把原稿推开，用胳膊支着脑袋，一骨碌躺在铺席上。但是，大概还惦记着稿子的事，眼睛一直盯着书桌。《弓张月》和《南柯梦》都是在这张书桌上写的，目前他正在写《八犬传》。摆在书桌上的端溪[1]砚，状如蹲螭[2]的镇纸，蛤蟆形铜水盂，浮雕着狮子和牡丹的青瓷砚屏，以及刻有兰花的孟宗竹根笔筒——这一切文具，老早就对他文思枯竭之苦习以为常了。这

1　我国广东省西部德庆县的古名，以产砚石著称。

2　螭是古代传说中的无角龙。古代建筑中或工艺品上常用它的形状做装饰。这里是指压纸用的文具做蹲着的龙状。

些，无不使他觉得目前的失败给自己毕生的巨著投下了阴影——这似乎说明了他本人的写作能力根本就值得怀疑，从而使他不禁产生不祥的忧虑。

“直到刚才我还打算写一部在我国无与伦比的巨著来着。但是说不定这也跟一般人一样，不过是一种自负罢了。”

这种忧虑给他带来了比什么都难以忍受的、凄凉孤独之感。他在自己所尊敬的日汉的天才面前，一向是谦虚的。正因为如此，对待同时代的庸庸碌碌的作家，他是极为傲慢不逊的。那么，他又怎么能轻易承认，归根结底，自己的能力也不过跟他们不相上下，而且自己竟是个讨厌的辽东豕[1]。但是他的个性太强，精神又那么饱满，绝不甘心于从此“认命”，逃避到“大彻大悟”中去。

他就这样躺在书桌前面边用一种活像船长在看着触礁后沉向海底的船那样的眼神打量着这份写失败了的原稿，边静悄悄地和强烈的绝望搏斗着。这当儿，他背后的纸槅扇“哗啦”一声拉开了，“爷爷，我回来啦”的话音未落，一双柔嫩的小手搂住了他的脖子。不然的话，他还会一直愁闷下去呢。孙子太郎精神抖擞地一下子蹦到马琴的腿上。只有小娃娃才这样爽直，肆无忌惮。

“爷爷，我回来了。”

“哦，回来得真快呀。”满脸皱纹的《八犬传》的作者，简直像是换了个人似的顿时喜形于色了。

1　辽东豕的典故见《后汉书·朱浮传》。大意是说，在辽东白猪是个罕物，到了河东就不稀奇了，以喻由于缺乏见识而自鸣得意。

十四

从饭厅那边热热闹闹地传来了老伴儿阿百的尖嗓子和为人腼腆的儿媳妇阿路的声音。时而还夹杂着男人的粗嗓门，看来儿子宗伯刚好也回来了。太郎骑在爷爷的腿上，故意一本正经地瞧着天花板，好像是在侧着耳朵听那些声音似的。他的脸蛋子给外面的冷空气吹得通红，随着呼吸，小小的鼻翼一掀一掀的。

穿着土红色小礼服的太郎突然说道："我说呀，爷爷。"

他在一个劲儿想事情，同时又竭力憋着笑，所以脸上的酒窝一会儿露出来，一会儿又消失了——马琴看到他这副样子，不由得引起微笑。

"每天多多……"

"哦，每天多多？……"

"用功吧。"

马琴终于"扑哧"一声笑了出来。他边笑边接茬儿问道："还有呢？"

"还有……嗯……别发脾气。"

"哎呀呀，没有了吗？"

"还有哪。"

太郎说着，仰起那挽着线髻[1]的头，自己也笑起来了。马琴看着他笑得眯起眼睛，露出白白的牙，面颊上一对小酒窝，他怎

1　原文作系鬓，江户时代前期儿童、演员和侠客梳的一种发式，将头发剃光，只在两鬓留下细细的一绺，在后脑勺打成髻，故名。

样也难以想象这个孩子长大后会变得像世间一般人那样形容猥琐。马琴沉浸在幸福的感受当中，这么思忖着，于是心里越发乐不可支。

“还有什么？”

“还有好多事儿哪。”

“什么事儿？”

“嗯……爷爷啊，以后会变得更伟大，所以……”

“会变得更伟大，所以什么？”

“所以要好好忍耐。”

“是忍耐着哪。”马琴不由得认认真真地说。

“要好好儿、好好儿地忍耐。”

“这话是谁说的？”

“这个……”太郎调皮地看了一下他的脸，笑了起来，“猜猜是谁呀？”

“嗯，今天你朝香去了，是听庙里的和尚说的吧？”

“不对。”太郎使劲摇摇头，从马琴腿上略抬起屁股，将下巴往前伸了伸，说道：“是……”

“嗯？”

“是浅草的观音菩萨这么说的。”

话犹未了，这个孩子一边用大得全家都听得见的声音欢笑，一边像是怕给马琴抓住似的，急忙从他身旁跳开了。让爷爷乖乖地上了当，太郎乐得拍着小手，滚也似的向饭厅那边逃去。

刹那间，马琴脑子里闪过一个严肃的念头。他嘴边绽出幸福的微笑。不知什么时候，他已热泪盈眶。他并不想去追问这个玩笑究竟是太郎自己想出来的，还是爹妈教的。此时此刻从孙子口中听到这样的话，他感到不可思议。

“是观音菩萨这么说的吗？多多用功，别发脾气，好好忍耐？”

六十几岁的老艺术家含泪笑着，像孩子似的点了点头。

十五

当天晚上。

马琴在圆形纸罩座灯暗淡的光线下，继续写着《八犬传》的稿子。他写作时，家里的人都不进这间书房。静悄悄的屋子里，灯芯吸油的声音，和蟋蟀声融汇在一起，懒洋洋地诉说着漫长的夜晚有多么寂寥。

刚刚提笔的时候，他脑子里闪烁着微光般的东西。随着十行、二十行地写下去，那个光逐渐亮起来。马琴根据自己的经验，知道这是什么，就小心翼翼地运笔。灵感跟火毫无二致，不懂得笼火，即使点燃了，也会立即熄灭的……

马琴抑制着动辄就要奔腾向前的笔，屡次三番悄悄地告诫自己道：“别着急，要尽量考虑得深刻一些。”刚才的星星之火，已经在脑子里形成一股比河水还流得快的思潮。它越流越湍急，不容分说地把他推向前。

不知从什么时候起，他已经听不见蟋蟀声了。座灯的光太暗，他也完全不在乎了。自然而然地有了笔势，在纸上一泻而下。他以与神明比高低的态度，几乎是豁出命地继续写着。

头脑中的潮水，犹如奔腾在天空上的银河，不知从什么地方滚滚涌出。来势之猛，使他觉得害怕。他担心万一自己的肉体承受不住可怎么办。于是他紧紧攥着笔，屡次三番地提醒自己道："竭力写吧。错过这个时机，说不定就写不出来了。"

但是恰似朦朦胧胧的光的那道潮流，不但丝毫不曾减缓速度，反而令人眼花缭乱地奔腾着，把一切都淹没了，汹涌澎湃地向他冲过来。他终于彻底给俘虏了，他忘记了一切，对着潮流的方向挥着笔，其势如暴风骤雨。

这时，映现在他那帝王般的眼里的，既不是利害得失，也不是爱憎之情。他的情绪再也不会为褒贬所左右了，这里只有不可思议的喜悦。要么就是令人陶醉的悲壮的激情。不懂得这种激情的人，又怎么能体会戏作三昧的心境呢？又怎么能理解戏作家的庄严的灵魂呢？看哪，"人生"涤荡了它的全部残渣，宛如一块崭新的矿石，不是璀璨地闪烁在作者眼前吗？

这当儿，阿百、阿路婆媳俩，正在饭厅里面对面坐在灯旁，继续做针线活。她们大概已经把太郎打发睡了。坐在离她们不远的地方，身子骨看起来挺单薄的宗伯，一直在忙着搓丸药。

不久，阿百把针放在擦了油的头发上蹭了蹭，用不满意的腔调喃喃地说："爹还没睡吗？"

阿路眼睛仍盯着针脚，回答道："一定又埋头写作呢。"

"这个人真没办法。又拿不了多少钱。"

阿百这么说着，看了看儿子和媳妇。宗伯装作没听见，一声不响。阿路也默默地继续缝着。不论是这里还是在书房，都一样能听到秋虫唧唧。

毛利先生

文学朴 译

岁末的一个傍晚，我和朋友——一位评论家一道，沿着所谓腰便街道[1]，在一排光秃的柳树底下朝着神田桥走去。在我们的左右，夕阳的余晖之下，下级官吏模样的人们踉踉跄跄地走着。从前岛崎藤村[2]曾感慨地说他们应当“把头抬得再高一点走路”！这些下级官吏大概都不期然而然地怀着忧郁的心情，怎么也排遣不开吧。我们俩几乎让大衣的肩擦着般紧紧挨着，略微加快了步伐，一直到走过大手町的电车站，几乎一言未发。这时，那位评论家朝着在红柱子下等电车的人们瞥了一眼，看见他们一个个哆哆嗦嗦的样子，突然打了个寒噤，自言自语似的喃喃地说：“我想起了毛利先生的事。”

1　便当是饭盒，腰便是腰便当的简称。日本下级官吏把饭盒系在腰间去上班，这里把他们经常走过的街道叫作腰便街道。
2　岛崎藤村（1872—1949），日本诗人、小说家。

“毛利先生是谁？”

“是我中学时候的老师。我没对你说过吗？”

作为“没有说过”的表示，我默默地低一下帽檐。下面就是当时那位朋友边走边对我讲述的关于毛利先生的回忆。

那是十来年前的事，我还在某府立中学三年级读书的时候。教我们班英语的一位年轻教师安达先生，由于流行性感冒而引起急性肺炎，寒假里故去了。由于事情发生得太突然，来不及物色适当的后任的缘故吧，我们中学不得已就请当时在某私立中学任英语教师的一位老人毛利先生，来接替迄今为止由安达先生担当的课程。

我是在毛利先生到任的当天下午头一次看到他的。我们三年级的学生出于迎接新教师的好奇心，走廊里刚传来先生的脚步声，大家就从来没有过的那么静悄悄地等待上课。脚步声在那阳光已消失的寒冷的教室外面停住了，过一会儿门打开了——啊，现在谈起这件事来，当时的情景还历历在目。开门走进来的毛利先生，首先给人的印象是矮个子，使人联想起经常出现在节日的马戏班子里的小丑。但从这感觉中抹去了阴郁色彩的，是先生那几乎算得上“漂亮”的、光滑的秃头。尽管他后脑勺上还残留着几根斑白的头发，但整个来说，跟自然教科书中所画的鸵鸟蛋没有什么两样。最后一桩使先生的风采超出凡人的，是他那身古怪的晨礼服，名副其实地古色苍然，几乎使人记不起它曾经是黑色的。然而在先生那稍许污秽了的翻领下面，却堂而皇之地结着一条颜色极为鲜艳的紫色领带，宛如一只展翅的蛾子。这印象也惊人般地残留在记忆之中。因而当先生进入教室的同时，不期然而然地从四下里发出要笑又不便于笑出的声音，当然是不足为奇的了。

可是毛利先生双手捧着课本和点名簿，显出一种简直像没看见学生般的超然态度，登上高出一阶的讲台，回答了学生们的敬礼，在那善良而气色不佳的圆脸上露出和蔼可亲的微笑，尖声尖气地招呼道："诸位！"

过去三年中，从这个中学的先生们那里我们从未受到过"诸位"的待遇。于是毛利先生的这声"诸位"自然使我们顿开惊叹之目。与此同时，我们想：在"诸位"这句开场白之后，接着必然是一席关于教学方针之类的长篇演说，于是都屏着气息等着。

可是毛利先生说完"诸位"之后，只是四下里打量着教室，一时什么话也没说。虽然他那肌肉松弛的脸上，浮着一丝从容不迫的微笑，嘴角上的筋肉却神经质地颤动着。他那双有点像家畜的明眸里，不时露出焦急的神色。他虽然没有说出口，心里对我们大家仿佛有所哀求，遗憾的是先生本身似乎也弄不清那究竟是什么。

"诸位！"于是毛利先生用同一个声调重复了一遍，紧接着他就像是要捕捉这声音的回响似的，慌张地说下去，"今后由我来教诸位英语选读课。"

我们的好奇心越发强烈起来，大家一声不吭，全神贯注地盯着先生的脸。可是毛利先生这样说的同时又用哀求的目光环顾了教室，忽然像放松了的弹簧，冷不防坐到椅子上。于是他把点名簿放在已经摊开的文选课本的一旁，打开来瞧。他这番寒暄的话结束得如此突兀，使我们多么失望，或者毋宁说是超过了失望而使我们感到滑稽，那恐怕就没有必要说了吧。

幸而我们还未来得及笑出声音来，先生那双家畜般的眼睛就从点名簿上抬起，立即叫了班上一个同学的名字，并称呼他作“君”。当然是叫他立即站起来进行译读的意思。于是那学生站起来用东京的中学生特有的伶俐劲儿译读了《鲁滨孙漂流记》中的某一节。毛利先生不时地摸着紫色领带，误译之处自不用说，就连发音上的一些细小毛病都一一认真加以纠正。先生的发音有些做作，但大体上是准确而清楚的，先生本人似乎对这一点心里也特别扬扬自得。

可是当那个学生坐下，由先生开始翻译那一段的时候，同学们当中又到处发出咯咯的失笑声。那是因为发音那么好的先生，一旦开始翻译，他所掌握的日语词汇竟贫乏得令人难以相信他是日本人。要么就是即便有词儿，到了临场一时也想不起来了。比方说，仅仅翻译一行，也要费这么多的口舌：“于是鲁滨孙·克罗索终于决定饲养……饲养什么呢？就是那种奇妙的动物……动物园里有的是……叫什么来着……经常要把戏的……喏，诸位也知道吧。就是，红脸儿的……什么，猴子？对、对，是猴子。决定饲养猴子啦。”

既然连猴子都是这个样子，遇到稍微复杂一点儿的句子，不绕上半天弯子，就找不到适当的字眼儿去翻译。而且毛利先生每次都弄得狼狈不堪，一个劲儿地把手放到领口，使人担心他会不会把那紫色的领带扯碎；同时困惑地仰起头来，慌里慌张地瞥上我们一眼。忽而又双手按住秃脑袋，把脸伏在桌上羞愧地顿住了。这么一来，先生那本来就矮小的身子，就像泄了气的气球一般，窝窝囊囊地缩作一团，让人觉得连那从椅子上耷拉下来的两只脚都晃晃悠悠的，仿佛是吊到空中似的。学生们呢，都觉得怪有趣儿的，暗地里在笑。先生反复翻译了两三遍的当儿，笑声就越来越放肆，甚至坐在最前排课桌的学生也公然大笑起来。我们这种笑声该叫善良的毛利先生多么难堪啊——连我自己今天回想起那片刻薄的响声，都不由得再三想掩起耳朵来。

可是毛利先生却鼓起勇气翻译下去，直到响起课间休息的喇叭为止。他好容易念完最后一节，就又以原来那种悠然的姿态回答了我们的敬礼，简直像全然忘记了方才那番苦战恶斗似的，十分泰然地走出教室。紧接着我们就哄堂大笑起来，故意乒乒乓乓地把课桌盖儿一开一关，有的跳到讲台上，即席模仿毛利先生的姿势和声调，表演起来。……啊，难道我还得回忆起这样一桩事吗：当时，连戴着班长臂章的我，也由五六个同学簇拥着，在那里得意忘形地指摘着先生误译的地方。可是哪些译误呢？说实在的，就连当时自己也说不准是不是真的译错，只不过是一个劲儿地逞能而已。

三四天之后，某日午休的时间。我们五六个人聚集在器械操场的沙坑那儿。我们身穿毛哔叽制服，冬天和煦的阳光从背后晒过来。大家七嘴八舌地议论着即将来临的学年考试的事。号称体重六十八公斤的丹波先生跟学生一道正悬在单杆上，他大声喊着："一、二！"然后往沙坑上一跳。他头戴运动帽，身上只穿一件西服背心，来到我们当中问道："新来的毛利先生怎么样？"

丹波先生也教我们年级的英语，他以爱好运动出名，加之又擅长吟诗，因此在讨厌英语的柔道和剑道选手这类勇士当中，似乎也深乎众望。

经先生这么一说，一位勇士摆弄着拳击手套说："嗯，不大——行。大伙儿都说不怎么样似的。"他回答时的腼腆劲儿，简直与他平素的为人迥然不同。

于是丹波先生一边用手帕掸着裤子上的沙子，一边得意扬扬地笑着说："连你都不如吗？"

"当然比我强。"

"那还挑什么毛病？"

那位勇士隔着拳击手套搔搔头，怯懦地不言语了。

可是这回我们班的英语秀才，扶一扶度数很深的近视眼镜，以跟年龄不相称的口气反驳说："不过，先生，我们差不多都想报考专科学校，所以还是想让最好的教师教我们。"

丹波老师依然哈哈笑着说："嘿，左不过是一个学期嘛，跟谁学还不是一样？"

"那么毛利先生只教一个学期吗？"

这个问题像是触到了丹波先生的要害。长于世故的先生避而不答，却摘下运动帽，使劲儿掸了掸平头上的尘土，急忙环顾一下我们大伙儿，巧妙地掉转话头说："当然喽，毛利先生是相当古板的人，与我们不大一样啊。今天早上我乘电车，见先生坐在正中间。快到换车的地方，他就大声叫喊：'卖票的，卖票的！'我觉得又可笑，又难为情。总而言之，他肯定是个与众不同的人。"

然而，关于毛利先生这方面的事，不用丹波先生去提，使我们吃惊的地方多得很。

“还有，听说毛利先生一遇下雨，就身穿西服、趿拉着木屐来上班啦。”

“总是吊在腰下的白手绢包儿，大概是毛利先生的午饭吧？”

“有人在电车里看见毛利先生揪住拉手时，他的毛线手套上净是窟窿。”

我们团团围着丹波先生，吵吵嚷嚷地说着这些无聊的话。我们越讲越欢。大概是受到这种气氛的感染，丹波先生把运动帽挑在手指尖儿上转着，不由得兴致勃勃地说起来了：“还有更那个的呢。那顶帽子，可真是件老古董……”

就在这当儿，不知是哪股风吹来的，小个子的毛利先生悠然出现在器械体操场对面，离我们只有十来步远的两层楼校舍的门口，头上正戴着那顶古董礼帽，一只手煞有介事地按着那条天天系着的紫色领带。大概是一年级的，有六七个像孩子似的学生正在门口前面玩着人马什么的，一见先生的身姿，都争先恐后毕恭毕敬地行礼。毛利先生也伫立在照到门口石阶上的阳光之中，好像在举起小礼帽在还礼。见到这情景，大家毕竟感到不好意思，一时沉寂下来，止住了热闹的笑声。唯独丹波先生大概是羞愧加狼狈的缘故，仅仅闭口还不够，把刚说到“那顶帽子可真是一件老古董”的舌头一吐，赶紧戴上运动帽，突然急转身，大声喊着：“一——！”只见他那仅仅穿了一件西服背心的肥壮身躯猛地蹿到单杠上，将鱼跃式前挺的双脚直伸向上空，然后喊至“二——”的时候，就漂漂亮亮地划破冬季的蓝天，轻松地上到单杠上面了。不消说，丹波先生这个滑稽的遮羞动作，惹得大家不禁失笑了。器械体操场上的学生们本来收敛了一下，这时仰望着单杠上的丹波先生，像是为棒球赛助威似的，哇哇地起哄鼓掌。

我自然也跟大家一道喝彩。但喝彩的当儿，我一半是出于本能，憎恨起单杠上的丹波先生了。话虽这么说，也并不是对毛利先生寄予同情。足以说明这一点的是，我为丹波先生鼓掌，同时也间接地包含着对毛利先生表示恶意的企图。现在回过头来剖析当时的心情，也许可以说，一方面在道义上蔑视丹波先生，另一方面在学力上又看不起毛利先生。或者还可以认为丹波先生那句“那顶帽子可真是件老古董”似乎更加证实了他对毛利先生的侮蔑是有根据的，使我越发肆无忌惮起来。因而自己一边喝彩，一边耸着肩膀，回头朝着校舍门口那边傲慢地望去。然而我们的毛利先生却像是贪图阳光的过冬苍蝇那样，依旧一动不动地伫立在石阶上，全神贯注地看着一年级学生天真烂漫地游戏。那顶礼帽和那条紫色领带，在当时是作为笑柄而收入眼底的，不知为什么，这番光景直到如今还是无论如何也不能忘却。……

毛利先生在就任的当天以自己的服装和学力而使我们产生的轻蔑感，又由于丹波先生那次失策而在全班变本加厉了。过了不到一个星期，一天早晨又发生了这么一件事：头天夜里开始下起雪来，窗外延伸出去的体育馆的屋顶什么的，已经覆满了雪，连房瓦的颜色都看不见了。然而教室里炉火通红。积在窗玻璃上的雪，来不及反射出淡蓝色的光，就已经融化了。毛利先生将椅子放在炉前，照例扬起尖嗓门儿，怀着满腔热忱，讲授《英文选读》中的《人生颂》[1]。当然，学生当中没有一个人认真听课。岂止不听，像坐在我邻位的某柔道选手，竟然把武侠小说摊在《英文选读》下面，沉湎在押川[2]的冒险小说里。

过了二三十分钟，毛利先生突然从椅子上站起来，结合正讲着的朗费罗的诗歌，议论起人生问题来了。他所谈的要旨，我一点印象也没有了，恐怕与其说是议论，毋宁说是以先生的生活为中心的一番感想之类罢了。因为我隐隐约约记得，先生像拔掉了羽毛的鸟儿一般，不断地把双手举起又放下，用慌张的语调喋喋不休地说的那些话中，有这么一段："诸位还不懂得人生。喏，就是想懂也还是不懂。所以诸位是幸福的。到了我们这年纪，对人生就懂得很透彻，苦恼的事挺多。就拿我来说，有两个孩子。那么就得供他们上学。一上学……嗯……一上学……学费呢？对啦，就得缴学费喽。喏，所以有许多很苦恼的事情……"

甚至对什么都不晓得的中学生都要诉说生活之苦，或许是本不想诉苦却情不自禁地诉苦，先生的这种心情，我们是根本无法理解的。不如说我们是单纯地看到诉苦这档子事本身的滑稽的侧面，所以先生正说着的当儿，不知不觉之间大家又哧哧笑起来了。不过并没有变成往常那种哄堂大笑，那是因为先生寒酸的装束和尖声尖气说话的那副神色，宛如人生之苦的化身，多少引起了同情的缘故吧。

1 《人生颂》是美国诗人朗费罗（1807—1882）所写的长诗，收在诗集《夜声》（1839）中。

2 即押川春浪（1876—1914），日本小说家，《冒险世界》杂志主笔。

我们的笑声虽然没有变得更大，可是过不一会儿，挨着我坐的柔道选手突然撇开武侠小说，气势汹汹地站起来，竟说什么："先生，我们是为了向您学英文才来上课的。所以，若是您不教英文，我们就没有必要待在课堂里。如果您再这么讲下去，我马上就到操场上去。"

那学生这么说完之后，狠狠地板起面孔，气势汹汹地坐下了。我从来不曾见过像当时的毛利先生那样尴尬的面孔。先生像受到雷击一般，半张着嘴，直挺挺地立在火炉旁，朝着那个剽悍的学生的脸紧盯了一两分钟。

过一会儿，他那家畜般的眼睛里闪过一丝有所乞求的表情，急忙用手去扶紫色的领带，把秃脑袋向下低了两三次，说道："哦，是我不对。是我的过错，深表歉意。诚然，诸位是为学习英文来上课的。不向诸位教英文，是我的过错。我错了，所以深表歉意。喏，深表歉意。"他脸上浮现出哭泣般的微笑，反复说了好几遍同样的话。在炉口斜射过来的红色火光映照下，他那件上衣的肩部和下摆磨损的地方，越发显眼了。于是，先生每一低头，连他的秃脑袋也映上了美丽的赤铜色，更像鸵鸟蛋了。

然而，甚至这副可怜的景象，当时的我也仅仅认为是暴露了教师的劣根性而已。毛利先生不惜向学生讨好，也是为了避免砸饭碗的危险。所以先生作为教师不过是为生计所迫，并不是由于对教育本身有什么兴趣。……在我头脑里朦朦胧胧地形成了这样的批判，如今不仅是对先生的装束和学力的蔑视，甚至对他的人格也轻视起来。我把臂肘支在《英文选读》上，手托腮帮，朝着那站在熊熊燃烧着的火炉前，精神与肉体正受着火刑一般的先生，屡次发出狂妄的笑声。当然，这样做的，不光是我一个人。正当先生惊惶失色地向我们道歉的时候，让先生下不来台的那个柔道选手，却回过头来瞟了我一眼，露出狡黠的微笑，又立刻去攻读那藏在《英文选读》下面的押川春浪的冒险小说了。

直到打下课铃为止，我们的毛利先生比平时更加语无伦次地拼命试图翻译那令人怜悯的朗费罗的诗句。“Life is real, life is earnest.”[1]——先生那气色很坏的圆脸汗涔涔的，像是不断向什么东西哀告着，他那咽喉都要哽住的尖锐的朗读声，至今仍在我的耳际萦回。然而隐藏在这尖嗓子底下的几百万悲惨的人们刺激我们鼓膜的声音所含的意义是太深刻了。所以当时我们只是觉得厌倦又厌倦，甚至像我这样肆无忌惮地大打哈欠的人也不少。可是矮小的毛利先生笔直地站立在炉火旁，完全不理会擦着玻璃窗飞飘的雪花，以仿佛他头脑里面的发条一下子全放开了似的气势，不断地挥动着课本，拼命地喊着：“Life is real, life is earnest.——Life is real, life is earnest.”

情况既然是这样，一个学期的雇佣期满之后，再也见不到毛利先生的身影时，我们只是感到高兴，绝未觉得什么惋惜。或者可以说，我们对先生的去留那么冷淡，连高兴的意思都觉不出来。我对先生尤其没有感情，从那以后的七八年，由中学到高等学校，又

1 英语，意为“人生是真实的，人生是诚挚的”。

由高等学校到大学，随着年事日长，连先生的存在本身都几乎忘却了。

大学毕业的那年秋天——更确切地说，是将近十二月上旬。在这季节，日暮之后经常霭雾弥漫，林荫路上的柳树和法国梧桐树颤抖着的叶子早已发黄。那是一个雨后的夜晚。我在神田的旧书铺里耐心地寻找着，买到一两本欧洲战争[1]开始以来忽然减少了的德文书。暮秋夜晚的冷风微微袭来，我拉起大衣的领子防御它，偶然路过中西商店的时候，情不自禁地依恋起那里喧闹的人声和热腾腾的饮料来了。于是就漫不经心地独自走进那里的一家咖啡馆。

然而进去一看，小小的咖啡馆里面，空荡荡的，一个顾客也没有。排列着的大理石桌面上，唯有白糖罐上的镀金冷冷地反射着灯光。我的心情如同上了什么人的当，寂寥异常，走到墙上嵌了一面镜子的桌子跟前，坐下来，随后向过来问询的服务员要了咖啡。我忽然想起来似的掏出雪茄烟，划了好几根火柴，才把它点燃。不一会儿，我的桌子上出现了热气腾腾的一杯咖啡，但是我那阴郁的心情好比外面的雾，是不容易散去的。刚从旧书铺里买来的又是字体很小的哲学书，在这种地方，就是出名的论文读上一页也是很吃力的。我百无聊赖，将头靠在椅背上，交替着呷一口巴西咖啡，又抽上一口哈瓦那雪茄，心不在焉地茫然瞥视着跟前那面镜子。

镜子里首先映出通向二楼的楼梯的侧面，接着是对面的墙壁，上了白油漆的门，挂在墙上的音乐会海报什么的，犹如舞台上的一

1 指第一次世界大战。

部分，清晰而又冰冷。不，此外还能看到大理石的桌子和一大钵松树，从天花板上吊下来的电灯，大型的瓷制煤气暖炉，以及围炉边一个劲儿闲谈的三四名服务员。我逐一审视镜子里的物像，将视线转到聚集在炉前的服务员们身上。这时在他们簇拥之下，坐在桌前的一位顾客，使我吃了一惊。我之所以方才没注意到他，大概是因为周围都是服务员，我下意识地把他当作咖啡馆的大师父什么的缘故。我感到吃惊的不仅由于这里又出现了一个原来没看见的顾客，而且是因为镜子里虽然只映出他的半边脸，但不论是他那鸵鸟蛋似的秃头模样，还是那件古色古香的晨礼服，以及那条永远是紫色的领带，都一望而知是我们那位毛利先生。

当我看见他的同时，与先生阔别七八年的岁月，猛地涌现在心头。中学时代学习《英文选读》时的班长以及如今坐在这里安详地从鼻孔里喷着雪茄烟的我——对自己来说，这岁月绝不是短暂的。然而，能够把一切都付之东流的"时间"的潮水，对这位业已超越了时代的毛利先生，却是一筹莫展的吧？现在，在这夜晚的咖啡馆里，跟服务员们共桌的先生，却依然是从前那位在夕阳都照不到的教室里教文选的先生。不论是秃头还是紫领带，以及那尖嗓门，都跟过去毫无二致……说起来，先生这时难道不正在可着尖嗓门好像在向服务员们讲解着什么吗！我不由得忘记了郁闷的情绪，泛起微笑，屏息倾听着先生的声音。

"你看，这个形容词管着这个名词。喏，拿破仑是人的名字，所以叫作名词。记住了吗？再看这个名词后面……紧挨着后面的是什么，你们知道吗？喂，你怎么样？"

“关系……关系名词。”一个服务员结结巴巴地回答说。

“什么？关系名词？没有什么关系名词，是关系……嗯……关系代名词吗？对，对，是关系代名词。因为是代名词，就可以代替拿破仑这个名词。喏，代名词不就是这么写吗？——代替名词的词。”

看样子，毛利先生好像是在教这个咖啡馆的服务员们英语呢。于是我把椅子向后挪了挪，从另一个角度朝镜子里望去。果然看见桌子上摊开一本像是课本的书。毛利先生一个劲儿地用手指戳着那一页，孜孜不倦地解释着。就连这一点，先生也是老样子。迥然不同于当时我们那些学生的是，站在周围的服务员都肩靠着肩，全神贯注，目光炯炯，规规矩矩地聆听着先生那忙忙叨叨的讲述。

我望了一会儿这镜中的情景，对毛利先生不禁产生了亲切的感情。我干脆也走过去，跟久别重逢的先生叙叙旧吧？但是先生多半不会记得只在课堂里跟他见过短短一个学期的面的我吧。就算他记得……我突然想起当时我们向先生发出的、带着恶意的笑声，就改变了主意，心想，归根结底，还是不招呼，遥遥地向先生表示敬意更为好吧。正好咖啡喝完了，我就丢掉雪茄烟头，悄悄站起来。尽管我是那么蹑手蹑脚，但还是分散了先生的注意力。我刚离开椅子，先生就把那气色很坏的圆脸，连同那稍许污秽了的翻领和紫领带一起朝这边掉过来。正在这一瞬间，先生那家畜般的眼睛和我的眼睛在镜子里相遇。如同先前我已料到的，先生的眼睛里，果然未浮现出跟熟人相遇的神色。有的只是像乞求什么似的、哀伤的表情。

我两眼向下看着，从服务员手里接过账单，默默地走到咖啡馆入口的柜台去交款。跟我挺面熟、头发梳得溜光的服务员领班，百无聊赖地坐在柜台后面。

“那边有个人在教英语，那是咖啡馆聘请来的吗？”我边付款边问道。

服务员领班望着门外的马路，无精打采地回答说：“哪儿是请来的呢，不过是每晚跑来教教就是了。据说是个老朽的英文教员，找不到饭碗，多半是来解闷的吧。叫上一杯咖啡，就在这儿泡上一个晚上，我们并不怎么领情哩。”

听了这些，我眼前立刻浮现出我们的毛利先生那有所乞求般的眼神。啊，毛利先生。我仿佛现在才第一次理解先生——理解他那高尚的人格。如果说有天生的教育家的话，那确实就是先生吧。对先生来说，教授英语，就好比吸空气，是一刻也不能间断的。如果硬不让他教，就会像失去水分的植物，先生那旺盛的活力就会立即枯竭。因此每晚教英语的兴趣才促使他特地兀自到这个咖啡馆来呷咖啡。服务员领班把这看作解闷，可是这哪里是一种悠闲的事。尤其我们过去曾怀疑先生的诚意，嘲笑他是为了糊口，这真是误会，而今唯有从心里感到惭愧。无论说他是为了解闷还是为了糊口，世人那庸俗的解释，不知使我们的毛利先生多么苦恼。当然，纵使在这样苦恼之中，先生仍不断显示出悠然自得的态度，扎着紫领带，戴着小礼帽，比堂吉诃德还要勇敢地、坚定不移地翻译下去。但是，先生的眼里不也经常痛苦地向他所教的学生——说不定还是向他所面对的整个社会——闪现出乞求同情的神色吗！

刹那间，我转了这样一些念头，感动得不知是哭好，还是笑好。我拉起大衣领子，匆匆走出了咖啡馆。毛利先生在亮得使人发冷的灯光下，乘着没有其他顾客，依然可着尖嗓门儿教那些热心学习的服务员们英语。

“这个词儿代替名词，所以叫代名词。喏，代名词。听懂了吗……”

橘子

文洁若 译

冬天的一个傍晚，天色阴沉，我坐在横须贺发车的上行二等客车的角落里，呆呆地等待开车的笛声。车里的电灯早已亮了，难得的是，车厢里除我以外没有别的乘客。朝窗外一看，今天和往常不同，昏暗的站台上，不见一个送行的人，只有关在笼子里的一只小狗，不时地嗷嗷哀叫几声。这片景色同我当时的心境怪吻合的。我脑子里有说不出的疲劳和倦怠，就像这沉沉欲雪的天空那么阴郁。我一动不动地把双手揣在大衣兜里，根本打不起精神把晚报掏出来看看。

不久，发车的笛声响了。我略觉舒展，将头靠在后面的窗框上，漫不经心地期待着眼前的车站慢慢地往后退去。但是车子还未移动，却听见检票口那边传来一阵低齿木屐[1]的“吧嗒吧嗒”声；

1 原文作日和下驮，晴天穿的木屐。

霎时，随着列车员的谩骂，我坐的二等车厢的门“咯嗒”一声拉开了，一个十三四岁的姑娘慌里慌张地走了进来。同时，火车使劲颠簸了一下，并缓缓地开动了。站台的廊柱一根根地从眼前掠过，送水车仿佛被遗忘在那里似的，戴红帽子的搬运夫正向车厢里给他小费的什么人致谢——这一切都在往车窗上刮来的煤烟之中依依不舍地向后倒去。我好容易松了口气，点上烟卷，这才无精打采地抬起眼皮，瞥了一下坐在对面的姑娘的脸。

那是个地道的乡下姑娘。没有油性的头发绾成银杏髻[1]，红得刺目的双颊上横着一道道皲裂的痕迹。一条肮脏的淡绿色毛线围巾一直耷拉到放着一个大包袱的膝头上，捧着包袱的满是冻疮的手里，小心翼翼地紧紧攥着一张红色的三等车票。我不喜欢姑娘那张俗气的脸相，那身邋遢的服装也使我不快。更让我生气的是，她竟蠢到连二等车和三等车都分不清楚。因此，点上烟卷之后，也是有意要忘掉姑娘这个人，我就把大衣兜里的晚报随便摊在膝盖上。这时，从窗外射到晚报上的光线突然由电灯光代替了，印刷质量不高的几栏铅字格外明显地映入眼帘。不用说，火车现在已经驶进横须贺线上很多隧道中的第一个隧道。

在灯光映照下，我溜了一眼晚报，上面刊登的净是人世间一些平凡的事情，媾和问题啦，新婚夫妇啦，渎职事件啦，讣闻啦，等等，都解不了闷儿——进入隧道的那一瞬间，我产生了一种错觉，仿佛火车在倒着开似的，同时，我近乎机械地浏览着这一条条

1　银杏髻原为日本江户时代少女发式的名称，江户末期以来，在成年妇女当中也开始流行。

索然无味的消息。然而，这期间，我不得不始终意识到那姑娘正端坐在我面前，脸上的神气俨然是这卑俗的现实的人格化。正在隧道里穿行着的火车，以及这个乡下姑娘，还有这份满是平凡消息的晚报——这不是象征又是什么呢？不是这不可思议的、庸碌而无聊的人生的象征，又是什么呢？我对一切都感到心灰意懒，就将还没读完的晚报撇在一边，又把头靠在窗框上，像死人一般合上眼睛，打起盹儿来。

过了几分钟，我觉得受到了骚扰，不由得四下里打量了一下。姑娘不知什么工夫竟从对面的座位挪到我身边来了，并且一个劲儿地想打开车窗。但笨重的玻璃窗好像不大好打开。她那皲裂的腮帮子就更红了，一阵阵吸鼻涕的声音，随着微微的喘息声，不停地传进我的耳际。这当然足以引起我几分同情。暮色苍茫之中，只有两旁山脊上的枯草清晰可辨，此刻直逼到窗前，可见火车就要开到隧道口了。我不明白这姑娘为什么特地要把关着的车窗打开。不，我只能认为，她这不过是一时的心血来潮。因此，我依然怀着悻悻的情绪，但愿她永远也打不开，冷眼望着姑娘用那双生着冻疮的手拼命要打开玻璃窗的情景。不久，火车发出凄厉的声响冲进隧道；与此同时，姑娘想要打开的那扇窗终于“咯噔”一声落了下来。一股浓黑的空气，好像把煤烟融化了似的，忽然间变成令人窒息的烟屑，从方形的窗洞滚滚地涌进车厢。我简直来不及用手绢蒙住脸，本来就在闹嗓子，这时喷了一脸的烟，咳嗽得连气儿都喘不上来了。姑娘却对我毫不介意，把头伸到窗外，目不转睛地盯着火车前进的方向，一任划破黑暗刮来的风吹拂她那绾着银杏髻的鬓发。她的形影浮现在煤烟和灯光当中。这时窗外眼看着亮起来了，泥土、枯草和水的气味凉飕飕地扑了进来，我这才好容易止了咳，要不是这样，我准会没头没脑地把这姑娘骂上一通，让她把窗户照旧关好的。

但是，这当儿火车已经安然钻出隧道，正在经过夹在满是枯草的山岭当中那疲敝的镇郊的道岔。道岔附近，寒碜的茅草屋顶和瓦房顶鳞次栉比。大概是扳道夫在打信号吧，一面颜色暗淡的白旗孤零零地在薄暮中懒洋洋地摇曳着。火车刚刚驶出隧道，这当儿，我看见了在那寂寥的道岔的栅栏后边，三个红脸蛋的男孩子并肩站在一起。他们个个都很矮，仿佛是给阴沉的天空压的。他们穿的衣服，颜色跟镇郊那片景物一样凄惨。他们抬头望着火车经过，一齐举起手，扯起小小的喉咙拼命尖声喊着，听不懂喊的是什么意思。这一瞬间，从窗口探出半截身子的那个姑娘伸开生着冻疮的手，使劲地左右摆动，给温煦的阳光映照成令人喜爱的金色的五六个橘子，忽然从窗口朝送火车的孩子们头上落下去。我不由得屏住气，登时恍然大悟。姑娘大概是前去当女佣，把揣在怀里的几个橘子从窗口扔出去，以犒劳特地到道岔来给她送行的弟弟们。

苍茫的暮色笼罩着镇郊的道岔，像小鸟般叫着的三个孩子，以及朝他们头上丢下来的橘子那鲜艳的颜色——这一切的一切，转瞬间就从车窗外掠过去了。但是这情景却深深地铭刻在我心中，使我几乎透不过气来。我意识到自己由衷地产生了一股莫名其妙的喜悦心情。我昂然仰起头，像看另一个人似的定睛望着那个姑娘。不知什么时候，姑娘已回到我对面的座位上，淡绿色的毛线围巾仍旧裹着她那满是皲裂的双颊，捧着大包袱的手里紧紧攥着那张三等车票。

直到这时我才聊以忘却那无法形容的疲劳和倦怠，以及那不可思议的、庸碌而无聊的人生。

龙

文洁若 译

一

宇治大纳言隆国[1]："唉，午觉醒来，今天好像格外热，一点风也没有，连缠在松树枝上的藤花都纹丝不动。平时听上去那么凉爽的泉水声一夹上蝉声，就反而使人觉得闷热了。喏，再让童儿们给扇扇风吧。

"怎么，路上行人都集合了吗？那么，就去吧。童儿们，别忘了扛着那把大蒲扇，跟我来。

"喂，列位，我就是隆国。原谅我光着个膀子，失礼，失礼。

1 原名源隆国（1004—1077），日本平安时代中期的文学家，因其别墅是山城国宇治，世人称为宇治大纳言。（日本古代宫廷中最高的官职是大政大臣，其次是左大臣、右大臣；大纳言仅次于右大臣。）据说日本最古的说话集《今昔物语》就是源隆国把路人讲的故事笔录而成。

“说来我今天是有求于各位，才特地劳各位到宇治亭来。最近我偶尔到了此地，也想跟旁人一样写写小说。仔细想来，我成天只在宫廷出出进进，肚子里实在没有什么值得记下来的故事。然而我生性懒惰，最怕开动脑筋，想些复杂的情节。因此，从今天起，想恳求各位过路的，每人讲一个古老的故事，好让我编成小说。这样一来，准能广泛收集到意想不到的逸事奇闻，车载斗量。能不能麻烦大伙儿替我满足这个愿望呢?

“哦，你们乐意帮助? 那太好了。那么我就按顺序听大伙儿讲吧。

“喂，童儿们，用大蒲扇给在座的扇扇，这样多少能凉快些。铸工、陶工都不要客气，你们俩快过来，靠这张桌子坐。卖饭卷的大娘，桶嘛最好搁在廊子角落里，别让太阳晒着。法师也把铜鼓[1]摘下来好不好。那边的武士和山僧，你们都铺上竹席了吧。

“好的，要是准备好了，首先就请年长的老陶工随便讲点什么吧。”

二

老陶工：“啊呀呀，您可太客气了，还要把我们下等人讲的一个个写成故事——以我的身份，光是这一点，就真不敢当啊。可是恭敬不如从命，那么我就不揣冒昧，讲个无聊的传说吧。请您姑且

1 原文作金鼓，一种空心、扁圆形的佛教乐器。僧侣布道时挂在脖子上，或系在佛堂的架子上击打。

耐着性子听我讲来。

“我们还年轻的时候，奈良有个叫作藏人得业惠印的和尚，他的鼻子大得不得了，而且鼻尖一年到头红得厉害，简直像是给蜜蜂蜇过似的。奈良城的人们就给他起了个外号叫鼻藏——原先叫他大鼻藏人得业，后来嫌太长了，不知不觉就叫成鼻藏人。过不了多久，还嫌太长，索性鼻藏鼻藏地喊开了。当时我在奈良兴福寺里亲眼见到过他一两次，怪不得要骂他鼻藏了，真是举世无双的红天狗[1]鼻啊。一天晚上，这个外号叫鼻藏、鼻藏人、大鼻藏人得业的惠印法师没带弟子，一个人悄悄地来到猿泽池畔，在采女柳[2]前面的堤岸上高高地竖起一块告示牌，上面大书‘三月三日龙由此池升天’。其实，惠印并不知道猿泽池里是不是真住着龙。至于三月三日有龙升天，更纯粹是他信口开河。不，毋宁说是不升天倒来得更确切一些。那么他为什么要开这样一个荒唐的玩笑呢？因为奈良僧俗两界的人动不动就奚落他的鼻子，他气愤不过，打算好好捉弄捉弄他们，解解恨。于是就千方百计设了这么个骗局。您听了一定觉得好笑，但这是从前的事，当时到处都有喜欢恶作剧的人。

“话说第二天头一个发现这块告示牌的是每天早晨都来参拜兴福寺如来佛的一个老太婆。她手上挂着念珠，忙忙叨叨地拄着竹拐棍，来到了霭雾弥漫的池畔。一看，采女柳下面新立起一块告示牌。老太婆心里纳闷，想道：要说是法会的告示牌，怎么会立在

1 天狗是日本古代想象中的一种红脸、高鼻、有翼的怪物，神通广大。

2 采女是日本古代后宫女官的职称，传说有个采女因失宠于天皇而在这棵柳树旁投猿泽池自尽，故名。

这么个古怪的地方呢？可是她不识字，打算就这样走过去。恰好迎面来了一个披着袈裟的法师，她就请法师给念了念。谁听到‘三月三日龙由此池升天’都会吃惊的，老太婆也吓了一大跳，把弯了的腰伸伸直，望着法师的脸发怔：‘这池子里有龙吗？’据说法师反倒挺镇静地向她说起教来：‘还有这样一个故事呢：从前中国有位学者，眉毛上边长了个瘤子，痒得要命。有一次，天色忽然阴下来了，雷电交加，下起瓢泼大雨。那个瘤子猛地裂开，蹿出一条黑龙，驾着云彩笔直地升天而去。连瘤子里都有龙，何况这么大的池子，说不定水底下盘着好几十条蛟龙毒蛇呢！’老太婆一向认为出家人是不会撒谎的，听了这话，她简直吓破了胆，说道：‘听您这么一说，敢情那边的水的颜色看上去的确有点儿奇怪哩。’虽然三月三日还没到，老太婆却气喘吁吁地念着佛，连竹拐棍都来不及拄，丢下和尚就赶紧逃跑了。要不是怕旁人瞅见，法师简直要捧腹大笑起来。倒也难怪，原来他就是那个惹起事端的外号叫鼻藏的得业惠印。他没安好心，想着昨天晚上竖起那块告示牌后，这会子该有鸟儿落网了，于是在池畔溜达，观看动静。老太婆走后，却又来了个妇女，大概是起个大早赶路的，让跟随的仆人背着行李。她的市女笠周围垂着面纱[1]，仰起脸独自看着告示。于是惠印也站在告示前面假装看，拼命忍着，当心不让自己笑出来。然后表示诧异地用那大鼻子哼了一声，慢腾腾地朝着兴福寺折回来。

“在兴福寺南大门前面，没想到碰见了住在同一栋僧房里的

1　原文作虫の垂绢，也作虫の岐。日本平安时代至室町时代的妇女外出时遮在市女笠周围的薄绢。

一个叫作惠门的法师。惠门见了他，本来就显得倔强的两道浓眉越发皱了皱，说道：‘师父起得好早哇，真是太阳打西边出来啦。’这话说得正中惠印的心意，他鼻子上堆满了笑，得意扬扬地说：‘可不，说不定会从西边出来呢。听说三月三日龙要从猿泽池升天哩。’惠门听罢，半信半疑地狠狠朝惠印的脸瞪了一眼，接着就嗓子眼里咯咯地冷笑着说：‘师父可做了个好梦。嗯，我听说，梦见龙升天可是个吉兆哩。’说罢，昂着前额扁平的头，正要擦身而过。这时大概听见了惠印自言自语般地念叨‘哎呀呀，无缘的众生难以化度啊’的声音，惠门就把脚上那双麻袢儿木屐的高齿往后一扭，恶狠狠地回过头来，用讲经说法时那种口气追问道：‘难道你有龙要升天的确凿证据吗？’惠印故意从容不迫地指了指晨光初照的池子，用鄙夷的口吻说：‘你要是怀疑愚僧说的话，就请看看那棵采女柳前面的告示吧。’这下子连倔脾气的惠门也瘪了。他困惑地眨巴了一下眼睛，无精打采地说了声‘哦，竖起了那么一块告示牌吗’就溜走了，边走边歪着他那大脑袋，好像在想什么心事。鼻藏人目送着他的后影，您大概也猜得到他心里感到多么好笑。惠印只觉得红鼻子里头痒将起来，当他装腔作势地走上南大门的石阶时，忍不住笑出来了。

“‘三月三日龙由此池升天’的告示牌在当天早晨就产生了影响，过了一两天，猿泽池的龙的风声在奈良城里传遍了。也有人提出‘那个告示是什么人在捣鬼吧’，但恰好京城里谣传神泉苑的龙升天了，所以连提出这种看法的人心里也将信将疑，觉得说不定这样一桩奇事会发生哩。在这以后不到十天又出了一件不可思议的怪事。春日神社有个神官，他那年方九岁的独养女儿，一天晚上枕着妈妈的膝盖打盹儿，梦见一条黑龙像云彩一样从天而降，用凡人的话说：‘我终于打算在三月三日升天了，但绝不找你们城里人的麻烦，尽管放心。’女儿醒来后，如此这般地讲给妈妈听了。于是，又立即在全城轰动开了，说是猿泽池的龙托了梦。好事之徒又添枝加叶，说什么龙附在东家娃子身上，作了一首和歌啦，又显灵给西家巫女，授予神谕啦，不一而足，直好像猿泽池的龙眼看就要把脑袋伸出水面似的。后来甚至有人说，他亲眼看到了龙本身。这是个每天早晨到市场上去卖鱼的老爷爷，那天他来到猿泽池，只见黎明前满满的一池子水，唯独垂着采女柳、立着告示牌的堤下边那块地方，朦朦胧胧有点亮光。当时关于龙的风声流传得正热闹呢，老爷爷心想：‘看来是龙神显灵啦。’他也说不上是喜还是怕，反正浑身发抖，撂下那挑河鱼，就蹑手蹑脚地走过去，扶着采女柳，定睛往池子里看。只见半明半暗的水底下，一只黑铁链般的难以形容的怪物一动不动地盘成一团。那个怪物大概给人的声音吓住了，忽地伸直了盘卷的身躯，池面上乍然出现一道水路，怪物消失得无影无踪。老爷爷看罢，吓出一身汗，随即回到他撂下挑子的那个地方。这才发现，挑去卖的鲤鱼、鲫鱼等统共二十尾鱼，不知什么时候都消失了。有人嘲笑他说：‘大概是给水獭精骗了。’但是认为‘龙王镇守的池子里不会有水獭，准是龙王怜恤鱼的生命，把它们招到自己居住的池子里去了’的人，是意想不到的多呢。

“再来谈谈鼻藏惠印法师的事。自从‘三月三日龙由此池升天’的告示牌引起轰动以来，他耸耸大鼻子得意地暗笑着。可是哪里想到，还差四五天就到三月三日的时候，惠印那位在摄津国的樱井当尼姑的姑妈，竟大老远地跑来参观龙升天。这下可叫惠印为难啦。他连吓带哄，想方设法劝他姑妈折回樱井去，可她说：‘俺已经到了这把岁数，只要能看上一眼龙王升天，就死也瞑目啦。’她对侄子说的话充耳不闻，固执地坐在那里。事到如今，惠印也不便交代那个告示牌原是他干的把戏了。他终于让了步，只好同意照料姑妈到三月三日为止，并且还不得不答应当天陪她一道去看龙神升天。他又想到，连做了尼姑的姑妈都听说了这件事，那么大和国自不用说，这个消息连摄津国、和泉国、河内国，兴许播磨国、山城国、近江国、丹波国都传遍了吧。也就是说，他设这个骗局原只是为了捉弄一下奈良的老少，想不到竟使四面八方几万人都上了当。想到这里，惠印与其说是觉得好笑，毋宁说是害起怕来。就连一早一晚给老尼姑领路，去参观奈良寺院的时候，也亏心得犹如逃避典史眼目的罪犯。可有时候又听见路人说，最近那个告示牌前面供着线香和鲜花，他虽然揪着一颗心，却又高兴得就像立下了什么大功似的。

“一天天地过去，终于到了龙升天的三月三那天。惠印有约在先，别无他法，只得勉勉强强陪着老尼姑来到兴福寺南大门的石阶上，从那里，一眼就能望到猿泽池。那一天，晴空万里，连刮响门前风铃的那么一点风都没有。不用说奈良城了，大概从河内、和泉、摄津、播磨、山城、近江、丹波等国都有对这个日子盼待已久的参观者拥来。站在石阶上一看，无论西边还是东边，都是人山人海，一眼望不到边。各色各样的乌帽像波浪一样哗哗起伏，连绵到二条大街烟笼雾绕的尽头处。其中还夹杂着蓝纱车、红纱车、栋檐车等考究的牛车[1]，巍然镇住周围的人浪，钉在车顶上的金银饰具，在明媚的春光照耀下闪闪发光。此外还有打着阳伞的，高高地拉起帐幕遮阳的，甚至有小题大做地在路上搭起一排看台的——下面的池子周围那片热闹景象，仿佛提前举行的加茂祭[2]。惠印法师做梦也没想到竖了块告示牌竟会惊动这么多人，他目瞪口呆地回头望望老尼姑，颓丧地说：'唉呀呀，怎么来了这么多人，可了不得！'这一天他连用那个大鼻子哼一声的劲头也没有了，就窝窝囊囊地蜷缩在南大门的柱子脚下。

"可是做姑妈的老尼姑没法儿知道惠印的心事，她拼命伸长了脖子四下里打量着，连头巾都快滑落下来了，有一搭没一搭地跟惠印扯起什么'龙神住的池子，风景到底别致'啦，'既然来了这么多人，龙神准会出现'啦。惠印也不便老是坐在柱脚下，勉强抬起身子看了看。这里，头戴软乌帽、武士乌帽[3]的人们堆成了山，惠门法师也挤在里面哪，前额扁平的他，比别人都高出一头，目不转睛地盯着池子。惠印一时忘掉了心头的沮丧，只因为骗了这个家伙，暗自觉得好笑。于是招呼了声'师父'，用嘲讽的口吻问道："师父也看龙升天来了吗？'惠门傲慢地回过头来，脸上泛着意想不到的严肃神色，连浓眉都没挑一下地回答说：'可不是嘛。我跟你

1　日本平安时代以来通常乘牛车，贵族把车厢饰以金银，比赛华美。蓝纱车、红纱车是分别挂着蓝色或红色纱线帘的牛车，栋檐车是用名贵的栋木做檐的牛车。

2　即贺茂祭，每年逢五月十五日在京都贺茂神社举行的庙会。

3　原文作侍乌帽子，也作武家乌帽子，因比较轻便，受到武士的欢迎，故名。

一样，都等得不耐烦了。’惠印心想：我这个玩笑开得有点儿过头啦。惠印自然也就发不出高兴的声音来了，他又像原先那样神色不安地隔着人海呆望猿泽池。池水好像已经温吞了，发出神秘的光，周围堤岸上栽的樱柳的倒影清晰地映在水面上，一动也不动，等多久也没有龙要升天的迹象。尤其是方圆数里观众挤得水泄不通的关系吧，今天池子比平时显得越发狭小了，让人觉得谁要说里面有龙，首先就是个弥天大谎。

“可是观众都屏息凝神，耐心地翘盼着龙升天，甚至觉察不出时间在一分钟一分钟地流逝，大门下的人海越来越辽阔了。不多时，牛车的数目也多得有些地方辐辏相接。参照前面的经过，惠印看到这幅情景心里有多么沮丧，也就可想而知了。可这时发生了一件奇怪的事情。不知怎的，惠印心里也开始觉得龙真会升天了——起初毋宁是觉得未尝不会升天。竖起告示牌的原来就是惠印本人，按说他是不该有这样荒唐的想法的，但是俯瞰着这片乌帽恰似波涛般地在翻滚，他就一个劲儿地觉得准会发生这样一桩大事。究竟是云集观众的心情不知不觉之间使鼻藏受到感染了呢，还是因为他竖起了告示牌，引起了这场热闹，有点儿感到内疚，不由得盼起龙升天来了呢，姑且不去管它。总之，惠印明知告示牌是自己写的，心头的沮丧却逐渐消散，也跟老尼姑一样不知疲倦地凝视着池面。可不，要不是心里有了这种念头，又怎么可能勉勉强强站在南大门下面等上大半天，翘首企盼那根本不可能升天的龙呢。

“但是，猿泽池依然像往日那样反射着春日的阳光，连个涟漪都没起。丽日当空，万里无云。观众依然密密匝匝堆在阳伞和遮阳底下，或者倚在看台的栏杆后面。他们好像连太阳的移动都忘了，从早晨到晌午，从晌午到傍晚，如饥似渴地伫候着龙王的出现。

“惠印来到那里后过了半天光景，半空中飘起一缕线香般的云彩，一眨眼的工夫就大了，原先晴朗的天空乍然阴暗下来。就在这当儿，一阵风从猿泽池上萧萧飒飒而过，在镜子般的水面上描出无数波浪。观众虽然有思想准备，可也慌了手脚，霎时间就下起白茫茫的倾盆大雨来了。雷也猛地轰隆隆打起来，闪电像穿梭般不断地交叉飞舞。风将层云撕个三角形口子，乘势旋起池水如柱。登时，在水柱云彩之间，惠印朦朦胧胧看见一只十丈多长的黑龙，闪着金爪笔直地腾空而去。据说那只是一眨眼的工夫，随后光看见在风雨之中，环池而栽的樱树花瓣朝着黑暗的天空飞舞。至于观众怎样慌了神，东跑西窜地奔逃，在闪电下掀起不下于池子里的滚滚人浪，那就不必啰唆了。

“后来大雨住了，云间透出青空，惠印那副神气，好似连自己的鼻子大这一点也忘了，眼睛滴溜溜地四下里打量着。难道刚才那条龙真是自己看花了眼吗？——正因为告示牌是他竖的，想到这里，只觉得龙仿佛不会升天似的。可他又千真万确地看见了，越琢磨越感到莫名其妙。于是，就把像死人一样瘫坐在旁边柱脚下的老尼姑扶了起来，不免带着几分尴尬，怯怯地问道：‘您看见龙了吗？’姑妈深深地叹了一口气，一时好似说不出话来，光是胆战心惊地频频点头。后来才颤声说道：‘当然看见啦，当然看见啦！不是一条亮堂堂地闪着金爪子、浑身漆黑的龙神吗？’这么说来，并不是鼻藏人得业惠印眼睛花了才看见龙的。后来从街谈巷议中了解到，原来当天在场的男女老少，几乎个个都说曾看见黑龙穿过云彩升上天去。

“事后，不知怎么一来，惠印说出了真相，告诉大伙儿其实那块告示牌是他竖起来捉弄人的。据说惠门以及各位法师对他的话没有一个予以置信。那么，他竖告示牌这个恶作剧，究竟达到了还是没有达到目的呢？即使去问外号叫鼻藏、大鼻藏人得业的惠印法师本人，恐怕他也回答不出吧。”

三

宇治大纳言隆国：“这故事真妙。从前那个猿泽池里大概住过龙。什么？不知道从前住没住过？喏，从前准住过。以前普天之下人人都打心里相信水底下有龙。因此，龙自然就会在天地之间翱翔，像神一样时而显现出它那奇异的形象。别净由我啰唆了，还是把你们的故事讲给我听吧。下一个该轮到云游僧了。

“什么，你要讲的是叫作池尾禅智内供的长鼻法师的故事吗？刚听完鼻藏的故事，一定格外有趣哩。那么，马上就讲吧……”

葱

文学朴 译

明天就是交稿截止日期，我想在今夜把这篇小说一气呵成写完。不是想完成，而是非完成不可。至于说要写什么，且看下文。

在神田神保町附近的咖啡馆，有个名叫阿君的女侍。说是十五六岁，看上去却更老成一些。由于皮肤白皙，有一双明亮的眼睛，所以尽管鼻尖有点儿翘，总算得上是个美人。她的头发是从正中间分的，插上一支勿忘草的簪子，系着白色围裙，站在自动钢琴前的时候，活像是从竹久梦二[1]的画儿里走出来的人。——因此，这个咖啡馆的常客们似乎早就给她起了个绰号叫通俗小说。当然，她还有种种其他绰号：因为簪子上有那个花，所以叫勿忘草；由于

1 竹久梦二（1884—1934），日本画家、诗人，自明治后期至大正年间，画了不少充满抒情诗情趣的插图。

长得像影片里出现的美国女演员，所以叫玛丽·璧克馥[1]；又由于她是这个咖啡馆不可缺少的，所以叫方糖，等等。

这个店里除了阿君，还有一位年龄较大的女侍。她叫阿松，容貌简直没法跟阿君相比。起码有黑面包和白面包之间的差别那么大。所以虽然在同一个咖啡馆工作，阿君和阿松的小费收入相差很大。当然，阿松对收入的差别是不服气的。其结果，这阵子就对她胡乱猜忌起来。

一个夏日的下午，阿松负责的桌边坐着一位似乎是外国语学校的学生，他叼着一支纸烟，划了火柴要点烟。可是放在旁边桌上的电扇转得很冲，火柴的火还未触到纸烟就被风吹灭了。阿君正好走过桌边，为了挡风，就在这个顾客与电扇之间站了片刻。这个学生趁机点燃了纸烟，他那被阳光晒黑的腮帮子上露出微笑，说声“谢谢”。由此可见，对方是领会了阿君这番好意的。站在柜台前的阿松却把应当由她端去的冰激凌碟子拿起来，目光锐利地看了一下阿君的脸，娇嗔道：“请你端去吧。”

这样的纠纷一星期要发生好几档子。所以阿君绝不跟阿松过话。由于地区的关系，顾客当中学生特别多，她总是站在自动钢琴前默默地卖弄风情。一肚子气的阿松也在她的影响下一声不响地发起嗲来。

阿君跟阿松的关系不好，不单是由于阿松吃醋。阿松趣味低，

1　玛丽·璧克馥（1893—1979），出生于加拿大，美国电影史初期声望最高的女明星，与美国著名男明星道格拉斯·费尔班克斯（1883—1939）结婚，曾于1929年一道访日，受到欢迎。

阿君打心里瞧不起她。阿君认为，这都是因为阿松自从小学毕业后，净听浪花小调[1]，吃什锦果丁[2]，追男人的缘故。那么阿君对什么有兴趣呢？最好离开这个熙熙攘攘的咖啡馆一会儿，到附近的小巷子尽头某个女梳头师的二楼去窥视一下。因为阿君租了那个女梳头师二楼的房间，除了到咖啡馆去工作，就在那儿起居。

二楼这间六铺席的屋子，顶棚低低的，从朝西的窗子向外望，只见一片栉比鳞次的瓦顶。窗户底下，靠墙放着一张铺着印花布的书桌。为了方便起见，权且把它叫作书桌吧，其实不过是个陈旧的矮脚饭桌。这个做书桌用的饭桌上排着半旧的洋装书。有《不如归》[3]《藤村诗集》《松井须磨子[4]的一生》《新牵牛花日记》[5]《卡门》[6]《高山望幽谷》——另外只就有七八册妇女杂志。遗憾的是，我的小说集连一本也没有。书桌旁还放着清漆早已剥落的碗柜。柜上放着细颈玻璃花瓶，掉了一片花瓣的假百合花雅致地插在瓶里。可以想见，如果这支百合花的花瓣没有落的话，至今还会摆在咖啡馆的桌子上。碗柜上面的墙壁上，用按钉钉着三四幅画，看来都是杂志插图。当中是镝木清方[7]画的元禄[8]仕女图，下面是拉斐尔的圣母像的小照片。而

1 日本江户时代末期开始流行的一种以三弦伴奏的民间说唱歌曲，类似我国鼓词。

2 豌豆加方块洋粉、杨梅、樱桃、香蕉等的冷食。

3 《不如归》是日本作家德富芦花（1868—1927）的长篇小说，发表于1898年。

4 松井须磨子（1886—1919），日本女话剧演员，曾参加岛村抱月（1871—1918）的艺术座剧团，与抱月相爱，抱月死后自杀。

5 日本戏剧家冈本绮堂（1872—1939）的独幕剧，作于1912年。

6 法国作家梅里美（1803—1870）的短篇小说，发表于1845年。

7 镝木清方（1878—1972），日本画家。

8 元禄是日本江户时代东山天皇（1688—1704）的年号，是文化发达的升平时期。

在元禄仕女上面，北村四海[1]雕刻的女子像在向旁边的贝多芬频送秋波。阿君误以为这是贝多芬，其实是美国总统伍德罗·威尔逊[2]，真是对不起北村四海。——写到这里，阿君素日的兴趣多么富于艺术色彩就不言而喻了。再说，实际上阿君每天深夜从咖啡馆回来后必然在别名贝多芬的威尔逊肖像下阅读《不如归》，望着假百合花，沉湎于比新派悲剧电影里月夜场面更感伤的艺术境界里。

樱花怒放的一个夜晚，阿君独自俯在桌上，在粉红色信笺上运笔急书，直到鸡鸣头遍。有一张写完的信纸掉在桌下了，可是阿君好像直到早晨去咖啡馆后还没发觉。从窗口吹进来的春风卷起那张信纸，把它刮到楼梯脚下，那里立着一对有着鹅黄色棉布罩的镜子。楼下的女梳头师知道阿君不断收到情书。她以为这张粉红色的纸也是其中的一张，出于好奇心，就特地看了看。结果出乎意料，似乎是阿君的手迹。她想，那么这是阿君给什么人的情书写的回信吧。只见上面写着："一想到你跟武男哥告别的情景，我就流泪，心都快碎了。"原来阿君几乎熬了个通宵，写了封致浪子[3]夫人的慰问信。

说实在的，当我写这段插话时，阿君的感伤使我不禁泛出微笑。我的微笑毫无恶意。阿君那间楼上的屋子里，除了假百合花、《藤村诗集》和拉斐尔的圣母像的照片外，还摆着自己起伙必备的厨房用具。这套厨房用具象征着东京艰难的现实生活，至今阿君不

---

1 北村四海（1870—1927），日本雕刻家。

2 伍德罗·威尔逊（1856—1924），美国第二十八任总统（1913—1921）。

3 浪子是《不如归》中的女主角，因患肺病，被迫和丈夫武男离婚，伤心而死。

知受过多少罪。可是世态虽然炎凉，只要泪眼蒙眬地望去，就展现出一片美好世界。阿君沉浸到艺术所激起的热泪中，以逃避现实生活的迫害。那里既无须每月付六元房租，也不需付一升七毛钱的米价。卡门在轻松地敲打着响板，她用不着为电灯费操心。浪子夫人的日子也不好过，但还不至于筹不出药费来。一句话，在这艰难世界的苍茫暮色中，这眼泪能够点燃人类爱的小小灯火。啊，深夜里，东京街上的嘈杂声消失殆尽，只要想象一下阿君怎样抬起泪汪汪的眼睛，在暗淡的十烛灯光下孤独地幻想着逗子的海风和科尔多瓦[1]的夹竹桃——该死，岂但不怀恶意，一不留神连我都不免会感伤起来。尽管我本来是个颇为理智的人，世上的批评家们甚至说我没有人情味呢。

一个冬天的夜晚，阿君很晚才从咖啡馆回来，起初照例坐在桌前读《松井须磨子的一生》之类的书。还没读完一页，不知怎的忽然对那本书感到厌烦了似的，狠狠地把它摔在铺席上。随即仍然侧身坐着，胳膊肘支在桌子上，托着腮，冷漠地呆望着墙上的威尔[2]——贝多芬肖像。当然，事情非同小可。阿君被那家咖啡馆解雇了吗？要不然是阿松越发厉害地欺负她了吗？要么是龋齿又痛起来了吗？不，阿君心里想的不是那样庸俗的事情。她像浪子夫人或者松井须磨子那样，因恋爱而苦恼着。至于阿君对谁倾心——幸好阿君在望着贴在墙上的贝多芬像，一时不像要动弹的样子，所以趁此机会我赶紧介绍一下这位光荣的恋爱对象吧。

1　西班牙南部的城市。

2　威尔逊的简称。

阿君的对象姓田中，算得上是个默默无闻的艺术家。因为田中是个才子，既会作诗，又会拉小提琴，也擅长于画油画，兼任演员，并精于玩纸牌[1]，还是个弹萨摩琵琶[2]的能手。究竟哪一项是本职，哪一项是业余爱好，谁也鉴定不了。至于他的外表呢，脸像演员那样光滑，头发像油画颜料那样锃亮，声音像小提琴那样清婉，说话恰似诗一般得体，向女人求爱犹如抢纸牌那么敏捷，赖账则像弹萨摩琵琶那样干脆，振振有词。他戴着黑色宽檐帽，穿着似乎是廉价品的打猎服装，系一条葡萄色波希米亚式领带——这样一讲，人们就能了解个七八成了。田中君这样的人恐怕已成为一种类型了，只要到神田本乡[3]一带的酒吧或咖啡馆、青年会馆或音乐学校的音乐会（但只限于票价最便宜的座位），或者兜屋[4]和三会堂[5]的展览会去，必然会看见两三个这样的人，傲慢地睥睨俗众。所以你要是想进一步看清田中君的形象，就到上述场所去看好了。我再也不愿意写下去了。别的就不用说了，当我劳神介绍田中君的时候，阿君不知什么时候已站起来了，正在眺望拉开纸窗的窗外凛冽的月夜呢。

瓦房顶上的月光映照着插在细颈玻璃花瓶里的假百合花，以

1　原文作歌骨牌，江户时代初期开始流行的一种纸牌。将写有下半句和歌的牌散放在铺席上，唱牌者手持写有整句和歌的牌，念到哪一首，玩牌者就抢铺席上的那一张牌。抢得最多者获胜。

2　萨摩琵琶是室町时代末期流行于萨摩国的一种由琵琶伴唱的歌曲。曲调多悲壮。

3　神田是日本大学、明治大学所在地，原为东京三十五区之一，今属于东京都千代田区；本乡是东京大学所在地，和神田同为旧书店林立之地。

4　坐落在东京银座八丁目的画廊。

5　坐落在东京赤坂的画廊。

及贴在墙上的拉斐尔画的小小圣母像，还映照着阿君略微翘着的鼻子。可是阿君那双明眸对月光熟视无睹。似乎落了霜的瓦房顶，在她来说也好像根本不存在。田中君今晚从咖啡馆把阿君送到这里来了。然后甚至约定明天两个人一起愉快地消磨一个夜晚。刚好赶上阿君每月一次的假日，约定下午六点在小川町的电车站碰头，然后去芝浦观看意大利人搭棚表演的马戏。阿君还从来不曾和男人一道出去玩过。所以一想到明天将和田中君像天下的有情人那样，晚间双双去看马戏，就重新心潮起伏。对阿君来说，田中君是不折不扣掌握着启开宝窟大门的咒语的阿里巴巴[1]。在念那句咒语的时候，阿君面前会展现何等未知的欢乐境界呢——从方才起心不在焉地眺望月亮的阿君，激动得就像被风吹袭的海洋，或者即将开动的公共汽车的马达，她心中描绘的不是别的，正是这不可思议的未来世界的幻景。那里，玫瑰花盛开的路上，撒满了镶着养殖珍珠的戒指啦，假翡翠做的腰带饰扣[2]什么的。从三越[3]的旗子上，像滴下的蜜汁似的开始传来夜莺婉转的歌声。橄榄花的芬芳之中，大理石砌造的宫殿里，现在道格拉斯·费尔班克斯先生和森律子[4]的舞蹈渐入佳境……

但是，我要为阿君的名誉补充几句话。这当儿，阿君描摹的幻景里，像威胁一切幸福似的时而掠过一片可怕的乌云。诚然，阿君

1　阿里巴巴是《一千零一夜》的故事《阿里巴巴和四十大盗》中的主人公。
2　日本妇女和服腰带上装饰用的带扣。
3　东京银座的一座百货大楼。
4　森律子（1890—1961），日本女话剧演员。

无疑是在跟田中君恋爱着。而且由于阿君容易受艺术感染，只觉得这位田中君头顶上有光圈。他是朗斯洛特爵士式[1]的人，既会作诗，又会拉小提琴，也擅长于画油画，兼任演员，并精于玩纸牌，还是个弹萨摩琵琶的能手。阿君凭着处女的敏锐感觉，对这位朗斯洛特的颇为可疑的本来面目往往有所察觉。这时，一片不安的乌云就掠过阿君的脑际。但遗憾的是这片乌云转瞬即逝。阿君不管怎样老成，毕竟才十六七岁，而且是个很容易受艺术感染的少女。除非是担心衣服被雨淋湿，或是对莱茵河落日的明信片发出感叹声的时候而外，轻易不会注意乌云，这也并不奇怪。何况现在是玫瑰花盛开的路上，撒满了镶着养殖珍珠的戒指啦，假翡翠做的腰带饰扣啦，什么的——这些前面已经写过了，请读者回头再读一下吧。

阿君像沙瓦讷[2]画的圣日妮维埃芙[3]一样，久久伫立在那儿，眺望着月光下的瓦房顶，旋即打了个喷嚏，随手把纸窗砰地拉上，又回到桌边侧身坐下来。从那时起到次日下午六点之间，阿君都干什么来着，遗憾的是，详细情况连我也不知道。为什么说我这个作者也不知道呢？说实在的，因为我必须在今夜里把这篇小说写完。

次日下午六点，阿君穿着紫蓝色假绉绸和服外衣，披上米黄色披肩，比平时要显得心神不定地走向暮色苍茫的小川町的电车站。

---

1 朗斯洛特爵士是英国作家斯摩莱特（1721—1771）的小说《朗斯洛特·葛里沃斯爵士》中的主人公，被称作18世纪的堂吉诃德。道格拉斯·费尔班克斯曾主演根据这部小说改编的同名电影。

2 沙瓦讷（1824—1898），法国画家。

3 圣日妮维埃芙（422—512）原是个牧羊女，由于从匈奴人手下拯救了巴黎市民，被尊崇为巴黎的守护者。沙瓦讷于1874年所作她在月夜眺望瓦房顶的壁画，保存在巴黎伟人祠内。

她一到那里，就看见田中君已经在红电灯[1]下伫候。他照例齐眉戴着黑色宽檐帽，挟着镍银柄细手杖，粗条纹短大衣的领子翻了起来。他那白皙的脸比平时更白净，微微散发着香水气味，看样子今晚是格外精心打扮过的。

“让您等候了吧？”阿君望望田中君的脸，气喘吁吁地说。

“哪儿的话。”田中毫不在意地回答说，以略含微笑的眼神茫然注视着阿君的脸。然后身子突然一颤，补充道：“走一走吧。”

话音未落，田中君已沿着弧光灯照耀下的行人熙熙攘攘的大街，朝着须田町方向走去。马戏团是在芝蒲演出的。走着去的话，也得朝着神田桥方向走。阿君仍伫立不动，手按着被卷起灰尘的风吹动着的披肩，纳闷地问道：“是那面吗？”

田中君没有回头，轻轻回答了声：“对。”继续朝着须田町方向走去。

阿君只好赶紧追上田中君，沿着林阴路，在枝叶飘舞的柳树底下并肩匆匆走去。于是田中君眼里又泛着茫然的微笑，窥视着阿君的侧脸说：“阿君，真不巧，听说芝蒲的马戏昨晚就结束了。所以今晚到我知道的一家饭馆一起吃饭怎么样？”

阿君感到田中君的手轻轻地握住了自己的手，她以希望和恐怖交加而发颤的声音悄悄地说：“好吧，我怎么都行。”同时，阿君的眼睛又像读《不如归》时那样，热泪盈眶。透过感动的泪水望去，小川町、淡路町和须田町的大街显得多么美丽，是不问自明

1　红电灯是悬在电车站的红柱子上做标志用的。

的。乐队在为年终大甩卖奏乐，令人眼花缭乱的仁丹广告灯，庆祝圣诞节的杉树枝叶上的装饰，蛛网般交叉悬挂的万国国旗，橱窗中的圣诞老人，货摊上摆的明信画片和日历——在阿君眼里，这一切东西都在歌唱恋爱的极大欢乐，觉得灿烂的景象一直绵延到世界的尽头。唯独今天晚上，连天上的星光也不寒冷。阵阵刮来的带尘埃的风，忽而把大衣下摆翻卷过来，忽而又像大地回春一般变得暖洋洋的。幸福，幸福，幸福……

过了一会儿，阿君忽然意识到两个人不知什么时候已经拐过横街，走在一条狭窄的街上了。那条街的右侧有一家小小的蔬菜店。明亮的汽灯下，店里堆放着白萝卜、胡萝卜、白菜、葱、小蔓菁、慈菇、牛蒡、山芋、油菜、土当归、藕、芋头、苹果、橘子等。走过那蔬菜店前面的时候，阿君的视线偶然落到了立在葱堆中的价目牌上。牌子是把木片夹在竹竿上做成的，上面用浓浓的墨笔写着几个蹩脚的字：“一把四分钱。”如今一切物价飞涨，一把四分钱的葱是极难得的。十分便宜的牌价刚一映入眼帘，潜在于阿君那颗幸福的心——它迄今陶醉于恋爱和艺术当中——深处的现实生活，此时此刻突然被唤醒了。间不容发指的就是这个。玫瑰和戒指，夜莺与三越的旗子等，转瞬之间成了过眼浮云。而房租、米钱、电灯费、煤炭费、鱼钱、酱油钱、报纸费、化妆费、电车费——以及其他一切生活费用，随着过去的痛苦经验，恰如灯蛾向火光飞集一样，从四面八方扑向阿君的小小心坎。阿君情不自禁地在那家蔬菜店前止住了步子。她撇下目瞪口呆的田中君，走到明亮的汽灯照耀下的蔬菜堆当中。而且终于伸出纤细的手指，朝着插有“一把四分钱”的牌子的葱堆指了指，以唱《流浪》[1]之歌般的声调说：“给我拿两把。”

刮着带灰尘的风的街上，头戴黑色宽檐帽、粗条纹短大衣领子翻了起来的田中君，挟着镍银柄细手杖，孤零零地悄然站着。从方才起，这条街尽头的一座装着格子门的房子浮现在田中君的脑际。那是一座粗糙的二层楼房，房檐下挂着一盏门灯，灯上写着“松屋”的字号名。脱鞋处的石板[2]是湿的。可是伫立在这样的街上，说也奇怪，只觉得那小巧整齐的二层楼房逐渐淡漠了，而插着“一把四分钱”的牌子的葱堆慢慢地浮现了。这时遐想突然破灭，一阵风卷着灰尘刮过去，现实生活般辛辣刺鼻的葱味真正扑进田中的鼻子里来。

“让您等候啦。”

可怜的田中君露出颇为难堪的眼神，就像看另一个人似的打量着阿君的脸。阿君的头发是从正中漂漂亮亮分开的，插着勿忘草形的簪子，鼻尖有点儿翘。她用下巴颏儿轻轻按住米黄色披肩，一只手提着两把共八分钱的葱，站在那儿。她那清亮的眼睛里含着喜悦的微笑。

我终于好歹写完了。天快亮了。外面传来寒嗖嗖的鸡叫声。虽然煞费苦心写完了这篇东西，不知怎的，心情有些悒闷。阿君当晚

1 《流浪》是1918年左右流行的一首歌，诗人北原白秋（1885—1942）作词，中山晋平（1887—1952）作曲。

2 日本式房屋，门口有一块石板，把鞋脱在上面再进屋。

安然无恙地回到了那女梳头师家的二楼。只要继续干咖啡馆女侍这一行，以后就难免还会跟田中君一起出去玩。一想到那时的事——不，到时候再说吧。我现在怎么担心也不起作用。就这样搁笔吧。再见，阿君。那么今晚你也像那天晚上一样，从这里匆匆走出去，勇敢地——任凭批评家笔伐一番吧。

阿律和孩子们

文学朴 译

一

午后下着雨，今年中学毕业的洋一在二楼俯在桌子上写北原白秋风格的和歌。这时忽然听见父亲“喂”的招呼了一声，使他吃了一惊。他仓皇回头，同时没有忘记把诗稿藏到正好在手边的词典下面。幸亏父亲贤造披着夏季大衣只从微暗的楼梯口探出半截身子，没有进屋。

“阿律的情况不大好，你给慎太郎那里发个电报吧。”

“病情那么糟吗？”洋一不禁大声说。

“嗯，她平日挺健康，也不见得就突然会怎么样……不过，还是通知一下慎太郎……”

洋一打断父亲的说话：“户泽先生怎么说呢？”

“据说还是十二指肠溃疡。——他倒是说用不着担心……”贤造似乎竭力想避免遇上洋一的视线，“不过，我已经托人明天把谷村博士请来，户泽也赞成这样做。——喏，你就去通知慎太郎吧。你知道他的住处吧？”

“嗯，知道。爸爸到哪儿去？”

“到银行去一下。——对，浅川的婶婶来了，在楼下呢。”

贤造的身影一消失，洋一顿时觉得外面雨声潇潇。他深切地意识到不能再耽搁了。他立即站起来，扶着黄铜扶手匆匆下楼去。

楼梯底下就是宽敞的店铺，两边的货架上都摆满了装着针织品之类的纸板箱。在店前房檐下，头戴巴拿马帽的贤造背对着店铺，正伸出一只脚去穿摆好了的木屐。

洋一来到店里的时候，接电话的店员正在大声对贤造说：“老爷，车间打来了电话，让我问您今天到那边去不去……”

另外几个店员，有的在保险柜前，有的在神龛下，与其说他们在等着送老板出门，脸上的表情毋宁说是盼着老板早点走。

“今天去不了，告诉他们我明天去。”

刚一挂上电话，贤造就撑开大伞大踏步走上马路，在遍布薄泥的柏油路上投下朦胧的影子，随即消失了。

“神山君不在吗？”

洋一在账房桌边坐下来，抬头望着一个店员的脸。

“他刚才出去给里头办什么事去了。——老良，你知道他到哪儿去了吗？”

“神山君吗？I don’t know[1]呀。”那个店员仍蹲在席沿上

1 英语，意为“我不知道”。

回答说，接着吹起口哨来。

这时，洋一在放在那儿的电报纸上用钢笔急急写起来。哥哥是去年秋天到某地去念高等学校的——他觉得，比他皮肤黑，也比他胖的哥哥那张脸，如今清晰地浮现在眼前。他开始写道“母病危速归”，又立即把这张纸撕掉，改写为“母病速归”。可是原先写的“病危”却像不祥的预兆似的萦回在脑际。

“喂，请你把这份电报发出去。”

洋一把好不容易写成的电报交给一个店员后，嚼着写坏了的纸，穿过店铺后面的厨房，来到即使晴天也微暗的吃饭间。吃饭间里，长火盆上面的柱子上挂着印有某毛线商店的广告的大型日历。——头发剪短了的浅川的婶婶像被人遗忘了似的坐在那里，一个劲儿地挖着耳朵。她听见洋一的脚步声，边挖耳朵边抬起那双烂眼。

“你好。爸爸已经出去了吗？”

“嗯，刚刚出去。——妈妈也真让人犯愁啊。”

“真糟糕，我还以为不是什么了不起的病呢。”

隔着长火盆，洋一心神不定地勉勉强强坐下来。一想到身患重病的母亲就躺在纸槅扇后面，他就越发对陪着这样旧脑筋的老人说话感到不耐烦起来。婶婶沉默了半晌，然后翻起眼睛看着他说：“听说阿绢今天要来。”

“姐姐不是还病着吗？”

“说是今天见好啦。只不过又患了感冒。”

浅川的婶婶用略带轻蔑却又显得有些亲切的口吻说。姐弟三人当中，阿绢不是阿律亲生的，婶婶似乎最喜欢她。那也是由于贤造的前妻是婶婶的本家的缘故。——洋一想起曾听什么人讲过这样的话，硬着头皮谈论了一会儿前年嫁到一家绸缎庄的多病的姐姐。

谈话告个段落后，婶婶停下挖耳朵的手，像想起来似的说："小慎那里怎么办？你爸爸临走时说最好通知他一声。"

"刚才叫人去发了电报。不出今天就能接到吧。"

"可不，又不是京都、大阪……"

婶婶不谙地理，她的回答含含糊糊，毫无把握，不知怎的突然在洋一内心深处勾起某种不安。哥哥会回来吗？——他想到这儿，觉得电报在措辞上要是再夸张一些就好了。母亲想见哥哥。可是哥哥没有回来。接着母亲就死去了。于是姐姐和浅川的婶婶会责备哥哥不孝。——一瞬间，洋一觉得眼前出现了这样一幅光景。

"只要今天电报送到了，他明天就会回来。"洋一情不自禁地这么说。这话与其说是对婶婶说的，不如说是用来宽慰自己的。

就在这当儿，店里的神山额上满是亮晶晶的汗珠，蹑手蹑脚地进来了。从条纹罗的和服外褂袖子上还有雨渍这一点也可以知道他刚从外面回来。

"去过了。想不到等了好久。"神山向浅川的婶婶行了礼，把揣在怀里的一封信取了出来，"说是对病人一点儿也不必担心。详细情况都在信里写着……"

婶婶先戴上了度数很深的眼镜才把信拆开。信封里除了信之外，还有一张折成四折的日本纸[1]，上面写着个"一"字。

1　原文作"半纸"，习字、写信用的日本纸，长24厘米、宽34厘米左右。

“神山君，这个太极堂在哪儿呀？”

洋一好奇地朝婶婶正在读的信探过头去。

“第二条街的角上不是有一家西餐馆吗？走进那条小巷，靠左侧就是。”

“那不就是教你清元的师父家附近吗？”

“对，就在那一带。”神山咧嘴笑着，手里摆弄着坠在表链上的玛瑙图章。

“那个地方有算命先生吗？——说是要让病人把枕头朝南睡。”

“你妈的枕头朝哪个方向？”婶婶隔着老花镜望着洋一，带点训斥的口吻说。

“枕头是朝东吧。因为这个位置是南面。”

洋一的心情轻松了一些，脸仍朝着婶婶，伸手去掏袖兜里的纸烟盒。

“你看，上面写着枕头朝东亦可。——神山君，来一支吧。扔过去啦，抱歉。”

“多谢。是E. C. C牌的，我就抽一支吧——还有别的事儿吗？有的话，可别客气……”

神山把金嘴纸烟夹在耳朵上，突然抬起穿着夏季和服外褂的身子，匆匆地要向店铺那面退出。这时，拉门开了，脖子缠着湿布的姐姐阿绢提着水果篮子走进来，她还没有脱斜纹哔叽外衣。

“哦，你来啦。”

“冒着雨来一趟可不容易呢……”

婶婶和神山几乎同时说。阿绢向他俩点头致意，迅速脱掉外衣，疲惫不堪地歪着身子坐下来。这当儿，神山把从她手里接过来的水果篮子放下，焦躁地走出了吃饭间。篮子里装满了光润漂亮的青苹果和香蕉。

“妈妈怎么样？——请原谅，电车可挤啦。”

阿绢仍然侧着身坐着，利索地脱下溅满了泥的白色布袜子。洋一看见那布袜子，恍惚觉得头发梳成圆髻的姐姐身边还飞溅着大街上的雨水。

“还是肚子痛。——发烧发到三十九摄氏度。”

神山刚出去，女用人美津就进来了，婶婶把算命先生的信摊在那儿，忙着同她一起准备茶水。

“哎呀，电话里不是说比昨天好多了吗？当然，电话不是我接的。今天的电话是谁打的，是小洋吗？”

“不，不是我。是神山君吧？”

“是的。”美津边端茶，边细声细气地插嘴说。

“神山？”阿绢蹙起眉头，凑到长火盆旁边来。

“瞧你那副神气……你家里大家身体都好吗？”

“托您的福……婶婶家里都健康吗？”

洋一听着这样的对话，叼着纸烟，呆呆地凝视着挂历。自从中学毕业以来，他虽然记得每天的日子，可是始终忘记是星期几。于是一抹寂寥突然掠过心头。再过一个月，就要入学考试了，而他几乎没有应试的心情。要是考不上的话……

“美津越发出挑了。”

姐姐这句话突然清清楚楚地传进了洋一的耳际。可是他只是默默地抽着金嘴烟。当然，那时美津早已下厨房去了。

“而且她本来就长着一张讨男人喜欢的脸……”

婶婶这才把摊在膝上的信和老花镜收拾起来，露出轻蔑的笑容。

阿绢眼睛里也露出微妙的神色，可是旋即又想到别的事情上去了，问道：“婶婶，那是什么？”

“刚才我让神山君去给看了看墨色[1]。——小洋，去看看妈妈吧。刚才她倒是睡得挺好……”

他本来就感到很烦，把金嘴烟头插进火盆的灰里，就像避开婶婶和姐姐的视线似的，迅即从长火盆前站起来。然后假装轻松地拉开纸槅扇，走进了起坐间。

透过房间尽头的玻璃拉门，可以看到狭窄的中院。中院只有一棵粗大的冬青树，紧挨着洗手钵。阿律身穿麻布睡衣，头放冰囊，面向里一动不动地躺着。她的枕边有一位护士，膝上放着病情日记，由于近视，护士的脸几乎贴到日记本上，握着钢笔写个不停。

护士一看见洋一，就向他行了个柔媚的目礼。洋一清清楚楚地意识到了那个护士是异性，他冷冷地打了个招呼，从褥子的脚那一头绕过去，在看得清母亲的脸的地方坐下来。

阿律闭着眼，生来单薄的脸现在更消瘦了。洋一探过脸去，她就静静地睁开还在发烧的眼睛，像平时一样微微露出笑容。不知怎

1　墨色是一种迷信，让人用墨画押，根据其色泽判断吉凶。

的，洋一觉得刚才他同婶婶和姐姐在吃饭间里没完没了地闲聊，太对不起妈妈了。

阿律一时没有作声，稍后，吃力地说声：“喏。”

洋一仅仅向她点点头。这当儿，母亲因为高烧而散发出的汗臭味依然使他感到不舒服。阿律只招呼了这么一声，没有接着讲下去。洋一逐渐地感到不安起来。脑际甚至浮现了“这是遗言吗”这么个念头。

“浅川的婶婶还在吧？”母亲好不容易开了口。

“婶婶在，刚才姐姐也来了。”

“给婶婶……”

“找婶婶有事吗？”

“不，给婶婶叫一份梅川的鳝鱼盖浇饭。”

这下子洋一微笑了。

“你告诉美津一声，好吗？——没别的事。”

阿律说罢，想把头挪一挪。这么一来，冰囊滑下来了。洋一不等护士动手，自己给放回原处。不知怎么回事，他忽然觉得眼眶发热。

他马上想：可不能哭。可是那时已感到鼻梁上满是泪水了。

“小傻瓜。”

母亲小声嘟囔了一句，像疲乏似的又闭上了眼睛。

洋一在护士面前觉得害臊，涨红了脸，沮丧地回到吃饭间。一进去，浅川的婶婶就回过头来仰视他，问道：“妈妈怎么样？”

“她醒着。”

“醒是醒着。”

婶婶和阿绢似乎隔着长火盆面面相觑。姐姐翻着两眼，用簪子搔搔发髻根，然后把手伸到火盆上烘着，问道：“你没讲神山君回来了吗？”

“没有讲。姐姐去讲吧。”

洋一挨着隔扇站着，把松了的腰带系紧。脑子里只转着这么一个念头：说什么也不能让妈妈死去，说什么也不能……

二

第二天早晨，洋一同父亲在吃饭间里隔着饭桌面对面坐着。婶婶昨晚住下了，她的饭碗也在饭桌上扣放着。护士梳妆打扮要耽搁很久，据说婶婶替她去照顾母亲了。

父子俩吃着饭，不时三言两语地谈着。大约一周以来，每天都是两个人寂寞地用餐。然而今天他俩的话又比平时还少。伺候着他们的美津也只是默默地给他们添饭。

“今天慎太郎会回来吗？”贤造像等待回答似的瞅了一下洋一的脸。可是洋一沉默不语。眼下他摸不透哥哥的心思，不用说哥哥今天回不回来，就连哥哥到底回不回来他也不知道。

“还是明天早早回来呢？”

这下子洋一不能不回答父亲的话了。

“可是我想学校正在考试吧。”

“原来如此。”贤造若有所思地把话中断了。过了一会儿，他让美津给倒着茶，说道："你也得用用功啊。慎太郎今年秋天就要当大学生啦。"

洋一又添了一碗饭，没有回答。父亲不让他学他所喜欢的文学，近来只逼他用功，他突然觉得父亲面目可憎。他对父亲的逻辑的矛盾，也不免产生嘲笑的心情：哥哥上大学与弟弟用功，根本是两码事啊。

"阿绢今天不来吗？"贤造随即又想到别的事情上去了。

"大概会来。她说如果户泽大夫来了，就给她打个电话。"

"阿绢那里也够钱吧。因为这次那边也买进了一些。"

"多少闹了点亏空吧。"

洋一也已经在喝茶了。今年四月以来，市场上发生了空前的恐慌。就连贤造经营的商店，由于生意相当兴隆的大阪某个同行突然破产，最近也遇到了垫付贷款的厄运。再把这样那样的种种打击统统算上，至少蒙受了三万元上下的损失——这个情况是洋一偶然听说的。

"但愿亏空不要闹得太大——这么不景气，咱们的店说不定什么时候也会出事呢……"

贤造半开玩笑地说着泄气话，懒洋洋地离开了饭桌。他拉开纸槅扇，走进旁边的病房。

"汤和牛奶都喝了吗？那么今天可太好啦。不尽量吃可不行啊。"

"要是再能把药也吃下去就好啦，可是一吃药就吐。"

洋一还听见了这样的对话。今天早晨他在饭前去看望，母亲的体温比昨天和前天低多了。口齿也清楚，翻身也显得轻快些。“肚子虽然还痛，但是觉得舒服多啦。”——母亲自己也这么说。而且还有了食欲，也许不像迄今所担心的那样，说不定意外地容易恢复。——洋一窥视着隔壁房间，喜出望外。可是他又多少产生了带迷信味儿的恐惧，担心要是想得太美了，母亲的病可能反而会恶化……

“少爷，电话。”

洋一依然两手着席，朝着声音传来的方向回头望去。美津口衔衣袖，用抹布擦着饭桌。告诉洋一接电话的是另一个年长的女用人阿松。阿松连手也没来得及揩干，就那样系着袖带[1]站在厨房门口，她身后可以瞥见一把铜壶。

“哪里来的？”

“嗯，是哪一位呢？……”

“真没法儿，老弄不清是哪一位打来的。”

洋一发着牢骚，立即走出了吃饭间。让憨厚的美津听他讲犟脾气的阿松的坏话，他觉得是挺愉快的事。

他去接店里的电话，原来是药店老板的儿子田村打来的，他俩是一起从中学毕业的。

“今天一道去看明治剧团的戏怎么样？由井上主演。井上主演，你会去的吧？”

“我不行，我妈生病了……”

1 袖带是日本妇女劳动时斜系在两肩上的带子，在背后交叉，把和服的长袖挽起。

“是吗？那对不起。不过，很遗憾啊。听说小堀他们昨天去看过了……”

洋一这样交谈了几句，就挂上了电话，从那儿径直上了楼梯，照例走进二楼的读书室。他对着桌子，连小说也无心去看，更不用说是准备考试了。桌前是格子窗。他从窗子往外眺望，对过的玩具批发店前面有个穿号衣的人在用打气筒给自行车轮胎充气。不知怎的，那使洋一觉得心慌意乱。但心又不愿意下楼去。他终于把放在桌下的《汉日词典》当作枕头，一头睡在铺席上。

这时，今年春天以来一直没见到的异父哥哥的面影浮现到他的脑际。哥哥同他虽然不是一个父亲生的，他却从来不曾认为他对哥哥的感情不同于世间一般兄弟的感情。连母亲带着哥哥改嫁过来的事，他也是新近才知道的。至于哥儿俩不是同父生的这一点，有一件事他记忆犹新。

当时哥哥和他都还在上小学。一天，洋一同慎太郎打扑克，争胜负拌起嘴来。哥哥那时就挺冷静，不论洋一多么激动，哥哥几乎连说话的语气都是平静的。可是哥哥不时地以轻蔑的目光扫视他的脸，一句接一句地数落他。洋一终于勃然大怒，抓起手边的扑克牌就猛地摔在哥哥的脸上。扑克牌打在哥哥的半边脸上，撒了一地。——哥哥当即举手“啪”地打了他一记耳光。

“别太狂了。”

哥哥的话音未落，洋一就扑在他身上了。哥哥的身体比他魁梧得多。可是他比哥哥莽撞而倔强。他俩一时像野兽一样厮打起来。

母亲听到吵闹，慌忙跑进屋来。

"你们干什么？"

母亲的话音未落，洋一已经号啕大哭起来。哥哥则低着头，绷着脸站在那儿。

"慎太郎，你不是做哥哥的吗？跟弟弟打架，真没出息。"

挨了母亲的骂，哥哥的声音也发颤了，但是顶撞似的回答说："洋一不讲理。他先把扑克牌摔在我脸上了。"

"你撒谎。哥哥先打的我。"洋一大哭大叫着反驳哥哥，"要赖的也是哥哥。"

"什么！"哥哥又摆起架势，要朝他迈出一步。

"所以才打架啊，不是吗？反正你岁数大，不让着他点儿就不对。"

母亲护着洋一，推推搡搡地把哥哥拉开了。这时哥哥的眼睛闪露出凶狠可怕的光。

"好呀。"哥哥说着就像疯了似的要打母亲。可是手还没有抡下来，就放出比洋一更大的声音哭起来了……

母亲当时表情如何，洋一已经记不得了。可是哥哥那气愤的眼神，至今历历在目。哥哥也许仅仅是由于挨了母亲的骂而动怒的。他觉得不应该进一步去胡乱臆测。可是哥哥到外地去了之后，洋一偶然想起哥哥那个眼神，总觉得哥哥眼中的母亲不同于自己眼中的母亲。而且，由于他还记得另一件事，才会有这样的感觉……

那是三年前的九月，哥哥即将动身到外地的高等学校去的前夕。洋一同哥哥一起特地去银座买东西。

“暂时也要跟大钟[1]告别呢。”哥哥走到尾张町拐角那儿的时候，自言自语似的说。

“所以进一高就好了。”

“我一点儿也不想进一高。”

“净说不服输的话。到农村去可不方便呢。没有冰激凌，没有电影……”洋一脸上冒着汗，以半开玩笑的口吻说下去，“以后不论谁生病，你也不能马上就回来……”

“那当然喽。”

“那么，要是妈妈死了怎么办？”

在人行道上走着的哥哥，伸手揪了一把柳树叶儿才回答他的话：“妈妈死了我也不难过。”

“你撒谎。”洋一有点儿激动地说，“不难过才怪呢。”

“我可不说谎。”哥哥的语调出人意料地慷慨激昂，“你不是总在读小说吗？那就应当能够立即理解世间上有像我这样的人。——小傻瓜。”

洋一内心里为之一惊。他同时清楚地回忆起哥哥要打母亲时的那个眼神。他悄悄打量哥哥的表情，哥哥望着远处，若无其事地走着。

想起这样的事，他对哥哥是否会立即回来越来越没把握了。尤其是如果已经开始考试了，哥哥也许会觉得迟回两三天也无所谓。哪怕迟一些，好歹回来就行——洋一刚想到这里，只听见有人咯吱

1　日本东京的第一座大钟是1871年装在浅草马道的一座楼房顶上的，以后其他地区也予以仿效。

咯吱上楼梯的声音。他立即跳起来了。

这时，眼睛有毛病的浅川的婶婶弓着上半身已经出现在楼梯口了。

“哦，在午睡吗？”

洋一感到婶婶这句话带点讽刺意味，他把自己的坐垫向前摆正。可是婶婶没有坐，却挨着桌子坐下来，像发生了什么大事似的小声讲起来：“我有点儿事跟你商量。”

洋一心里直扑腾。

“妈妈怎么了？”

“不是，不是你妈的事。是那护士，可真没办法……”

婶婶絮絮叨叨地讲起了这样一件事：

——昨天，户泽医生来出诊的时候，那个护士特地把他叫到吃饭间说：“大夫，您看这个病人到底能拖多久呢？要是看来还能拖很久，我想告辞。”这个护士当然以为只有医生一个人在场。可是阿松刚巧在厨房里，全都听到了。于是阿松愤愤地告诉了浅川的婶婶。不但如此，婶婶留神一看，这之后护士对待病人事事都很冷淡。今天早晨就把病人撂在一边，梳妆打扮了足足一小时……

“尽管是雇佣关系，也未免太过分了吧，你说呢？所以依我看，还是换个人好。”

“是啊，那敢情好喽。跟爸爸讲一声……”

洋一想到那个护士竟算计母亲的死期，与其说是生气，心情毋宁是感到忧悒。

“可是，刚才你爸爸到车间那儿去了。我又不知怎么一来，忘记告诉他了。”婶婶有点着急似的，那双烂眼睁得大大的，“我觉得反正要换人，不如早些换。”

“那么跟神山君说说，请他马上给护士会打个电话……等爸爸回来再告诉他就行啦……”

“对，就那么办吧。”

洋一抢在婶婶前面，精神抖擞地跑下了楼梯。

“神山君，请你给护士会打个电话。”

听见洋一的声音，站在店前胡乱放着的商品当中的五六个店员以惊讶的眼神注视着他。神山随即从账房桌后头蹿了出来，他那花哨的斜纹哔叽围裙上还沾着毛线头儿呢。

“护士会的电话是多少号？”

“我以为你知道呢。”

站在楼梯下面的洋一与神山一起查看电话簿。店内的气氛与平日毫无二致，对他和婶婶的焦急心情不关痛痒，这在他心里引起了轻微的反感。

三

午后，洋一无意中来到吃饭间，看见父亲贤造穿着夏季和服外褂坐在长火盆前，他似乎刚刚回来。姐姐阿绢也坐在那里，胳膊肘支在火盆边缘上。她绾着圆髻，今天没有缠湿布的柔嫩脖颈刚好对着洋一。

“这我怎么能忘记呢。”

“那您就这么办吧。”

洋一跟阿绢打了个招呼，她抬起气色比昨天还坏得多的脸，微微向他致意。然后对他有所忌惮地微笑着，怯生生地讲下去。“您要是在那方面不给想想办法，我也总觉得抬不起头来。那时给我的股票，这次行情也全部下跌了……”

“好啦，好啦，全都明白啦。”父亲神色忧郁，可是仍用打趣的口吻说。

姐姐去年出嫁时，父亲答应分给她的那份家当，一部分至今还没兑现，其实大概落空了。——洋一知道这个情况，故意远远离开长火盆，默默地摊开报纸来看先前田村邀他去看演出的明治剧团的广告。

“所以我才腻烦爸爸呢。”

“你腻烦，我比你还腻烦。你妈病倒了不算，还净得听你发牢骚……”

洋一听见父亲这样讲，不由得侧耳倾听纸槅扇后面病房的动静。在那里，阿律一反常态，好像不时发出痛苦的呻吟。

“妈妈今天很不好过啊。”

洋一自言自语似的这么说了一句，一霎时足以打断父女俩的对话。阿绢迅即端正了姿势，瞟了贤造一眼，说：“妈妈的病不也是这样吗？当初我那样讲的时候，要是换个医生，也不至于落到这个地步。而爸爸还犹豫不定……”她就这样感伤地责备起父亲来。

“所以呀，不是说今天请谷村博士来看病吗？”贤造终于绷着脸像啐一口似的说。

洋一也觉得姐姐的犟脾气有点可恨。

“谷村先生什么时候来呢？”

“说是三点左右来。刚才我从车间还给他打了电话……”

“已经三点多了——差五分就四点啦。”洋一抱着蜷起的膝盖，抬眼望了望日历上面的大挂钟，“再让他们打一次电话吧？”

“刚才婶婶说已经打了。”

“刚才？”

“说是户泽先生刚一走就打了。”

他们正这么谈着的时候，依然面带愁容的阿绢蓦地从长火盆前站起来就迅速走进隔壁房间。

“好不容易你姐姐放过我啦。”

贤造苦笑着，这才取出掖在腰间的烟荷包。洋一只是又望望挂钟，没有回答。

从病房仍不断传出阿律的呻吟声。不知是否由于心理作用，洋一总觉得那声音越来越大了。谷村博士怎么还不来呢？当然，从他来说，患者又不只是母亲一个人，这会儿说不定他还没完没了地在会诊什么的呢。不，时钟这就打四点了，再怎么迟，早该从医院出来了。也许现在已经到了店前……

“怎么样？”

父亲的话音未落，洋一从阴郁的想象中解脱出来了。一看，纸槅扇拉开了，浅川的婶婶不知什么时候露出一张神色忧虑的脸。

“看来非常痛苦——医生还没到吗？”

正吸着烟丝的贤造挺没味道似的喷出一口烟，开口说：“真没法儿。——再让他们打一次电话吧？”

“对，只要暂时处置一下……户泽先生也行啊。”

“我去打电话。”

洋一立即站起来。

“哦。那么你就问问先生是不是已经出来了。号码是小石川的×××号……”

贤造还没有说完，洋一已经从吃饭间飞奔到铺着地板的厨房去了。厨房里，系着袖带的阿松在用刨子嗞嗞地削干鲣鱼[1]。洋一从她身旁闯过，匆忙走向店里的时候，美津小跑着迎面而来，差点儿和他撞个满怀，他俩好不容易才相互闪开。

“对不起。”

美津那刚梳好的头发散发着芳香，腼腆地这么招呼一声就吧嗒吧嗒跑向吃饭间。

洋一觉得怪难为情的，边把电话的受话器对在耳边。还没等话务员接，坐在账房桌前的神山就从背后对他说：“洋一哥，是给谷村医院打电话吗？”

“对，谷村医院。”他拿着受话器，回头看看神山。

神山没有朝他看，却正在把大账簿放回铁木合制的书架里。

“那边刚来了电话，美津到里头去传话了吧。”

“电话怎么说的？”

“大概是说大夫刚才出来了——老良，是不是说刚才？”

1　干鲣鱼须用刀或刨子削，做佐料。

他喊的那个店员正登上凳子，要把堆在高架子上的成箱的商品取下来。

“不是刚才。说是这就要到了。”

“原来如此。那么美津这家伙，跟我讲一声就好了。”

洋一挂上电话，正要回吃饭间去，偶然一看店里的钟，就纳闷地站住了。

“怎么，这个钟已经四点二十多分啦。”

“哪里，这个钟快十来分钟。现在刚四点十分左右。”神山弯着身，看了看掖在自己衣带里的金怀表，“对，正好四点十分。”

“那么还是里头的钟慢了。这么说，谷村先生太迟啦……”

洋一迟疑了一下，然后大步走到店前，四下里看了看连微弱的阳光也消失了的寂静的大街。

“还没有来的迹象。总不至于不认得我家吧——那么，神山君，我到那边去看看。”

他回头对神山招呼一声，穿上了不知哪个店员脱在那里的木底草履。然后他就大步流星地朝着汽车和电车通行的大马路那面匆匆走去。

大马路就在离他家的商店五十多米的地方。那里的街角上有一座带库房的商店，一半辟作邮政局，另一半是洋货店。陈列在洋货店橱窗里的草帽和藤手杖摆成新奇的花样，在那当中，漂亮的游泳衣像真人似的伫立着。

洋一走到洋货店前，背对着橱窗，以焦急的目光打量起大马路上来往的行人和车辆来。这样待了一会儿，可是批发店鳞次栉比的这条横街，连一辆人力车也没拐进来。偶尔开来一辆汽车，原来是挂着空车牌子、车身溅满了泥的出租汽车。

这当儿，一个才十四五岁的店员骑自行车驰来。他一看见洋一，就手扶电杆，灵巧地把车停在他身边，一只脚仍踏着脚蹬子说："田村先生刚刚打来了电话。"

"有什么事啊？"洋一连这么说着的时候也没有忘记扫视熙熙攘攘的大马路。

"没有什么特别的事儿……

"你就是来告诉我这个的吗？"

"不，我还要到车间去。——对，还有，老爷说有事找你。"

"我爸爸吗？"洋一刚说到这里，向对面一看，突然把交谈的对方撇下，从橱窗前飞奔过去。街上行人稀少，正好有一辆人力车穿过大马路朝这边跑来。——洋一抢到车的把手前，几乎要举起双手，对车上的青年喊道："哥哥！"

车夫把身子往后一仰，勉强刹住了车。坐在车上的慎太郎，身穿高等学校的夏季制服，戴着镶白条的帽子，粗壮的双手按着夹在膝间的箱子。

"啊。"哥哥连眉毛也没动一动，低下头看洋一的脸，"妈怎样啦？"

洋一抬头望着哥哥，只觉得浑身的血液沸腾，突然涌到两颊似的。

"最近两三天病情恶化了——据说是十二指肠溃疡。"

"是吗。那可……"

慎太郎仍然冷冰冰的，没有再讲下去。他那双酷似母亲的眼睛里却露出某种表情，那是出乎洋一意料的，却又下意识地渴求的。哥哥这种表情使洋一感到既高兴又惶惑，他急促而结结巴巴地说：“今天看起来最痛苦了——不过哥哥回来得太好啦。——反正赶快去吧。”

慎太郎打了一下招呼，车夫又精神抖擞地跑起来。慎太郎这时仿佛感到，今天早晨自己在上行的三等客车中坐着的形象清晰地浮现在脑际。他意识到旁边那位气色挺好的农村姑娘跟他肩挨着肩坐着，同时冥想着与其亲眼看见母亲死去，不如死后再到，悲痛也许倒少一些。这么想着，他的两眼却茫然盯着打开的雷克拉姆[1]版《歌德诗集》。……

“哥哥，还没有开始考试吗？”

慎太郎吃了一惊，转过身朝着话声传来的方向望去。洋一趿拉着木底草履，紧挨着车跑着。

“从明天起考试。你……你站在那儿干什么来着？”

“今天谷村博士要来，他来得太迟了，所以我站在那里等他，可是……”

洋一这样回答着，有点气喘吁吁的。慎太郎想慰藉一下弟弟，可是这种心情一说出口，不知不觉之间就变得平凡了。

“你等了很长时间吗？”

“可能等了十分钟吧。”

1　雷克拉姆是德国的一家出版社，以出版袖珍本的丛书《雷克拉姆文库》闻名。

“刚才那儿好像还有个店员——喂，就在前面。”

车夫走过了五六步，兜了个圈儿，将车把撂在店前。这个装着厚玻璃门的店铺，慎太郎毕竟是感到怀念的啊。

四

一小时后，在店铺的二楼上，以谷村博士为中心，贤造、慎太郎、阿绢的丈夫等三人愁容满面地聚在一起。谷村博士给阿律诊断完了以后，为了听取诊断结果，他们把博士请到楼上来了。

体格魁梧的谷村博士呷了一口端给他的茶，粗大的手指摆弄了一会儿露在西服背心外面的金链子。他环视一下灯光照耀下的三个人的脸，说道：“你们请了那位经常给她看病的姓户泽的医生吗？”

“刚才让人给他打了电话。——他说立即就来，对吧？”贤造叮问似的回头望望慎太郎。

慎太郎仍穿着制服，拘谨地跪在跟博士面对面坐着的父亲身旁。

“嗯，说是马上就来。”

“那么等那一位来了再谈吧。——天气老不见晴啊。”谷村博士说着掏出了摩洛哥皮革的烟盒。

“看来今年梅雨期很长。”

“总之，最近天气和财界情况都不佳，不好办啊……”

阿绢的丈夫也从旁口齿流利地插了一句话。这位正好来探病的年轻的绸缎庄老板蓄着短胡，戴无框眼镜，他的服装毋宁说像是律师或公司职员。慎太郎对他们这样的谈话感到很不耐烦，一个人固执地默不作声。

经常给他家的人瞧病的那位姓户泽的医生过一会儿就来了。他身穿黑色熟罗和服外褂，略有醉意。他同谷村博士是初次见面，殷勤地寒暄一番后，就以浓厚的东北口音向坐在斜对面的贤造问道：“诊断结果已经告诉您了吗？”

“没有，原想等您来到再谈的……”谷村博士的指间夹着一小截纸烟，代贤造回答说，“因为还有必要聆听您的见解……”

在博士的询问下，户泽相当详细地说明了阿律近一周来的病情。博士听到户泽的处方时，稀疏的眉毛微微皱了一下。慎太郎注意到这一点，心里直嘀咕。

可是交谈告一段落时，谷村博士安详地点了两三下头。

“是啊，明白了。当然是十二指肠溃疡。不过，从刚才的诊断来看，已经引起了腹膜炎。因为病人说下腹部像被顶上去那样痛……”

“哦，下腹部像被顶上去那样痛？”

穿着斜纹哔叽裙裤的户泽，把两只粗壮的胳膊肘撑在腿上，歪了一下脑袋。

一时，人们都屏住气息似的默不作声。

“可是体温怎么好像比昨天低得多呢？……”过了一会儿，贤造才迟迟疑疑地反问道。

然而博士把纸烟扔掉，漫不经心地打断了他的话：“那才糟糕呢。一方面体温一个劲儿下降，另一方面脉搏却反而增加——这就是这种病的特点。”

“原来是这么回事啊。我们年轻人也应该知道。”

阿绢的丈夫交抱着胳膊，时而捋捋胡子。慎太郎感到姐夫谈吐冷淡，像外人一样漠不关心。

“可是我诊断的时候好像没有看到腹膜炎的征候……”

户泽刚说到这里，谷村博士就做了职业性的娴于辞令的答复：“是啊，想必是在您诊断以后发生的。第一，病情好像还不怎么严重——不过，现在总归是患了腹膜炎，那是毫无疑问的。”

“那么，立即住院治疗怎么样？”慎太郎板着面孔初次插口说。

这话似乎使博士感到意外，他懒洋洋地抬起眼皮，瞅了一下慎太郎的脸。

“现在可不便移动。眼下只能尽量把腹部焐暖。如果疼痛还加剧，就请户泽先生给注射——今晚大概还会很痛的，患什么病都不舒服，这种痛尤其痛苦。”

谷村博士只讲到这里，接着就用忧郁的眼神看了看铺席，忽然想起了什么事似的，取出背心兜里的怀表看了看，说：“那么我告辞啦。”

身穿西服的博士随即站了起来。

慎太郎同父亲、姐夫一起，对博士出诊表示感谢。可是他一直意识到自己脸上明显地露出了失望的神色。

“务请博士在两三天内再做一次诊断吧。”户泽致意后这样说，又低下了头。

“嗯，我倒是随时都可以来……”

这是博士讲的最后一句话。慎太郎远远地落在别人后面走下黑暗的楼梯，不得不深深感到万事皆休。

五

户泽和阿绢的丈夫回去以后，换上了和服的慎太郎同浅川的婶婶和洋一在吃饭间里围着长火盆而坐。从纸槅扇后面依然传来阿律的呻吟声。他们三人在灯光下无精打采地继续交谈，动辄就觉察出自己不约而同地在倾听那呻吟声。

“这可不行啊。老是那样痛苦……”婶婶握着火筷子，呆呆地凝视着什么地方。

洋一没有回答婶婶的话，却对嘴里衔着E. C. C牌香烟的哥哥说：“户泽先生说不打紧吗？”

“他说两三天内不成问题。”

“户泽先生讲的可靠不住啊……”

这一回慎太郎没有回答，只把烟灰弹到火盆里。

“小慎，刚才你回来的时候妈妈说什么来着？”

“什么也没说。”

“可是她笑了吧？’

洋一从一旁悄悄地望着哥哥那镇静的脸。

“嗯——可是一到妈妈身边去，不是闻到了挺香的味儿吗？”

“那是刚才阿绢洒了她带来的香水。小洋，那香水叫什么来着？”婶婶像是催洋一回答似的微笑着望望他。

“叫什么？——多半叫什么洒床香水吧。”

这时阿绢从纸槅扇后面悄悄地伸出头来，她面带病容。

“爸爸不在吗？”

“在店里哪。有事吗？”

“嗯，妈妈有点——”

阿绢刚说到这里，洋一立即从长火盆前站起来。

“我去说一声。”

他走出吃饭间后，太阳穴上贴着止痛膏的阿绢两臂交抱胸前，蹑手蹑脚地进来了。她显得有点冷似的在洋一原来坐的那个地方端坐下来。

“怎么样？”

“药还是咽不下去。——不过自从换了这次的护士，单凭上了岁数这一点也让人放心。”

“体温呢？”慎太郎插口说，同时干巴巴地喷出一口烟。

“刚才量的，三十七摄氏度二分……”阿绢把下巴颏儿缩到衣襟里，若有所思地看了看慎太郎，“比户泽先生在这儿的时候又降了一分。”

三人沉默了半晌。在一片寂静中，传来了踏地板的声音，贤造跟在洋一后面慌慌张张从店里回来了。

“刚才你家里打来了电话，说是待一会儿请老板娘给回个电话。”

贤造只对阿绢讲了这么一句就走进了隔壁房间。

“没办法。家里有两个女用人，可是一点也不起作用。”阿绢咋了咋舌头，同浅川的婶婶面面相觑。

“这年头的女用人呀。——我家的女用人反而给添了麻烦。”

她俩这么谈着的当儿，慎太郎口衔金嘴纸烟，正陪着寂寞的洋一说着话儿。

“准备应试了吗？”

“在准备。——但是今年没下功夫。”

“还在净作和歌吗？”

洋一显得心烦意乱的样子，自己也点了纸烟。

“我不是哥哥那样适合考试的人。我最讨厌数学……”

“讨厌也得考呀……”

慎太郎刚讲到这里，跟不知什么时候来到纸槅扇边的护士小声说话的婶婶，隔着火盆对他说：“小慎，你妈妈叫你呢。”

慎太郎把吸了一半的纸烟扔掉，一声不响地站起来。他像推开护士似的径直走进隔壁房间。

“到这儿来。你妈说有事对你讲。”

独自坐在枕边的父亲努努下巴颏儿向他示意。他按照父亲的指点，挨到母亲跟前坐下来。

“有事吗？”

母亲绾了个梳髻[1]，枕着方枕[2]，在遮着布的电灯光下，她的脸比先前显得更憔悴了。

1　把头发卷在梳子上绾成的发髻。

2　将两头扎紧，里面填荞麦皮的枕头。

“哦，看来洋一不大用功——你跟他好好谈谈吧——这孩子还肯听你的话……”

“是，我好好跟他讲。其实刚才还在谈这件事呢。”慎太郎以比平时大的嗓门回答说。

“好啊。可别忘记——直到昨天我还以为自己要死了，可是……”母亲忍着腹痛微笑着，连牙龈都露出来了，“也许是由于领了帝释天[1]的御符，今天烧也退了些，这样下去大概能治好。听美津说，她的叔叔也患过十二指肠溃疡，半个月左右就痊愈了，大概并不是什么难症……”

母亲至今还依靠这种名堂，慎太郎不禁可怜起她来。

“会好的。一定会好的。您好好吃药吧。”

母亲微微点头。

“那么您现在吃点药吧。”

来到枕边的护士熟练地把装着药水的玻璃管插进阿律的嘴里。母亲闭着眼睛吸吮了两口。一霎时，这使慎太郎感到心里亮堂堂的。

“挺顺利啊。”

“看来这次咽下去了。”

护士同慎太郎亲切地相互看了一眼。

“只要吃得下药，那就好啦。但是会拖些时候，等病好了起床的时候天也热了吧。那就准备冰小豆汤[2]来代替小豆饭发给亲友怎么样？”

---

1 帝释天是佛教中与梵王一起护佛法的神。又是十二天之一，是东方的守护神。

2 夏天吃的一种冷食，在红小豆汤上撒以刨冰而成。

慎太郎依然跪着，他想乘贤造这样开玩笑的机会，就势儿悄悄地离开母亲身边。这时母亲突然疑讶地望着他的脸问道："演说？今晚什么地方有演说？"

他不禁一惊，像求援似的望着父亲。

"没有演说。哪里也没有举办那种活动，今晚就踏踏实实地睡吧。"

贤造一边安抚阿律，一边向慎太郎递了个眼色。于是慎太郎抬起膝来，回到灯光明亮的隔壁的饭间。

姐姐和洋一还在吃饭间里跟婶婶窃窃私议。他们看见他进来，一下子都抬起了头，神色之间似乎想打听病房的消息。可是慎太郎闭口不言，眼神仍然冷冰冰的，盘腿坐在原来的坐垫上。

"有什么事啊？"

最先打破沉默的是气色不好的阿绢，她依然把下巴颏儿埋在衣襟里。

"没什么事。"

"那么妈妈一定是光想看看小慎的脸就是了。"

慎太郎感到姐姐这句话里有故意逗他的语气。可是他只苦笑一下，没有吱声。

过了一会儿，浅川的婶婶打破沉寂哈欠连天地对洋一说："小洋，你今晚通宵看护吗？"

"嗯，姐姐说她今晚也守夜看护……"

"小慎呢？"阿绢抬起薄薄的眼皮，直勾勾地盯着慎太郎的脸。

“我怎么都行。”

“小慎还是那么不爽快。我原以为你上了高等学校后会变得干脆一些呢……”

“你怎么了，他今天多累呀！”婶婶用规劝的口吻制止阿绢尖声尖气地说下去。

“今晚不如让他先睡。守夜看护也不限于今天晚上啊……”

“那么我先睡啦。”

慎太郎又点燃了弟弟的E. C. C牌纸烟。他憎恨自己感情淡薄，因为虽然他刚刚看到生命垂危的母亲，内心里却已经轻松起来了……

六

尽管如此，当晚接近午夜慎太郎才在商店二楼的被褥上躺下来。正像婶婶所说的，他确实感到旅途的疲劳。可是一旦熄了灯，却又辗转不能成寐。

父亲贤造在他旁边安详地睡着。至少近三四年来，他这是第一次跟父亲睡在一个房间里。父亲从来不打鼾吗？——慎太郎时而睁开眼睛，迎着亮光看看父亲的睡姿，连对这样的事都感到纳闷。

可是杂乱地浮现在他的眼帘里的依然是关于母亲的种种回忆。往事既有快乐的，当然也有不愉快的。可是不论什么往事，今天回想起来都一样令人感到寂寞。“都是过去的事了。好也罢，坏也罢，都无可奈何。”——推成平头的慎太郎这样想着，茫然地枕着散发糨糊气味的方枕。

——那还是上小学的时候。一天，父亲给慎太郎买了一顶新帽子。那是他老早就想要的长檐大黑帽。姐姐阿绢看见了，就说她下月要参加长歌[1]演习会，这次也得给她做一件和服。父亲咧嘴笑着，完全没有把这话当回事。姐姐当即发火了。她背冲着父亲，愤愤地挖苦道："您就会偏爱小慎。"

父亲多少感到棘手，但是仍面露微笑。他说："和服和帽子不是一回事吧。"

"那么妈妈呢？妈妈不是前些日子做了一件和服外褂吗？"

姐姐转过身来朝着父亲，突然露出了恶狠狠的眼神。

"当时不也给你买了簪子、梳子什么的吗？"

"对，给买了。不该买吗？"姐姐把手伸到头上，摘下白菊花形的簪子，蓦地摔在铺席上了，"这簪子算得了什么！"

这下子父亲也恼了。

"别做蠢事。"

"反正我蠢。我不像小慎那么机灵。因为我妈蠢呀……"

慎太郎脸色苍白，看着这番争执。可是当姐姐放声大哭的时候，他就默默地抓起扔在铺席上的花簪，哧哧地撕起花瓣来。

"你干什么，小慎！"姐姐几乎像疯了似的猛扑过去，一把揪住他的手。

"你不是说不要这样的簪子吗？既然不要，我怎么处理也没关

1 长歌是江户长歌的简称，配合三弦、笛子等唱的一种歌曲，常与歌舞伎配合演出。

系吧？哼，女的算什么，要打架，随时来吧……”

慎太郎不知什么时候哭起来了，他执拗地跟姐姐争夺那支花簪，直到把菊花瓣儿扯个精光。可是他仿佛感到自己头脑里的什么地方异常鲜明地映现出没有亲妈的姐姐的心情……

慎太郎忽地尖起耳朵去听。有人放轻脚步走上黑暗的楼梯。——顿时，美津从楼梯口朝这边小声叫道：“老爷。”

慎太郎以为睡着了的贤造立即从枕上抬起头来：“什么事？”

“太太有请。”美津颤声说。

“好，马上就去。”

父亲下楼后，慎太郎睁着大眼睛，像要把家里的动静全都听进去一般，浑身绷得紧紧的。这时不知怎的，与现在的心情毫无关系的和平的回忆清清楚楚地浮现在脑际。

——那也是上小学的时候。他一个人由母亲领着，到谷中的墓地去上坟。那是个晴朗的星期日下午，墓地的松树和树篱当中，辛夷开放着白花。母亲来到小小的坟墓前，告诉他说这是父亲的墓。可是他站在墓前，只随随便便鞠了个躬。

“那就行了吗？”母亲边供上水，边朝他微笑着。

“嗯。”

他对容貌也记不得的父亲感到漠然的亲切，但是对这个孤零零的石塔却生不起任何感情。

母亲随后在墓前合掌片刻。这时从附近什么地方传来了似乎是气枪射击的声音。慎太郎撇下母亲，朝着发出声响的地方走去。他沿着树篱兜了个大圈子，来到路面狭窄的通道。——那里，一个比他大一些的孩子和两个像是其弟弟的孩子在一起，一只手提着气枪，带着遗憾的神色仰望着树梢——那棵不知名的树，梢头的嫩芽朦朦胧胧的。

这时，他又听见了有人“咯吱咯吱”登上楼梯的声响。他突然感到不安，抬起半截身子朝着楼梯口问道：“谁呀？”

“没睡呀？”

那是贤造的声音。

“怎么啦？”

“刚才你妈说有事，所以我下去一趟。”

父亲用低沉的声音说着，又躺到自己的被褥上了。

“有事？病情恶化了吗？”

“嘿，说是有事，我就去了，她只说如果明天去车间的话，单衣就放在衣柜的上层抽屉里呢。”

慎太郎怜惜母亲。与其说是怜惜母亲，不如说是怜惜母亲那做妻子的心情。

“可是真难办啊。我刚才去了一趟，好像痛苦得厉害。而且她说头也痛，一个劲儿晃悠着脑袋。”

“去请户泽先生再给打一针怎么样？”

“说是不能老打针——其实横竖是无可救药了，总希望给她减轻点痛苦啊。”

贤造似乎透过黑暗在凝视慎太郎的脸。

“你妈又没造过孽……为什么要受那么大罪呢。”

两人沉默了一会儿。

慎太郎觉得跟父亲相对无言，怪憋得慌的，就问道："大伙儿都还没睡吗？"

"婶婶躺着呢。至于是否睡得着，就……"

父亲说了一半，突然从枕上抬起头来，侧耳而听。

这次是阿绢，她上了一半楼梯，从那儿压低嗓门招呼道："爸爸。妈妈叫你来一下……"

"这就去。"

"我也起来了。"

慎太郎把薄棉睡衣甩在一边。

"你用不着起来。要是有什么事，我马上来喊你。"

父亲匆匆跟着阿绢又一次下了楼梯。

慎太郎盘着腿在被褥上坐了一会儿，随即站起来扭开了电灯。然后坐在那儿，在晃眼的灯光下茫然环视四周。他忽然产生了这样一个念头：母亲不一定是有事才打发人来喊父亲，说不定实际上只是想让父亲到卧榻旁边来就是了。

他偶然看见桌子下面落着一张写了字的格纸，就漫不经心地把它拾起来。上面写着：

献给M子……

接着就是洋一作的和歌。

慎一把那张格纸一扔，枕着双手，仰面躺在被褥上。一瞬间，有着一双明眸的美津的脸清清楚楚地浮现在他的脑际……

七

慎太郎一觉醒来，二楼上窗户缝已经透亮，姐姐阿绢和贤造在小声谈着什么。他立即起来了。

“好的，好的，那么你去睡吧。”贤造对阿绢说，随即匆匆下了楼梯。

窗外的房瓦上发出瀑布倾泻般的声音。在下大雨——慎太郎这么想着，马上把睡衣换下来。

正在解衣带的阿绢略带讽刺口吻对他说：“小慎，早上好。”

“早上好。妈怎么样？”

“折腾了一宿……”

“睡不着吗？”

“她自己说睡得不错，可是从旁边来看，其实连五分钟也没睡踏实。而且还说胡话——弄得我半夜里直害怕。”

慎太郎换好衣服站在楼梯口。从那里看得见厨房的一端，美津撩起和服下摆，用抹布揩抹着。——她听见他们说话，立即把下摆撂下来。他扶着黄铜扶手，心里有点儿不好意思下楼去。

“胡话？到底说了些什么？”

“她说：半打？半打不是六个吗？”

“头脑有点不清楚吧。——现在呢？”

“现在户泽先生来了。”

“真早啊。”

等美津走开后，慎太郎才从从容容地下了楼梯。

五分钟后，他走到病房一看，户泽刚给母亲注射完强心剂。坐在枕边的护士正在护理母亲。就像父亲昨晚说的那样，绾着梳髻的母亲不断地在白色方枕上晃动着脑袋。

“慎太郎来啦。”

坐在户泽身旁的父亲对母亲大声说，然后给他使了个眼色。

他在户泽对面坐下来，和父亲正好相对。在那里，洋一两臂交抱，呆呆地望着母亲的脸。

“握握妈妈的手吧。”

慎太郎按照父亲的吩咐，两只手握住母亲的手。母亲的手渗出冷冰冰的黏汗，潮糊糊的令人发怵。

母亲一看见他的脸，就用眼神向他打了个招呼，随即又望着户泽说：“大夫，已经不行了吧。手好像开始发麻了。”

“哪里，没事儿，再忍耐两三天就成了。”

户泽在洗手。

“很快就会舒服起来的。——哦，形形色色的东西可摆了不少呢。”

母亲枕边有个盘子，大神宫[1]和氏神[2]的护符，与柴又[3]的帝释天雕像并排放着，多得几乎放不下了。

母亲举目望着这个盘子，气喘呼吁地回答说：“昨晚……

1　指伊势大神宫，是日本皇室的宗庙，在三重县伊势市。

2　氏神即氏族神，把祖先之灵作为神祭祀，也指土地神。

3　柴又是东京葛饰区的地名，有题经寺，供祭传说是镰仓时代的和尚日莲（1222—1282）手刻的帝释天雕像。

太……痛苦啦——不过今天早晨，肚子痛得没那么厉害了……”

父亲小声对护士说：“看来有些大舌头……”

“嘴里发黏吧。——请用这个给润点水。”

慎太郎从护士手里接过浸上水的笔，放在母亲的嘴唇上润了两三次。母亲用舌头咂着笔，吸吮那一点点水分。

“那么我还会来的，完全不必担心。”户泽收拾完皮包，朝着母亲大声说。

然后，他回头望着护士说：“那么在十点钟左右再注射剩下的药吧。”

护士只是嘴里应着，露出好像有些不服气的表情。

慎太郎同父亲把户泽送到病房外。旁边的房间里，今天早晨婶婶也独自失神落魄地坐着。

户泽走过婶婶面前时，对她恭恭敬敬的问候只是简慢地点头致意，却对跟在后面的慎太郎说：“考试准备得怎么样啦？”

他立即发觉问错了人，就笑起来，笑得那么愉快，以致令人产生反感。

“实在抱歉——我以为是令弟呢……”

慎太郎也苦笑了。

“近来一看见令弟就谈起考试的事。这是由于我的儿子也在准备考试的缘故吧……”

户泽穿过厨房的时候还在咧着嘴笑。

大夫冒雨回去以后，父亲留在店里，慎太郎急忙回到吃饭间。那里，洋一叼着纸烟，坐在婶婶身旁呢。

“困吧？”慎太郎把膝盖顶着长火盆的镶沿，蹲下来，“姐姐已经睡啦。你也抓空儿到楼上去睡一觉吧。”

“嗯——抽了一夜烟，舌头都发麻了。”洋一愁容满面，把还没抽多少的一大截烟狠狠地扔进火盆，“不过还好，妈妈不哼哼了。”

“看来松快一点了。”婶婶在烧炉灰，好给母亲装在怀炉里，“她好像一直折腾到四点钟哩。”

这时，阿松从厨房伸出头来，她那银杏髻都松开了。

“老奶奶，老爷说请您到店里去一下。”

“好，好，现在就去。”婶婶把怀炉递给了慎太郎，“那么，小慎，你照看妈妈吧。”

婶婶说完就走了出去。洋一忍住哈欠，吃力地站了起来。

“我也去睡一觉。”

只剩下了慎太郎一个人，他把怀炉搁在膝上，沉吟起来。可是他自己也搞不清楚要考虑什么。望不见的房顶上空响彻着暴雨声——他满脑子想的都是这件事。

这时护士慌慌张张地从旁边的房间跑了进来。

“快来人哪，快来人哪……”

慎太郎立即站起来，刹那间已飞奔到旁边的屋里。他伸出健壮的两臂紧紧地抱住阿律。

“妈，妈。”

母亲抱在他怀里，身体颤抖了两三次，然后吐出了青黑色的液体。

“妈！”

那几秒钟，谁都没有来，慎太郎大声喊着妈，拼命凝视着业已断了气的母亲的脸。

河童[1]

文洁若 译

序

这是某精神病院的病员（第二十三号）逢人就说的一个故事。这个疯子恐怕已经三十开外了，乍看上去却显得挺年轻。他半生的经历——不，且不去管这些了。他只是纹丝不动地抱着双膝，间或望望窗外（嵌铁格子的窗外，一棵连枯叶都掉光了的槲树将桠杈伸向酝酿着一场雪的空中），对院长S博士和我絮絮叨叨地讲了这个故事。当然，他也不是一动不动的。例如说到“吃了一惊”的时候，他就突然把脸往后一仰……

我自信相当准确地记录下了他的话。如果有人看了我的笔记还觉得不满意，那么就请去造访东京市外××村的S精神病院吧。长

1　日本民间传说中的一种两栖动物，面似虎，身上有鳞，形如四五岁的儿童。

得少相的这位第二十三号必然会先恭恭敬敬地点头致意，指着没有靠垫的椅子让你坐下。然后就会露出忧郁的笑容安详地把这个故事重述一遍。最后——我还记得他讲完这个故事时的神色——他刚一起身就抡起拳头，不管对谁都破口大骂道："滚出去！坏蛋！你这家伙也是个愚蠢、好猜忌、淫秽、厚脸皮、傲慢、残暴、自私自利的动物吧。滚出去！坏蛋！"

一

三年前的夏天，我和旁人一样背起背囊，从上高地的温泉旅馆出发，打算攀登穗高山。你们也知道，要上穗高山，只有沿着梓川逆流而上。我以前还攀登过枪岳峰呢，穗高山自不在话下了。所以我连个向导也没带，就向晓雾弥漫的梓川峡谷爬去。晓雾弥漫的梓川峡谷——然而这雾总也不见消散，反而浓起来了。我走了一个来钟头，一度曾打算折回到上高地的温泉旅馆去。可是折回上高地，好歹也得等到雾散了才成。雾却一个劲儿地变得越来越浓。管他呢，干脆爬上去吧。——我这么想道。于是，为了沿梓川峡谷行进，就从矮竹林穿过去。

然而，遮在我眼前的依然是浓雾。当然，雾里有时依稀地也看得见粗粗的山毛榉和垂着葱绿叶子的枞树枝。放牧的牛马也曾突然出现在我眼前。但是这些都刚一露面，就又隐到蒙蒙的雾中去了。不久，腿酸了，肚子也饿了——而且被雾沾湿了的登山服和绒毯等也沉重得厉害。我终于屈服了，就顺着岩石迸激出来的水声向梓川峡谷走下去。

我在水边的岩石上坐下来，马上准备用饭。打开牛肉罐头啦，用枯枝堆成篝火啦，干这类事儿就耽搁了十来分钟。总是跟人作对的雾不知什么时候开始消散了。我边啃面包，边看了一下手表，已经过了一点二十分。使我更为吃惊的是，手表的圆玻璃面上映着一个可怕的面孔。我吓了一跳，回头一看，于是——我生平头一回看见了河童这玩意儿。我身后的岩石上有一只河童，跟画上的毫无二致。它抱着白桦树干，手搭凉篷，好奇地俯视着我。

我怔住了，一时一动也不能动。河童好像也吃了一惊，连遮在眼睛上的手都没动一下。过了一会儿，我一跃而起，扑向站在岩石上的河童。同时，河童也跑开了。不，多半是逃掉了，因为它把身子一闪，马上就无影无踪了。我越发吃惊，四下里打量着竹林。原来河童做出一副要逃走的架势，在相隔两三米的地方回过头来看着我呢。这倒没什么奇怪，出奇的倒是河童身上的颜色。从岩石上看我的时候，河童浑身灰乎乎的，现在却遍体发绿了。我大喝一声："畜生！"再度纵身向河童扑过去。河童当然跑掉了。于是，我穿过竹林，越过岩石，拼死拼活地追了半个来钟头。

河童跑得赛过猴子。我一个劲儿地追它，好几回都差点儿找不到它了。我还屡屡踩滑了脚，跌了跤。幸亏当河童跑到一棵挓挲着粗壮桠杈的大橡树下时，有一头在那儿放牧的牛挡住了它的去路——而且又是一头犄角挺粗、眼睛挂满了血丝的公牛。河童一瞥见这头公牛，就惊叫起来，像翻筋斗似的窜进高高的竹丛里去了。我心想，这下子可好啦，就立刻跟着跳进去。想不到那里有个洞穴。我的指尖刚刚触着河童那滑溜溜的脊梁，就一下子倒栽进黑魆魆的深渊里。我们人类就连在千钧一发的当儿也会转一些不着边际的念头。我感到愕然的同时，想起上高地的温泉旅馆旁边有一座“河童桥”。后来——后来我就什么都记不得了。我只感到眼冒金星，不知什么时候失去了知觉。

二

好容易清醒过来，睁眼一看，我仰面朝天躺着，一大群河童簇拥在我周围。有一只河童在厚厚的嘴唇上戴着夹鼻眼镜，跪在我身边，将听诊器放在我的胸脯上。那只河童看见我睁开了眼睛，就打手势要我“安静一下”，并向后边的河童打招呼道：“Quax，quax！”两只河童不知打哪儿抬来了一副担架。我被抬上担架，周围拥着一大群河童。我们静悄悄地前进了几百米。两旁的街道，和银座街毫无二致。成行的山毛榉树后面，也排列着窗上装了遮阳幕的形形色色的店铺，好几辆汽车在林荫道上疾驰。

担架不久就拐进一条窄胡同，我被抬进一座房子里。后来我才知道，那就是戴夹鼻眼镜的河童——叫作查喀的医生的家。查喀让我睡在一张整洁舒适的床铺上，给我喝了杯透明的药水。我睡在床上，听任查喀摆布。说实在的，我浑身的关节都疼得几乎动弹不得。

查喀每天必定来诊视我两三回。我最初看到的那只河童——叫作巴咯的渔夫，大约三天来一趟。河童对人类的情况远比我们对它们的情况熟悉得多。这恐怕是由于河童捕获的人类要比我们人类捕获的河童多得多的缘故。说是捕获也许不恰当，但我们人类在我之前也经常到河童国来过，而且一辈子住在河童国的也大有人在。为什么呢？因为在这里，我们单凭自己不是河童而是人类这个特权就可以不劳而食。据巴咯说，有个年轻的修路工人偶尔来到这里，娶了个雌河童为妻，终老此地。说起来，这个雌河童不但是本国长得最美的一个，她哄弄丈夫（修路工人）的手腕也格外高明。

过了约莫一个星期，根据这个国度的法律，我作为“特别保护民”，在查喀隔壁住了下来。我的房子虽小，却建筑得很精致。当然，论文明，这个国度和我们人类的国家——至少和日本没有多大差别。临街的客厅角落里摆着一架小小的钢琴。墙上还挂着镶了镜框的蚀刻什么的。不过房子面积的大小以及桌椅的尺寸，都跟河童的身材相称，好像跑进了儿童的房间似的。这是唯一不方便的地方。

每天傍晚我都邀请查喀和巴咯到我这个房间来，跟他们学习河童的语言。还不仅是它们。由于大家都对我这个特别保护民怀着好奇心，连每天把查喀叫去为他量血压的玻璃公司老板嘎尔都到这个房间来过。可是起初半个月光景跟我最要好的还是那个渔夫巴咯。

一个暖洋洋的傍晚，我和渔夫巴咯在这个房间里隔着桌子对面坐着。巴咯不知怎的，突然默不作声了，圆睁着那双大眼睛，凝视着我。我当然感到莫名其妙，就问道：“Quax，Bag，quo quel quan？”翻译过来就是：“喂，巴咯，怎么啦？”巴咯不但不搭理我，还突然站起来，伸出舌头，就像青蛙跳跃似的，表示出要扑过来的样子。我越发害怕了，悄悄地从椅子上站起身，打算一个箭步蹿到门外去。幸而医生查喀刚好来到了。

“喂，巴咯，你干什么？”查喀戴着夹鼻眼镜，狠狠地瞪着巴咯说。

巴咯看来是惶恐了，好几次用手摸摸脑袋，向查喀道歉：“实在对不起。让这位老爷害怕挺有趣儿的，我就上了劲，逗他来着。老爷请你原谅吧。”

三

在讲下去以前，得先说明一下河童是什么玩意儿。河童究竟存不存在，至今还有疑问。但对我本人来说，既然跟它们一道住过，应该是毫无疑问的了。那么它又是什么样的动物呢？脑袋上有短毛自不用说了，手脚上有蹼这一点，也跟《河童考略》上所记载的大体一致。有一米来高。照查喀医生说，河童体重有二三十磅——偶尔也有五十几磅的大河童。脑袋顶上凹进去椭圆形的一块，似乎随着年龄越来越硬。年老的巴咯头顶上的凹处，摸上去跟年轻的查喀完全两样。最奇怪的要算是河童的肤色了。河童不像我们人类这样有固定的肤色，而总是随着周围的环境而变——比方说，待在草里，就变成草绿色；来到岩石上，就变成岩石那样的灰色了。当然，不仅是河童，变色龙也是这样的。或许在皮肤组织方面，河童有跟变色龙相近似的地方也未可知。我发现了这个事实的时候，想起了民俗学上记载着西国的河童是绿色的，东北的河童是红色的，我还想起当我追赶巴咯，他突然消失了踪迹的那一次。而且河童的皮肤下面大概脂肪挺厚，尽管这个地底下的国度气温较低（平均在五十华氏度上下），它们却不知道穿衣服。不用说，每只河童都戴眼镜，携带纸烟盒和钱包什么的。河童就跟袋鼠一样，腹部有个袋子，所以携带这些东西没什么不方便。我觉得可笑的只是它们连腰身都不遮一下。有一次我问巴咯为什么有这样的习惯。巴咯就仰面朝天，咯咯地笑个不停，回敬我道："我觉得你遮掩起来倒是怪可笑的呢。"

四

我逐渐学会讲河童日常的用语了，从而也理解了河童的风俗习惯。其中最使我纳闷的是这样一个荒诞无稽的习惯：我们人类当作正经的，河童却觉得可笑；而我们人类觉得可笑的，河童却当作正经。比如说，我们人类把正义啦，人道啦，奉为天经地义；然而河童一听到这些，就捧腹大笑。也就是说，它们对滑稽的概念，跟我们完全不同吧。有一回，我跟查喀医生谈起节制生育的事。于是，查喀咧嘴大笑，夹鼻眼镜几乎都掉了下来。我当然生气喽，就质问他有什么好笑的。我记得查喀是这样回答的——我的记述可能有些出入，因为当时我还不完全理解河童的话。

"不过只为父母的利益着想，就未免太可笑，太自私啦。"

另一方面，从我们人类看来，确实没有比河童的生育更奇怪的了。不久以后，我曾到巴咯的小屋去参观它老婆的分娩。河童分娩也跟我们人类一样，要请医生和产婆帮忙。但是临产的时候，做父亲的就像打电话似的对着做母亲的下身大声问道：“你好好考虑一下愿意不愿意生到这个世界上来，再回答我。”巴咯也照例跪下来，反复这样说。然后用放在桌上的消毒药水漱漱口。他老婆肚子里的娃娃大概有些多心，就悄悄地回答说：“我不想生下来。首先光是把我父亲的精神病遗传下来就不得了。再说，我认为河童的存在本身就是罪恶。”

巴咯听罢，怪难为情地挠挠脑袋。在场的产婆马上把一根粗玻璃管插入巴咯老婆的下身，注射了一种液体。巴咯老婆如释重负般长叹一声。同时，原来挺大的肚子就像泄了氢气的气球似的瘪下去了。

河童娃娃有本事做出这样的答复。因此，刚一落地，当然就能够走路说话。据查喀说，有个娃娃出生二十六天就做了关于有没有神的讲演。不过，听说那个孩子到第二个月就死了。谈到分娩，我顺便告诉你们我来到这个国度后的第三个月偶然在某个街头看到的一大张招贴吧。招贴下半截画着十二三只河童——有吹号的，有执剑的。上半截密密麻麻写着河童使用的宛如时钟发条般的螺旋文字。翻译出来，意思大致是这样的（也许有些小错，反正我是把跟我一道走的、叫作拉叶的河童——一个学生——大声念出的话逐句记在本子上的）：

募集遗传义勇队——

健全的雌雄河童们，

为了消灭恶性遗传，

去和不健全的雌雄河童结婚吧！

那时候我当然也对拉卟说，这种事是办不到的。于是不仅拉卟，所有聚在招贴附近的河童都咯咯笑开了。

“办不到？但是听你说起来，我总觉得你们也跟我们一样办着呢。你以为少爷爱上女用人，小姐爱上司机，是为了什么？那都是不自觉地在消灭恶性遗传呢。首先，跟你前些日子谈到的人类的义勇队比起来——为了争夺一条铁路就互相残杀的义勇队——我觉得我们的义勇队要高尚多啦。”

拉卟一本正经地说着，他那便便大腹却不断地起伏着，好像觉得挺可笑似的。我可顾不得笑，急忙要去抓一只河童。因为我发觉，他乘我不留心，偷去了我的钢笔。然而河童的皮肤滑，我们轻易抓不住。那只河童从我手里溜出去，撒腿就跑。他那蚊子般的瘦躯几乎趴在地下了。

五

这个名叫拉卟的河童对我的照顾并不下于巴咯，尤其不能忘怀的是它把我介绍给了叫作托喀的河童。托喀是河童当中的诗人。诗人留长发，在这一点上跟我们人类一样。我为了解闷，常常到托喀家去玩。托喀那窄小的房间里总是摆着一排盆栽的高山植物，他写诗抽烟，过得挺惬意。房间的角落里，一只雌河童（托喀提倡自由恋爱，所以不娶妻）在织毛线活什么的。托喀一看到我，就笑眯眯地说（当然，河童笑起来并不好看，至少我起初毋宁觉得怪可怕的）：“啊，来得好，请坐。”

托喀喜欢谈论河童的生活和艺术。照他看来，再也没有比河童的正常生活更荒唐的了。父母儿女、夫妇、兄弟姐妹在一道过，全都是以互相折磨为唯一的乐趣。尤其是家族制度，简直是荒唐到了极点。有一次，托喀指着窗外，啐道：“你看这有多么愚蠢！”窗外的马路上，一只年轻的河童把七八只雌的和雄的河童——其中两个像是他的父母——统统挂在他脖子的前前后后，累得他奄奄一息地走着。我对这个年轻河童的自我牺牲精神感到钦佩，就反而大为赞扬。

“嗬，你就是当这个国家的公民也够格了。……说起来，你是社会主义者吗？”

我当然回答说：“Qua。”（在河童的语言里，这表示：“是的。”）

“那么你不惜为一百个庸碌之辈而牺牲一个天才喽。”

“你又提倡什么主义呢？有人说，托喀先生信奉的是无政府主义……”

“我吗？我是超人（直译出来就是超河童）。”托喀趾高气扬地断然说。

这位托喀在艺术上也有独特的见解。照他的说法，艺术是不受任何支配的，是为艺术而艺术。因而艺术家首先必须是凌驾于善恶的超人。这当然不一定仅仅是托喀的意见，跟托喀一伙的诗人们好像差不多都抱有同样的看法。我就常常跟托喀一道去超人俱乐部玩。聚集在那里的有诗人、小说家、戏剧家、评论家、画家、音乐家、雕刻家以及其他艺术的业余爱好者，都是超人。他们总是在灯光明亮的客厅里快活地交谈着。有时还得意扬扬地彼此显示超人的本领。例如某个雌性小说家就站在桌子上喝了六十瓶艾酒给大家看。然而喝到第六十瓶的时候，她就滚到桌子底下，当即呜呼哀哉了。

在一个月明之夜，我和诗人托喀挽着臂，从超人俱乐部走了回来。托喀郁闷得一反常态，一言不发。过一会儿，我们路过一个有灯光的小窗口，屋内有夫妇般的雌雄两只河童，和三只小河童一起围桌而坐，在吃晚饭呢。

托喀叹了口气，突然对我说："我以超人的恋爱家自居，可是看到那种家庭的情景，还是不禁感到羡慕呢。"

"然而，你不觉得无论如何这也是矛盾的吗？"

托喀却在月光下交抱着胳膊，隔着小窗定睛看着那五只河童安详地共进晚餐的桌子。过了片刻，他回答道："不管怎么说，那里的炒鸡蛋总比恋爱要对身体有益啊。"

六

说实在的，河童的恋爱跟我们人类的恋爱大相径庭。雌河童一旦看中了某只雄河童，就不择手段地来捉他。最老实的雌河童也不顾一切地追求雄河童。我就看到过一只雌河童疯狂地追雄河童。不仅如此，小雌河童自不用说，就连她的父母兄弟都一道来追。雄河童才叫可怜呢，它拼死拼活地逃，就算幸而没有捉到，也得病倒两三个月。有一回我在家里读托喀的诗集。这时候那个叫作拉卟的学生跑进来了。拉卟翻个跟头进来，就倒在床上，上气不接下气地说：“糟啦！我终于给抱住啦！”

我马上丢开诗集，倒锁上了门。从锁匙孔里偷偷地往外一看，脸上涂着硫黄粉的小个子雌河童还在门口徘徊着呢。从那一天起，拉卟在我床上睡了几个星期，而且他的嘴已经完全烂掉了。

有时候雄河童也拼命追逐雌河童。其实是雌河童勾引雄的来追她。我就看到过雄河童像疯子似的追雌河童。雌河童故意忽儿逃，忽儿停下来，或是趴在地上。而且到了情绪最高的时候，雌河童就装出一副精疲力竭的样子，轻而易举地让对方抓住她。我看到的雄河童抱住雌的，就地打一会儿滚。当他好不容易爬起来的时候，脸上带着说不上是失望还是后悔的神情，总之是一副可怜得难以形容的样子。这还算好的呢。我还看到过一只小小的雄河童在追逐雌河童。雌河童照例是富于诱惑性地逃着。这当儿，一只大个子雄河童打着响鼻从对面的街上走来了。雌河童偶然瞥见了这只雄河童，就尖声叫道：“不得了！救命啊！那只小河童要杀我哩！”当然，大河童马上捉住小河童，把他在马路当中按倒。小河童那带着蹼的手在空中抓挠了两三下，终于咽了气。这时候，雌河童已经笑眯眯地紧紧抱住了大河童的脖子。

我认识的雄河童毫无例外地都被雌河童追逐过。连有妻室的巴喀也被追逐过，而且还给捉住了两三回。叫作马咯的哲学家（他是诗人托喀的邻居）却一次也没给捉到过。原因之一是马咯长得奇丑无比。还有一个原因是马咯不大上街，总待在家里。我也时常到马咯家去聊天。马咯老是在幽暗的房间里点上七彩玻璃灯，伏在高脚桌子上死命读着一本厚厚的书。我跟马咯谈论过一回河童的恋爱。

“为什么政府对雌河童追逐雄河童这事不严加取缔呢？”

“一个原因是在官吏当中雌河童少。雌河童比雄河童的嫉妒心强。只要雌河童的官吏增加了，雄河童被追逐的情况一定会减少。但是效果也是有限的。因为在官吏里面，也是雌河童追逐雄河童。”

“这么说来，最幸福的莫过于像你这样过日子喽。”

马咯离开椅子，握住我的双手，叹着气说：“你不是我们河童，自然不明白。可有时候我也希望让那可怕的雌河童来追逐我一下呢。”

七

我还经常和诗人托喀一道去参加音乐会。至今不能忘怀的是第三次音乐会的情景。会场跟日本没有什么区别，座位也是一排排地高上去，三四百只河童都手拿节目单，聚精会神地倾听着。第三次赴音乐会的时候，同我坐在一起的，除了托喀和他的雌河童而外，还有哲学家马咯。我们坐在第一排。大提琴独奏结束后，一只有着一对眯缝眼儿的河童潇潇洒洒地抱着琴谱走上了舞台。正如节目单所介绍的，这是名作曲家库拉巴喀。节目单上印着（其实用不着看节目单：库拉巴喀是托喀所属的超人俱乐部的会员，我认得他）

"Lied-Craback[1]"。（这个国度的节目单几乎都是用德文写的。）

在热烈的掌声中，库拉巴喀向我们略施一礼，安详地走向钢琴，然后就漫不经心地弹起他自己作词并谱曲的抒情诗来了。照托喀说来，库拉巴喀是这个国度所产生的空前绝后的天才音乐家。我不但对库拉巴喀的音乐，而且对他的余技——抒情诗也感兴趣，因此就洗耳恭听钢琴那婉转悦耳的旋律。托喀和马咯恐怕比我还要陶醉。只有托喀的那只美丽的（至少河童们是这样认为）雌河童却紧紧攥着节目单，常常焦躁地吐出长舌头。照马咯说来，十来年前她曾想捉库拉巴喀而没有捉住，所以至今还把这位音乐家看作眼中钉呢。

库拉巴喀全神贯注、铿然有力地弹着钢琴。突然一声"禁止演奏"像雷鸣般地响彻会场。我吃了一惊，不由得回过头去。毫无疑问，是坐在最后一排、比其他河童高出一头的警察喊的。我掉过头的时候，警察依然稳坐着，比刚才还大声地喊道："禁止演奏！"然后……

然后就是一场大混战。"警察不讲理！""库拉巴喀，弹下去！弹下去！""浑蛋！""畜生！""滚出去！""绝不让步！"——群声鼎沸，椅子倒了，节目单满天飞；不知是谁，连喝光的汽水瓶、石头块儿和啃了一半的黄瓜也都扔了过来。我怔住了，想问问托喀究竟是怎么回事。托喀似乎也激动了，他站在椅子上，不断地叫嚷："库拉巴喀，弹下去！弹下去！"托喀的那只雌

1 德文，意为"歌曲——库拉巴喀"。

河童好像不知什么时候忘记了对音乐家的宿怨，也喊起："警察不讲理！"激动得简直跟托咯不相上下。我只好问马咯："怎么啦！"

"呃？在我们这个国家，这是常事。本来绘画啦，文艺什么的……"每逢飞过什么东西来的时候，马咯就把脖子一缩，然后依然镇静地说下去，"绘画啦，文艺什么的，究竟要表达什么，谁都一目了然。所以这个国家虽然对书籍发行或者绘画展览从来不禁止，可是对音乐却要禁演。因为唯独音乐这玩意儿，不管是多么伤风败俗的曲子，没有耳朵的河童是不懂得的。"

"可是警察有耳朵吗？"

"唉，这就难说啦。多半是听着刚才那个曲调的时候，使他联想起跟老婆一道睡觉时心脏的跳动吧。"

就在这当儿，乱子越闹越大了。库拉巴咯依然面对钢琴坐在那里，气派十足地掉过头来看着我们。不管他的气派多么足，也不得不躲闪那些飞过来的东西。也就是说，每隔两三秒钟他就得变换一下姿势。不过他还大致保持了大音乐家的威严，那对眯缝眼儿炯炯发着光。我——为了避开风险，躲在托咯身后。可是好奇心促使我热衷于和马咯继续交谈下去："这样的检查不是太野蛮了吗？"

"哪儿的话，这要比任何一个国家的检查都来得文明呢。就拿某某来说，一个来月以前……"

刚说到这里，恰好一只空瓶子掼到马咯的脑袋上了。他仅仅喊了声"Quack"（这只是个感叹词）就晕过去了。

八

说也奇怪，我对玻璃公司老板嘎尔抱有好感。嘎尔是首屈一指的资本家。在这个国家的河童当中，就数嘎尔的肚皮大。他在长得像荔枝的老婆和状似黄瓜的孩子簇拥之下，坐在扶手椅上，几乎是幸福的化身。审判官培卟和医生查喀经常带我到嘎尔家去吃晚饭。我还带着嘎尔的介绍信，去参观与他和他的朋友有些关系的各种工厂，其中我最感兴趣的是印制书籍的工厂。我跟一位年轻的河童工程师一道走进工厂，看到靠水力发电转动的大机器时，对河童国机器工业的进步惊叹不已。听说这里一年印刷七百万部书。使我惊讶的不是书的部数，倒是制造过程的简便省力。因为这个国家出书，只消把纸张、油墨和灰色的粉末倒进机器的漏斗形洞口里就行了。这些原料进入机器后不到五分钟，就变成二十三开、三十二开、四十六开等各种版式的书籍。我瞧着就像瀑布似的从机器里倾泻出各种各样的书籍。我问那位挺着胸脯的河童工程师这种灰色粉末是什么。他站在黑亮亮的机器前，心不在焉地回答说："这个吗？这是驴的脑浆。只消把它烘干后制成粉末就成。时价是每吨两三分钱。"

当然，这种工业上的奇迹不仅出现在书籍制造公司，而且也出现在绘画制造公司和音乐制造公司。据嘎尔说，这个国家平均每个月发明七八百种新机器，什么都可以不靠人工而大规模生产出来，从而被解雇的河童职工也不下四五万只。然而在这个国家每天早晨读报，从来没见过"罢工"一词。我感到纳闷，有一次应邀跟培卟和查喀等一道到嘎尔家吃晚饭的时候，就问起这是怎么回事。

“都给吃掉啦。”嘎尔饭后叼着雪茄烟，若无其事地说。

我没听懂“都给吃掉啦”指的是什么。戴着夹鼻眼镜的查喀大概觉察到我还在闷葫芦里，就从旁解释道：“把这些河童职工都宰掉了，肉就当作食品。请你看这份报纸。这个月刚好解雇了六万四千七百六十九只，肉价也就随着下跌了。”

“难道你们的职工就一声不响地等着给杀掉吗？”

“闹也没用，因为有‘职工屠宰法’嘛。”站在一株盆栽杨梅前面的怒容满面的培卟说。

我当然感到恼火。可是东道主嘎尔自不用说，连培卟和查喀似乎也都把这看作是天经地义的事。

查喀边笑边用嘲讽的口气对我说：“也就是说，由国家出面来解除饿死和自杀的麻烦。只让他们闻闻毒气就行了，并不怎么痛苦。”

“可是所说的吃他们的肉……”

“别开玩笑啦。马咯听了，一定会大笑呢。在你们国家，工人阶级的闺女不也在当妓女吗？吃河童职工的肉使你感到愤慨，这是感伤主义。”

嘎尔听我们这么交谈着，就劝我吃放在近处桌子上的那盘夹心面包，他毫不在意地说：“怎样？尝一块吧？这也是用河童职工的肉做的。”

我当然窘住了。岂但如此，在培卟和查喀的笑声中，我蹿出了嘎尔家的客厅。那刚好是个阴霾的夜晚，房屋上空连点星光也没有。我在一团漆黑中回到住所，一路上不停地呕吐，透过黑暗看上去，吐出的东西白花花的。

九

然而，玻璃公司的老板嘎尔无疑是一只和蔼可亲的河童。我经常跟嘎尔一道到他参加的俱乐部去，度过愉快的夜晚。原因之一是待在这个俱乐部比在托喀参加的超人俱乐部要自在得多。而且嘎尔的话尽管没有哲学家马咯的言谈那样深奥，却使我窥见了一个崭新的世界——广阔的世界。嘎尔总是边用纯金的羹匙搅和着咖啡，边快快活活地漫谈。

在一个雾很浓的夜晚，我隔着插满冬蔷薇的花瓶，在听嘎尔聊天。记得那是一间分离派[1]风格的房间，整个房间不用说，连桌椅都是白色镶细金边的。嘎尔比平时还要神气，满面春风地谈着执政党——Quorax党内阁的事。喀拉克斯不过是个毫无含义的感叹词，只能译作“哎呀”。总之，这是标榜着首先为“全体河童谋福利”的政党。

“领导喀拉克斯党的是著名政治家啰培。俾斯麦不是曾说过‘诚实是最妥善的外交政策’吗？然而啰培把诚实也运用到内政方面……”

“可是啰培的演说……”

1　分离派是一种反学院派的美术流派，1897年创始于维也纳。

“喏，你听我说。那当然是一派谎言。但人人都知道他讲的是瞎话。所以归根结底就等于是说真话了。你把它一概说成是假话，那不过是你个人的偏见。我要谈的是啰培的事。啰培领导着喀拉克斯党，而操纵啰培的是《Pou—Fou日报》（“卟一弗”一词也是毫无含义的感叹词。硬要译出来，就只能译作“啊”）的社长唅唅。但唅唅也还不是他自己的主人。支配他的就是坐在你面前的嘎尔。”

“可是……恕我冒昧，可《卟一弗日报》不是站在工人一边的报纸吗？你说这家报纸的社长唅唅也受你支配，那就是说……”

“《卟一弗日报》的记者们当然是站在工人一边的。可是支配记者们的，除了唅唅就没有别人了。而唅唅又不能不请我嘎尔当后台老板。”

嘎尔依然笑眯眯地摆弄着那把纯金的羹匙。我看到嘎尔这副样子，心里与其说是憎恨他，毋宁说同情起《卟一弗日报》的记者们来了。

嘎尔看到我不吭气，大概立即觉察出我这种同情，就挺起大肚皮说：“嗐，《卟一弗日报》的记者们也不全都向着工人。我们河童至少首先是向着我们自己，其他都靠后。……更麻烦的是，还有凌驾于我嘎尔之上的呢。你猜是谁？那是我的妻子——美丽的嘎尔夫人。”嘎尔朗笑起来了。

“那毋宁说是蛮幸福吧。”

“反正我挺惬意。可我只有在你面前——在不是河童的你面前，才这么打开天窗说亮话的。”

"那么，喀拉克斯内阁是由嘎尔夫人执牛耳的喽？"

"这么说也未尝不可。……七年前的战争确实是因为某只雌河童而引起来的。"

"战争？这个国家也打过仗吗？"

"可不是吗！将来随时都可能打起来呢。只要有邻国……"

说实在的，我这时才知道河童国也不是个孤立的国家。据嘎尔说，河童一向是以水獭为假想敌。而且水獭的军备并不亚于河童。我对河童和水獭之间的战争颇感兴趣。（因为河童的劲敌乃是水獭这一点是个新发现，就连《山岛民谭集》的作者柳田国男[1]也不知道，《河童考略》的作者更不用说了。）

"那次战争爆发之前，两国自然都提高警惕，虎视眈眈地窥伺着对方，因为它们彼此都怕对方，后来，住在这个国家的一只水獭去访问某一对河童夫妇。那只雌河童的丈夫不务正业，她原打算把他杀死。她丈夫还保了寿险，说不定在一定程度上这也是诱使她谋杀他的原因。"

"你认识这对夫妇吗？"

"嗯——不，只认得雄的。我老婆说那个雄的是坏蛋，可依我看来，与其说他是坏蛋，倒不如说他是患了被害妄想症的疯子，成天害怕被雌河童捉住。……于是雌河童在老公的那杯可乐里放了氰化钾。不晓得怎么搞错了。又把它拿给客人水獭喝了。水獭这下当然丧了命。接着……"

1 柳田国男（1875—1962），日本民俗学家。

“接着就打起仗来了吗？”

“可不。恰好那只水獭又曾荣获过勋章。”

“哪边打赢了？”

“自然是我们国家。三十六万九千五百只河童因而英勇地阵亡了。可是跟敌国比较起来，这点损失算不了什么。我国的皮毛差不多都是水獭皮。那次战争期间，除了制造玻璃之外，我还把煤渣运到战场上。”

“运煤渣干什么？”

“当然是吃喽。我们河童只要肚皮饿了，是什么都肯吃的。”

“这——请你不要生气。对于在战场上的河童们来说，这……在我们国家，这可是丑闻呢。”

“在这个国家无疑也是个丑闻。可只要本人直言不讳，谁也就不会把它当成丑闻了。哲学家马咯不是也说过吗：‘过不讳言，何过之有。’……何况我除了谋利之外，还有满腔爱国的热情呢。”

这时俱乐部的侍者刚巧走了进来。他向嘎尔鞠了一躬，像朗诵似的说：“贵府的隔壁着火了。”

“着——着火！”

嘎尔惊慌地站起来，我当然也站了起来。

接着侍者镇静地又补了一句：“可是已经扑灭了。”

嘎尔目送着侍者的背影，露出半哭不笑的表情。我望着他的脸，意识到不知从什么时候起，我已恨上这个玻璃公司老板了。然而如今嘎尔并不是作为什么大资本家，而只是以一个普通河童的身份站在这里。我把花瓶里的冬蔷薇拔出来递给嘎尔。

“火灾虽然熄灭了，尊夫人不免受了场虚惊，你把这带回去吧。”

“谢谢。”嘎尔跟我握握手，然后突然咧嘴一笑，小声对我说，“隔壁的房子是我出租给人家的，至少还可以拿到火灾保险金。”

我至今还清清楚楚地记得此刻嘎尔的微笑，是既不能蔑视也不能憎恶的微笑。

十

“你怎么啦？今天情绪怪低沉的……”

火灾的第二天，我叼着烟卷，对坐在我家客厅的椅子上的学生拉卟说。拉卟将右腿跷在左腿上，呆呆地对着地板发怔，连他那烂嘴都几乎看不到了。

“拉卟君，我在问你哪，怎么啦？”

“没什么，是一点无聊的小事……”拉卟这才抬起头来，用凄楚的鼻音说，“我今天看着窗外，无意中说了句：‘哎呀，捕虫堇开花啦。’我妹妹听了脸色一变，发脾气说：‘反正我是捕虫堇呗。’我妈又一向偏袒妹妹，也骂起我来了。”

“你说了句‘捕虫堇开花啦’，怎么就会把令妹惹恼了呢？”

“嗯，说不定她是把我的话领会为‘捉雄河童’。这时，跟我妈不和的婶婶也来帮腔，越闹越大发了。而且成年喝得醉醺醺的爹，听到我们在吵架，就不分青红皂白地见人就揍。正闹得不可开交的时候，我弟弟乘机偷了妈妈的钱包，看电影什么的去了。我……我真是……”

拉卟双手捂住脸，一声不响地哭起来。我当然同情他，并且想起了诗人托喀对家族制度的鄙夷。我拍拍拉卟的肩膀，竭力安慰他：“这种事儿很平常，鼓起勇气来吧。”

“可是……要是我的嘴没有烂就好了……”

“你只有想开一点。咱们到托喀家去吧。”

“托喀君看不起我，因为我不能像他那样大胆地抛弃家族。”

“那么就到库拉巴喀家去吧。”

那次音乐会以来，我跟库拉巴喀也交上了朋友，就好歹把拉卟带到这位大音乐家的家里去。跟托喀比起来，库拉巴喀过得阔气多了。这并不是说，过得像资本家嘎尔那样。他的房间里摆满了形形色色的古董——塔那格拉[1]偶人和波斯陶器什么的，放着土耳其式躺椅，库拉巴喀总是在自己的肖像下面跟孩子们一道玩耍。可今天不知怎的，他交抱着双臂，怒容满面地坐在那儿。而且他脚底下到处撒满了碎纸片。拉卟本来是经常和诗人托喀一起跟库拉巴喀见面的，但这幅情景大概使他吃了一惊，今天他只是毕恭毕敬地向库拉巴喀鞠个躬，就默默地坐到房间的角落里了。

我连招呼也没正经打，就问这位大音乐家：“你怎么啦，库拉巴喀君？”

“没怎么着！评论家这种蠢材！说什么我的抒情诗比托喀的差

1 古希腊的城市，以产泥人著称。

远啦！”

“可你是位音乐家呀……”

“光这么说还可以容忍。他还说，跟啰喀比起来，我就称不上是音乐家啦！”

啰喀是个常常被拿来跟库拉巴喀相提并论的音乐家。可惜因为他不是超人俱乐部的会员，我连一次也没跟他说过话。不过我多次看到过他的照片：嘴巴是翘起来的，相貌很不寻常。

“啰喀毫无疑问也是个天才。可是他的音乐缺乏洋溢在你的音乐中的那种近代的热情。”

“你真这么想吗？”

“那还用说！”

于是，库拉巴喀突然站起来，抓起塔那格拉偶人就狠狠地往地板上一掼。拉卟大概吓得够呛，不知喊了句什么，抬起腿就想溜掉。库拉巴喀向拉卟和我打了个手势，要我们“别害怕”，冷静地说道：“这是因为你也跟俗人一样没有耳力的缘故。我怕啰喀……”

“你？不要假装谦虚吧。”

“谁假装谦虚？首先，与其在你们面前装样子，我还不如到评论家面前去装呢。我——库拉巴喀是天才。我并不怕啰喀。”

“那你怕的是什么？”

“怕那个不明真相的东西——也就是说，怕支配啰喀的星星。”

“我可不明白是怎么回事。”

“这么说就明白了吧：啰喀没有受我的影响。可我不知不觉地却受了他的影响。”

“那是因为你的敏感性……”

“你听我说，才不是敏感性的问题呢。啰喀一向安于做唯独他能胜任的工作。然而我老是焦躁。从啰喀看来也许只是一步之差。然而依我看来却是十英里之差。”

“可您的《英雄曲》……”

库拉巴喀那对眯缝眼儿眯得更细了，他恶狠狠地瞪着拉卟道：“别说啦。你懂什么？我比那些对啰喀低声下气的狗才们要了解他。”

“你别那么激动。”

“谁愿意激动呢……我总是这么想：冥冥之中仿佛有谁为了嘲弄我库拉巴喀，才把啰喀摆在我前面。哲学家马咯尽管成天在彩色玻璃灯笼下读古书，对这种事却了如指掌。”

“为什么呢？”

“你看看马咯最近写的《傻子的话》这本书吧……”

库拉巴喀递给我——或者毋宁说是丢给我一本书。然后抱着胳膊粗声粗气地说了句：“那么今天就告辞啦。”

我决定跟垂头丧气的拉卟一道再度去逛马路。熙熙攘攘的大街两侧，成行的山毛榉树的树荫下依然是鳞次栉比的形形色色的商店。我们默默地漫步着。这时蓄着长发的诗人托喀踱过来了。

托喀一看见我们，就从肚袋里掏出手绢，一遍又一遍地揩额头，说道：“啊，好久不见了。我今天打算去找库拉巴喀，我已经多日没见到他啦……”

我怕这两位艺术家会吵架，就委婉地向托喀说明库拉巴喀的情绪多么坏。

“是吗？那就算了。库拉巴喀有神经衰弱的毛病。……这两三个星期，我也失眠，苦恼得很。”

“你跟我们一道散散步怎么样？”

“不，今天失陪啦。哎呀！”

托喀喊罢，紧紧地抓住我的胳膊，而且他浑身冒着冷汗。

“你怎么啦？”

“怎么啦？”

“我觉得有一只绿色的猴子从那辆汽车的窗口伸出脑袋似的。”

我有些替他担心，就劝他去请医生查喀瞧瞧。可是不管怎么劝，托喀也不同意，而且还满腹狐疑地打量我们俩，竟然说出这样的话来：“我绝不是无政府主义者。这一点请千万不要忘记。——那么，再见。我绝不去找查喀！”

我们呆呆地伫立在那里，目送着托喀的背影。我们——不，学生拉卟已经不在我身边了，不知什么工夫，他已叉开腿站在马路当中，弯身从胯下观看川流不息的汽车和河童。

我只当这个河童也发疯了，就急忙把他拽起来：“这可不是闹着玩的，你干什么？”

拉卟揉揉眼睛，镇静得出奇地回答说：“嗯，我太苦闷了，所以倒转过来看看这个世界究竟是什么样子。可还是一样啊。”

十一

以下是哲学家马咯所写的《傻子的话》里的几段:

傻子总认为除了自己以外谁都是傻子。

我们之所以爱大自然，说不定是因为大自然既不憎恨也不嫉妒我们。

最明智的生活方式是既蔑视一个时代的风尚，在生活中又丝毫不违背它。

我们最想引为自豪的偏偏是我们所没有的东西。

任何人也不反对打破偶像。同时任何人也不反对成为偶像。然而能够安然坐在偶像的台座上的乃是最受神的恩宠者——傻子、坏蛋或英雄。

（这一段有库拉巴喀用爪子抓过的道道。）

我们的生活不可缺少的思想，说不定在三千年以前已经枯竭。我们也许只是在旧的柴火上添加新的火焰而已。

我们的一个特点是常常超然于意识到的一切。

如果说幸福中伴有痛苦，和平中伴有倦怠，那么……

为自己辩护比为别人辩护要困难。谁不相信，就请看律师。

矜夸、爱欲、疑惑——三千年来，一切罪过都由此而生。同时，一切德行恐怕也发源于此。

减少物质上的欲望并不一定能带来和平。为了获得和平，我们也得减少精神上的欲望。

（这一段也有库拉巴喀用爪子抓过的痕迹。）

我们比人类不幸。人类没有河童开化。

（我读到这一段的时候不禁失笑。）

做什么就能完成什么，能完成什么就做什么。我们的生活归根结底是不能脱离这样的循环论法的——也就是说，自始至终是不合理的。

波德莱尔变成白痴后，他只用一个词来表达人生观，那就是“女阴”。但这个词并不足以说明他自己。能说明他自己的毋宁是“诗才”，因为他凭借诗才足以维持生活，使他忘了“肚皮”一词。

（这一段上也留有库拉巴喀的爪印。）

如果将理性贯彻始终，我们当然就得否定自己的存在。将理性奉为神明的伏尔泰之所以能幸福地度过一生，正说明人类没有河童那样开化。

十二

一个微寒的下午，我读厌了《傻子的话》，就去造访哲学家马咯。在一个僻静的街角上，一只瘦得像蚊子似的河童靠着墙发怔呢。这分明是以前偷过我的钢笔的那只河童。我心想：这下子可好了，就叫住了刚好从那里走过的一个身材魁梧的警察。

“请你审问一下那只河童。一个来月以前，他偷了我的钢笔。”

警察举起右手拿着的棍子（这个国家的警察不佩剑，却手持水松木制的棍子），向那只河童招呼了声：“喂！”我以为那只河童或许会逃跑。想不到他却沉着地走到警察跟前，交抱着胳膊，傲慢地死盯着我和警察的脸。

警察也不生气，从肚袋里掏出记事簿，开始盘问起来："你叫什么名字？"

"咯噜喀。"

"职业呢？"

"两三天以前还当邮递员来着。"

"好的。这个人说你偷了他的钢笔，有这么回事吗？"

"有的，一个来月以前偷的。"

"偷去做什么？"

"想给小孩当玩具。"

"小孩呢？"警察这才目光锐利地瞥了那只河童一眼。

"一个星期以前死掉了。"

"带着死亡证明书吗？"

瘦骨嶙峋的河童从肚袋里掏出一张纸。警察过了一下目，忽然笑眯眯地拍了拍对方的肩膀说："好的，辛苦啦。"

我呆若木鸡地凝视着警察。这当儿，瘦河童嘴里念念有词地撇下我们就走掉了。

我好容易醒悟过来，问警察道："你为什么不把那只河童抓起来？"

"他没有罪。"

"可他偷了我的钢笔……"

"不是为了给孩子当玩具吗？可那孩子已经死了。你要是有什么疑问，请查刑法第一千二百八十五条好了。"

话音没落，警察就扬长而去。我只得反复念叨"刑法第一千二百八十五条”，急忙到马咯家去。哲学家马咯一向好客。幽暗的房间里，审判官培卟、医生查喀、玻璃公司经理嘎尔正聚集一堂，抽烟抽得七彩玻璃灯笼下烟雾腾腾。审判官培卟在场，对我来说是再方便不过了。

我一屁股坐在椅子上，不去查刑法第一千二百八十五条，却马上问培卟：“培卟君，恕我唐突，这个国家不处分罪犯吗？”

叼着高级香烟的培卟先从容不迫地喷出一口烟雾，然后无精打采地回答说：“当然要处分喽，连死刑都有哩。”

“可我一个来月以前……”

我把事情的来龙去脉述说了一遍，接着问他刑法第一千二百八十五条是怎么回事。

“嗯，是这样的：‘不论犯有何等罪行，促使其犯罪之因素一经消灭后，即不得处分犯罪者。’拿你这件事来说，那只河童曾经有过儿子，如今儿子已经死了，所以他所犯的罪自然而然地就勾销了。”

“这太不合理啦。”

“别开玩笑啦。对已经不再是父亲的河童和现在仍然是父亲的河童等量齐观，那才叫不合理呢。对，对，按照日本的法律，是要等同对待的。在我们看来，觉得挺滑稽的。呵呵呵呵呵呵呵呵呵呵。”培卟扔掉烟蒂，有气无力地微笑着。

这时，很少跟法律打交道的查喀插了嘴。他把夹鼻眼镜扶扶正，问我道：“日本也有死刑吗？”

“那还用说！日本实行绞刑哩。”我对态度冷漠的培卟多少有些反感，就乘机挖苦了一句，“贵国的死刑比日本要来得文明吧？”

“当然要文明喽，”培叶依然挺冷静，“敝国不用绞刑。偶尔用一次电刑，但在大多数场合，连电刑也不用，只是把罪名通知犯人罢了。”

“单单这样，河童就会死吗？”

“可不。我们河童的神经系统要比你们的敏锐呢。”

“不仅是死刑。也有用这个手段来谋杀的……”嘎尔老板满脸映照着彩色玻璃的紫光，笑容可掬地说，“前些日子，有个社会主义者说我‘是小偷’，害得我差点儿犯了心脏病。”

“这种情况好像多得出人意料呢。我认识的一个律师就是由于这个缘故而死的。”哲学家马咯插嘴道。

我回头瞅了瞅他。他谁都不看，像往常那样讪笑着说下去：“不知是谁，说那只河童是青蛙——你当然也知道吧，在这个国家，被叫作青蛙就等于骂他是畜生。——他成天价想：我是青蛙吗？不是青蛙吧？终于死去了。”

“这也就是自杀吧。”

“说这话的那个家伙，是为了把他置于死地而说的。从你们眼里看来，这也是自杀喽……”

马咯刚刚说到这里，突然从隔壁——记得那是诗人托喀家——传来了刺耳的手枪声，响彻天空。

十三

我们跑到托喀家去。他仰面朝天倒在盆栽的高山植物当中，右手握着手枪，头顶凹陷部位淌着血。旁边有一只雌河童，把头埋在他的胸膛里，号啕大哭。我把雌河童扶起来（本来我是不大喜欢触到河童那黏滑的皮肤的），问道："这是怎么回事？"

"不知道是怎么回事。他正在写着什么，突然就照自己的脑袋开了枪。哎呀，叫我怎么办呀！哙儿儿儿儿，哙儿儿儿儿。"（这是河童的哭声。）

"托喀君一向是太任性了嘛。"玻璃公司经理嘎尔悲伤地摇摇头，对审判官培卟说。

培卟没有吭声，点燃高级香烟。跪在那里给托喀检验伤口的查喀摆出医生的派头对我们五个人（实际上是一个人和四只河童）大声说："不可救药了。托喀原来就患胃病，容易生闷气。"

"听说他写什么来着。"哲学家马咯像辩解般地喃喃自语着，拿起桌子上的纸张。除我而外，大家都伸长了脖子，隔着宽肩膀的马咯看那张纸。上面写着：

> 我今去矣！
>
> 向那隔绝尘世的空谷。
>
> 在那里，
>
> 群岩耸立，
>
> 巍峨森严。

山水清冽，

药草芬芳。

马咯回头望望我们，脸上挂着一丝苦笑，说：“这是剽窃了歌德的《迷娘之歌》[1]。这么说来，托喀君作为一个诗人也感到疲倦了，所以才自杀的。”

这时，音乐家库拉巴喀偶然坐汽车来到了。他看到这幅情景，就在门口伫立了一会儿。然后走到我们跟前，向马咯嚷道：“那是托喀的遗嘱吗？”

“不，是他临死以前写的诗。”

“诗？”

马咯依然很沉着地把托喀的诗稿递给头发倒竖起来的库拉巴喀。库拉巴喀目不转睛，专心致志地读那篇诗稿。马咯问他什么，他也爱理不理的。

“你对托喀君的死有什么看法？”

“‘我今去矣’……我也说不定哪一天就死了呢。……‘向那隔绝尘世的空谷’……”

“你也是托喀君的一位生前好友吧？”

“好友？托喀一向是孤独的……‘隔绝尘世的空谷’……托喀君确实不幸……‘在那里，群岩耸立，巍峨森严’……”

“不幸？”

1　歌德长篇小说《威廉·迈斯特的学习时代》（1795）里的一首插曲。

“‘山水清冽’……你们是幸福的……‘群岩耸立’……”

我因为同情那只哭泣不止的雌河童，就轻轻扶着她的肩膀，把她领到屋角的躺椅那儿。一只两三岁的河童在那里天真烂漫地笑着。我就替雌河童哄娃娃。我觉察到自己也热泪盈眶了。我在河童国居住期间，前后只哭过这么一回。

“跟这样任性的河童成了一家人才叫倒霉呢。”

“因为他一点也不考虑后果。”审判官培卟一边重新点燃了一根烟卷，一边应答着资本家嘎尔。

这时，音乐家库拉巴喀手里攥着诗稿，也说不清是对谁喊了句：“好极啦！可以作一支出色的葬曲！”声音大得使我们吃了一惊。

库拉巴喀那双眯缝眼儿炯炯有神。他握了一下马咯的手，就直奔门口。不用说，这当儿左邻右舍一大群河童都已经聚集在托喀家的门口，好奇地朝房屋里张望。库拉巴喀把他们胡乱向两旁扒拉开，立即跳上了汽车。汽车马达发动，转眼间已不知去向。

“喂，喂，不许看。”

审判官培卟代替警察把那一大群河童推出门外，接着就把托喀家的门关上了。大概是由于这个缘故，房间里忽然鸦雀无声了。我们在一片静寂下，在夹杂着托喀的血腥气的高山植物的花香中商谈托喀的后事。唯独哲学家马咯一边望着托喀的尸体，一边呆呆地想着心事。我拍拍他的肩膀，问他：“想什么哪？”

“我在想河童的生活。”

“河童的生活怎么啦？’

“不管怎么说，我们河童为了能生活下去……”马咯面带几分愧色小声加上一句，“总之，就得相信河童以外的什么东西的力量。”

十四

马咯这番话使我想起了宗教。我当然是唯物主义者，连一次也没有认真考虑过宗教问题。这时为托喀的死所触动，就开始琢磨河童的宗教到底是什么。我当即向学生拉卟提出这个问题。

“我们有基督教、佛教、伊斯兰教、拜火教什么的。最有势力的要数近代教了。也叫生活教。”（“生活教”这个译词也许不贴切。原文是Quemoocha。cha大概相当于英语中的ism[1]。Quemoo的原形Quemal不单指“生活”，还包括“饮食男女”的意思。）

“这么说来这个国家也有教会、寺院喽？”

“那还用说。近代教的大寺院是本国首屈一指的大建筑哩。咱们去参观一下好不好？”

在一个温暖的阴天下午，拉卟得意扬扬地陪我一道到这座大寺院去了。果然，这是一座比尼古莱教堂[2]大十倍的巍峨的建筑物，而且兼收并蓄了所有的建筑样式。我站在这座大寺院前面，瞻仰那高耸的塔和圆屋顶的时候，甚至感到有些毛骨悚然。说实在的，

1　ism是英语的词尾，一般表示主义、学说、制度。

2　尼古莱教堂是1891年俄国东正教传教士尼古莱（1836—1912）在东京修建的教堂。

那真像是无数只伸向天空的触角。我们伫立在大门口（跟大门比起来，我们显得多么渺小呀！），抬头看了一会儿这座旷世的大寺院——与其说是建筑，毋宁说它更近乎庞大的怪物。

大寺院的内部宽敞得很。好几个参观者在科林斯式[1]的圆柱之间穿行。他们也跟我们一样，显得非常矮小。后来我们遇见一只弯腰驼背的河童。

拉卟向他颔首致意，然后毕恭毕敬地对他说："长老，您身体这么硬朗，这太好啦。"

那只河童也行了个礼，彬彬有礼地回答说："是拉卟先生吗？你也……（他说到这里，停住了，多半是因为这才注意到拉卟的嘴烂了。）嗯，反正你看来挺健康的。你今天怎么……"

"今天是陪这位先生来的。你大概也知道，这位先生……"拉卟接着就滔滔不绝地介绍我的情况。看来他是为自己轻易不到这个大寺院来进行辩解。"我想请你给这位先生做向导。"

长老和蔼地微笑着，先同我们寒暄了一下，然后安详地指了指正面的祭台："我也没有什么可效劳的。我们信徒们对正面祭台上的'生命之树'顶礼膜拜。正如你所看到的，'生命之树'上长着金色和绿色的果实。金色的果实叫'善果'，绿色的叫'恶果'……"

长老讲着讲着我就感到厌烦了。因为他特地给做的说明，我听了只觉得像是陈旧的比喻。我当然假装专心致志地听着，可也没有

1　科林斯式是古希腊奴隶制城邦科林斯的建筑样式，尤指带叶形装饰的钟状柱顶。

忘记不时地朝大寺院内部偷看一眼。

科林斯式的柱子，哥特式穹隆，阿拉伯风格的方格花纹，分离派的祈祷桌子——这些东西所形成的调和具有奇妙的野性的美。尤其引我注意的是两侧神龛里的大理石半身像。我仿佛觉得认得这些像，这倒也并不奇怪。那只弯着腰的河童结束了“生命之树”的说明后，就跟我和拉卟一道走向右边的神龛，对神龛里的半身像附加了这样的说明：“这是我们的圣徒当中的一个——背叛一切东西的圣徒斯特林堡。大家把这位圣徒说成是吃了不少苦之后被斯维登堡的哲学所解救。然而实际上他并没有得到解脱。这位圣徒也跟我们一样信仰生活教——说得更确切些，他除了信仰生活教，没有其他办法。请读读这位圣徒留给我们的《传说》这本书。他自己供认，他是个自杀未遂者。”

瞥着第二个神龛，我有些忧郁起来。那里摆的是一幅胡须浓重的德国人的半身像。

“这是《扎拉图斯特拉》的作者——诗人尼采。这位圣徒向他自己所创造的超人寻求解脱。但他没能获得解脱却成了疯子。要不是发疯了，说不定他还成不了圣徒呢……”

长老沉默了片刻，接着就把我引到第三座神龛前。

“第三座神龛里供的是托尔斯泰。这位圣徒搞苦行比谁都搞得厉害。因为他本来是个贵族，不愿意让满怀好奇心的公众看到他的痛苦。这位圣徒竭力去信仰事实上无法相信的基督，他甚至公开宣称他在坚持自己的信仰。可是到了晚年，他终于受不住做一个悲壮的撒谎者了。这位圣徒经常对书斋的屋梁感到恐惧，这是有名的逸事。但他当然不曾自杀，否则还入不了圣徒的行列呢。”

第四座神龛里供的半身像是我们日本人当中的一个。看到这个日本人的脸时，我毕竟感到亲切。

“这是国木田独步[1]。他是一位诗人，非常熟悉卧轨自杀的脚夫的心情。用不着向你进一步解释了吧。请看看第五个神龛……”

“这不是瓦格纳[2]吗？”

“是的。他是国王的朋友，一位革命家。圣徒瓦格纳到了晚年，饭前还祈祷呢。但是当然，他对生活教的信仰超过了基督教。从他留下的书简来看，尘世间的痛苦不知道有多少次险些把他赶去见死神呢。”

这时候我们已经站在第六座神龛前了。

“这是圣徒斯特林堡的朋友。他是个商人出身的法国画家，丢下生了一大群孩子的老婆，另娶了个十三四岁的圭蒂姑娘。这位圣徒的血管很粗，有海员的血统。你看他那嘴唇，上面留着砒霜什么的痕迹哩。第七个神龛里的是……你已经累了吧。那么，请到这边来。”

我确实累了，就沿着馨香弥漫的走廊和拉卜一道跟随长老踱进一个房间。在一个角落里，有一座黑色的维纳斯女神像，前边供着一束野葡萄。我原想僧房是什么装饰也没有的，所以略感到意外。

---

1 国木田独步（1871—1908），日本小说家、诗人。他的短篇小说《穷死》写一个搬运工人因贫病交迫而卧轨自杀。

2 瓦格纳（1813—1883），德国作曲家、文学家。1849年参加资产阶级革命，事败后流亡瑞士。1864年应巴伐利亚王路德维希二世之召，返慕尼黑；所作歌剧宣扬了宗教神秘及“超人”思想。

长老或许是从我的神态之间揣摩到了我的心情，还没有让坐就抱歉地解释道："请不要忘了我们信奉的是生活教。我们的神——'生命之树'教导我们要'兴旺地生存下去'。……拉卟君，你请这位先生看过我们的《圣经》了吗？"

"没有……说实在的，我自己也几乎没读过哩。"拉卟搔搔头顶的凹坑，坦率地回答说。

长老照例安详地微笑着，继续说下去："那你就不会明白了。我们的神用一天的工夫就创造了这个世界。（"生命之树"固然也是一棵树，它却无所不能。）还创造了雌河童。雌河童太无聊了，就要求有个雄河童来做伴。在雌河童的哀求下，我们的神以慈悲为怀，取出雌河童的脑髓造了雄河童。我们的神祝福这一对河童道：'吃吧，兴旺地生存下去。'"

长老的话使我想起了诗人托喀。他不幸跟我一样是个无神论者。我不是河童，不通晓生活教的真谛也就难怪了。可是生在河童国的托喀总应该知道"生命之树"喽。我可怜托喀不遵从这个教导，以致有了那么个结局。于是我打断长老的话，告诉他托喀的事。

长老听罢，深深地叹了口气说："哦，那个可怜的诗人……决定我们命运的只有信仰、境况和机遇。（当然，此外你们还要加上遗传吧。）托喀君不幸的是没有信仰。"

"托喀羡慕过你吧。不，连我也羡慕哩。拉卟君年纪又轻……"我说。

"我的嘴要是好好的，说不定会乐观一些呢。"拉卟也插话说。

经我们这么一说，长老又深深地叹了一口气。他眼眶里噙满泪水，直勾勾地盯着那尊黑色的维纳斯像。

“其实我也……这是秘密，谁也不要告诉……其实我也不信仰我们的神。可是早晚有一天，我的祈祷……”

长老刚说到这里，房门突然打开了，一只大块头的雌河童猛地向他扑了过来。不用说，我们想拦住她，但是转瞬之间这只雌河童就把长老撞倒在地。

“糟老头子！今天你从我的皮夹子里偷走了喝盅酒的钱！”

十来分钟以后，我们把长老夫妇撇在后面，简直像逃跑似的奔出了大寺院的正门。

我们默默地走了一会儿之后，拉卟对我说：“看那副样子，长老也就不可能信仰‘生命之树’啦。”

我没有搭腔，却不由得回头看了看大寺院。大寺院那高耸的塔和圆屋顶像无数的触角般地伸向阴沉沉的苍穹，它散发出一种可怕的气氛，就像是出现在沙漠的天空上的海市蜃楼一般……

十五

约莫一个星期以后，我偶然听医生查喀谈到一件稀奇事。说是托喀家闹鬼。那阵子雌河童已不知去向，我们这位写诗的朋友的家变成了摄影师的工作室。据查喀说，每逢顾客在这间工作室里拍照，后面总是朦朦胧胧地出现托喀的形影。当然，查喀是个唯物主义者，并不相信死后的生命。他讲这段故事的时候，也狡黠地微笑着，并做出这样的解释：“看来灵魂这个东西也是物质的存在哩。”在不相信幽灵这一点上，我跟查喀是差不多一致的。但我对诗人托喀怀有好感，所以就跑到书店去买来了一批刊有托喀的幽灵的照片和有关消息的报刊。果然，在这些照片上，大大小小的雌雄河童后面，能够依稀辨认出一只像是托喀的河童。使我吃惊的倒不是照片上出现的托喀的幽灵，而是有关报道——尤其是灵学会提供的报告。我把它几乎逐字逐句地译出来了，将其梗概发表在下面。括弧里的是我自己所加的注解。

关于诗人托喀君的幽灵的报告

（见灵学会杂志第八二七四期。）

我们灵学会会员前不久在自杀的诗人托喀君的故居、现为某某摄影师的工作室的××街第二五一号召开了临时调查会。出席的会员如下。（姓名从略）

九月十七日上午十点三十分，我等十七名会员与灵学会会长培喀先生，偕同我等最信任的灵媒赫卟夫人，集合于该工作室。赫卟夫人一经走进，立即感触鬼气，引起全身痉挛，呕吐不已。据夫人称，此乃由于诗人托喀君生前酷爱吸烟，其鬼气亦含有尼古丁云云。

我等会员与赫卟夫人静默地坐在圆桌周围。三分二十五秒以后，夫人乍然陷入极其急剧的梦游状态，而且为诗人托喀君的灵魂所附。我等会员按年龄顺序，与附托在夫人身上的托喀君的魂灵问答如下：

问：你为何显灵？

答：目的在于知道死后的名声。

问：你——或是说诸位，身为魂魄仍然眷念俗世的名声吗？

答：至少我是不能不眷念的。然而我所遇到的一位日本诗人的魂灵却是轻视死后的名声的。

问：你知道这位诗人的姓名吗？

答：可惜忘记了。我只记得他所喜欢作的十七字诗中的一首。

问：那诗讲什么？

答：古老的池塘啊，青蛙跳到水里，发出了清响。[1]

问：你认为这首诗写得好吗？

答：我并不认为写得不高明。不过，如果把“青蛙”改成“河童”就更精彩了。

问：为什么呢？

答：因为我们河童在任何艺术中都迫不及待地要找到河童的形象。

此时会长培喀先生提醒我等十七名会员，此乃灵学会的临时调查会，并不是评论会。

---

1 这是松尾芭蕉所作的一首脍炙人口的俳句。

问：各位魂灵的生活如何？

答：与诸位毫无二致。

问：那么你后悔自杀吗？

答：未必后悔。如果魂灵生活过腻了，我也可以用手枪“自活”。

问：“自活”，容易做到吗？

托喀君的魂灵提出另一个反问答复了这个问题。对于了解托喀君的河童来说，这样应答是不足为奇的。

答：自杀，容易做到吗？

问：诸位的生命是永恒的吗？

答：关于我们的生命，众说不一。请不要忘记，幸而我们当中也有基督教、佛教、伊斯兰教、拜火教等各种宗教。

问：你信什么教？

答：我一向是个怀疑派。

问：然而你至少不怀疑魂灵的存在吧？

答：我信得没有诸位那样深。

问：你结交了多少朋友？

答：我交的朋友，古人今人、东方西方的都有，不下三个。其中著名的有克莱斯特[1]、迈兰德[2]、魏宁格尔[3]……

1 克莱斯特（1777—1811），德国戏剧家、小说家，后自杀。

2 迈兰德（1841—1876），德国哲学家，受叔本华影响颇深，后自杀。

3 魏宁格尔（1880—1903），澳大利亚思想家。

问：你所结交的都是自杀的吗？

答：那也不一定。为自杀做辩护的蒙田[1]是我的畏友之一。但是不曾自杀的厌世主义者——叔本华[2]之流，我是不跟他往来的。

问：叔本华还健在吗？

答：他目前创立了魂灵厌世主义，议论着可否实行"自活"。可是自从他晓得了霍乱也是细菌引起的疾病之后，心情似乎颇为踏实了。

我等会员相继打听拿破仑、孔子、陀思妥耶夫斯基、达尔文、克莉奥佩特拉[3]、释迦牟尼、狄摩西尼[4]、但丁、千利休[5]等魂灵的消息。可惜托喀君未能详细地予以答复。托喀君却反过来询问起关于他自己的种种流言蜚语。

问：我死后名声如何？

答：一位评论家说你是"小诗人之一"。

问：他恐怕是由于我没有赠送诗集而怀恨的河童之一吧。我的全集出版了没有？

答：虽然出版了，可是销路不佳。

问：三百年后——即著作权失效之后，我的全集将为万人所争购。跟我同居的女友呢？

---

1 蒙田（1533—1592），法国思想家。
2 叔本华（1788—1860），德国哲学家，唯意志论者。
3 克莉奥佩特拉（公元前69—前30），埃及女王，自杀而死。
4 狄摩西尼（公元前382—前322），希腊雄辩家，自杀而死。
5 千利休（1522—1591），日本茶道的创始人，自杀而死。

答：她做了书商拉喀君的夫人了。

问：可惜她还不知道拉喀君的眼睛是假的。我的儿子呢？

答：听说是在国立孤儿院里。

托喀君沉默了一会儿，又问起来了。

问：我的家呢？

答：成了某摄影师的工作室。

问：我的书桌呢？

答：谁都不知道它的下落。

问：我在书桌的抽屉里珍藏着一束信件——然而这和忙碌的诸位没关系。我们魂灵界马上就进入黄昏了。我将与诸位诀别。再见，诸位。再见，善良的诸位。

随着这最后一句话，赫叶夫人又猛地清醒过来了。我等十七名会员向在天之神发誓，这番交谈是千真万确的。（再者，对我等所信任的赫叶夫人的报酬，已经按照夫人过去当女演员时的日薪标准偿付了。）

十六

我读了这些报道之后，逐渐觉得待在这个国家里也怪憋闷的，就千方百计想回到人间。可是不管怎么拼命找，也找不到我掉进去的那个洞。后来听那个打鱼的河童巴咯说，在这个国家的边界上有一只年迈的河童，他读书吹笛自娱，独自安安静静地过着日子。

我心想也许能向他打听出逃离这个国家的途径，就马上到边界上去。跑去一看，哪里是什么老河童呢，在一座小房子里，有一只刚够十二三岁、连脑袋上的凹坑还没长硬的河童在悠然自得地吹着笛子。我以为走错了门。为慎重起见问问他的名字，果然他就是巴咯告诉我的那只老河童。

“可你像是个娃娃呢……”

“你还不晓得吗？不知道我交的是什么运，出娘胎的时候是白发苍苍的。以后越来越年轻，如今变成这么个娃娃相了。可是计算一下年龄嘛，没生下来以前算是六十岁，加上去说不定有一百十五六岁啦。”

我四下里打量了一下这个房间。也许是心理作用，总觉得那朴素的桌椅之间弥漫着纯真的幸福。

“你好像比其他河童过得幸福哩。”

“嗯，兴许是的。我年轻的时候是苍老的，到老又年轻了。所以我不像老河童那样欲望枯竭，也不像年轻河童那样沉湎于色。反正我的生活即使算不得幸福，也是安宁的。”

“果然，照你这么说是安宁的。”

“单凭这一点还算不上是安宁。我的身体也健康，还有一辈子吃用不尽的财产。但我认为，我最幸福的一点是生下来的时候是个老头子。”

我同这只河童扯了一会儿关于自杀的托喀以及每天请医生看病的嘎尔的闲话。不知怎的，看老河童那副神情好像对我的话不大感兴趣。

“那么你并不像其他河童那样贪生喽？”

老河童瞅着我的脸，恬静地回答说：“我也跟其他河童一样，经爹事先问过我愿不愿意生到这个国家来，才脱离娘胎的。”

“而我呢，是偶然滚落到这个国家来的。请你务必告诉我离开这个国家的路子。”

“只有一条出路。”

“你的意思是说……”

“那就是你来的那条路。”

我乍一听到他这话，不知怎的感到毛骨悚然。

“可我偏偏找不到这条路啦。”

老河童用那双水汪汪的眼睛审视了我一会儿。他这才直起了身，走到屋角，拽了拽从顶棚耷拉下来的一根绳子。于是，我原先不曾注意到的一扇天窗打开了。那扇圆天窗外面，晴空万里，松柏舒展着桠杈。还可以瞥见那犹如巨大的箭头一样高耸的枪岳峰。我就像是孩子看到飞机般地高兴得跳起来了。

“喏，你从那儿出去好了。”老河童说着，指了指刚才那根绳子。

我起先以为是绳子，原来是绳梯。

“那么我就从那儿出去啦。”

“不过我预先告诉你一声。出去以后可不要后悔。”

“你放心，我才不会后悔呢。”

话音未落，我已经在攀登绳梯了，回首遥遥地俯瞰着老河童脑袋上那凹陷的部分。

十七

我从河童国回来后，有一个时期我们人类的皮肤的气味简直使我受不住。相比之下，河童实在清洁。而且我见惯了河童，只觉得我们人类的脑袋怪可怕的。这一点也许你不能理解。眼睛和嘴且不去说它，鼻子这玩意儿真是使人发怵。我当然设法不去见任何人，但我好像跟我们人类也逐渐处惯了，过了约莫半年，就随便什么地方都去了。糟糕的是，说着话的当儿，一不小心就冒出一句河童话。

“你明天在家吗？”

“Qua。”

“你说什么？”

“嗯，我的意思是说在家。”

大致就是这个样子。

可是从河童国回来后，刚好过了一年光景，我由于一桩事业失败了……（他刚说到这里，S博士就提醒他说：“不要去谈这个了。”据博士说，他每逢谈到这件事，就闹得看护人束手无策。）

那么就不谈这个了。由于一桩事业失败了，我又想回河童国去。是的。不是“想去”，而是“想回去”。当时在我看来，河童国就是故乡。

我从家里溜出去，想搭乘中央线火车。不巧让警察抓住了，终于被送进医院。我乍一进这个医院，还一直惦念河童国。医生查喀怎样了呢？哲学家马咯说不定仍在七彩玻璃灯笼下想心思呢。尤其是我的好友——烂了嘴巴的学生拉卟……就在一个像今天这样阴霾的下午，我正追思往事，不由得差点儿喊出声来。不知是什么时候进来的，只见打鱼的河童巴咯正站在我面前，连连鞠躬呢。我镇静下来之后——我不记得自己究竟是哭了还是笑了，反正隔了这么久又说起河童话来，这事确实使我感动了。

“喂，巴咯，你怎么来啦？”

“来看望你，听说你生病了。”

“你怎么知道的？”

“从收音机的广播里知道的。”巴咯得意扬扬地笑着。

“真难为你呀。”

“这算不了什么。对河童来说，东京的河也罢沟也罢，就跟大马路一样嘛。”

我这才想起，河童跟青蛙一样，也是水陆两栖动物。

“可是这一带没有河呀。”

“我是从自来水管里钻到这儿来的。然后拧开消火栓……”

“拧开消火栓？”

“老爷，您忘了吗？河童也有工匠呀。”

打那以后，每隔两三天就有形形色色的河童来探望我。据S博士的诊断，我的病叫早发性痴呆症。可是那位查喀大夫说，我的病不是早发性痴呆症，而患早发性痴呆症的是S博士以及你们自己。（我这么说，恐怕对你也很失礼。）连医生查喀都来探望了，学生拉卟和哲学家马咯就更不用说了。但是除了渔夫巴咯之外，白天谁都不来。只是到了晚上——尤其月夜，就三三两两地一道来了。昨晚我还在月光下和玻璃公司老板嘎尔以及哲学家马咯谈话来着呢。音乐家库拉巴喀还用小提琴为我奏了一支曲子。喏，那边桌子上不是有一束黑百合花吗？那就是昨天晚上库拉巴喀带来的礼物。……

（我回头看了看。当然，桌子上什么花束也没有。）

这本书也是哲学家马咯特地给我带来的。请你读一读第一首诗。哦，你不可能懂得河童文。我念给你听吧。这是新近出版的《托喀全集》当中的一册。

（他摊开一本旧电话簿，大声朗诵起这样一首诗来了：）

在椰子花和竹丛里，
佛陀老早就安息了。
路旁的无花果已枯萎，
基督似乎也随着咽了气。

我们也必须休息，
尽管置身于舞台布景前。

（所谓舞台布景不过是一些打满了补丁的画布而已。）

可是我不像这位诗人那样厌世。只要河童们肯经常来看看我……啊，我忘记告诉你了，你还记得我的朋友——审判官培卟吧？他失业后，真发疯了。听说现在住在河童国的精神病院里。要是S博士允许的话，我很想去探望他呢。……

某傻子的一生

文学朴 译

久米正雄[1]君：

此稿可否发表，什么时候在哪儿发表，我愿意完全委托给你。

稿中所出现的人物你大概都知道。但是发表之际，希望你不要加上注解。

我目前生活在最不幸的幸福当中。但奇怪的是我并不懊悔。我只是对有了我这样的恶夫、恶子、恶父的亲人感到遗憾。那么，再见了。在此稿中，我至少还不曾有意识地替自己辩护。

最后再说一句：我之所以特地将此稿委托给你，乃是因为我相信你恐怕比任何人都更了解我（一旦揭掉我这张

1 久米正雄（1891—1952），日本小说家、剧作家。

城里人的皮）。我在此稿中表现出的傻劲儿供你一笑。

昭和二年六月二十日

芥川龙之介

一 时代

那是某书店的二楼。年方二十的他登上靠在书架上的西式梯子，寻找新书。莫泊桑、波德莱尔[1]、斯特林堡、易卜生、萧伯纳、托尔斯泰……

天色逐渐黑下来了。他却还热心地继续读书脊上的字。那里陈列的，与其说是书籍，毋宁说是世纪本身。尼采、魏尔伦、龚古尔兄弟[2]、陀思妥耶夫斯基、霍普特曼[3]、福楼拜……

他在薄暮中挣扎，数着他们的名字，可是书籍自然而然地湮没在阴郁的暮色中。他终于失去耐性，想从西式梯子上下来。他头上刚好悬着个秃灯泡，忽然亮了。他就立在梯子上，俯视在书籍之间移动的店员和顾客。他们显得怪渺小的，而且非常寒碜。

人生还不如波德莱尔的一行诗。

1 波德莱尔（1821—1867），法国诗人。诗中歌咏死亡，充满悲观厌世情绪。

2 指艾德蒙·德·龚古尔（1822—1896）和朱尔斯·德·龚古尔（1830—1870），均为法国小说家。

3 霍普特曼（1862—1946），德国剧作家。

他立在梯子上，朝着这些人望了片刻。

二 母亲

疯子们都清一色地穿着灰衣服。宽阔的屋子因而越发显得忧郁。其中的一个对着风琴，热衷于弹赞美歌。同时，其中另外一个站在屋子正中间，与其说是跳舞，不如说是乱蹦着。

他和红光满面的医生一起看着这样的情景。十年前，他母亲也跟他们毫无二致。毫无——说实在的，他从他们的气味中嗅到了母亲的气味。

“那么，走吧？”

医生走在他的前面，沿着走廊进入一个房间。房间的角落里有个装满酒精的大玻璃瓶，里面浸着几副脑髓。他在其中的一副上发现了略微发白的东西，有些像是撒上了点蛋白。他同医生站着谈话，又想起了自己的母亲。

“这是××电灯公司的一个技师生前的脑髓。他一直认定自己是黑油油的大发电机。”

为了避开医生的视线，他就朝玻璃窗外面望去。除了插着空瓶碎片的砖墙以外，那里什么也没有。不过砖墙上长的薄薄青苔斑驳地泛着白色。

三 家

他住在郊外的一个二楼的房间里。由于地基松软了，这座房子的二楼有些倾斜。

他的姑妈常常跟他在楼上吵架。他的养父养母有时出面调解。可是他最爱这位姑妈。姑妈终身未嫁，当他二十岁的时候，她已接近六十岁了。

他在某郊外的楼上屡屡思索：莫非相爱的人就得彼此折磨吗？这当儿，他感到二楼歪斜得有点可怖。

四 东京

隅田川阴沉沉的。他从行驶中的小汽船窗口眺望向岛的樱树。在他眼里，盛开的樱花恍若一片败絮般令人忧郁。可是他在那些樱树中——江户时代以来的向岛的樱树中发现了他自己。

五 自我

他和他的前辈一起坐在某咖啡馆的桌边，不断地吸着纸烟。他不大开口讲话，却热心地听着前辈的话。

“今天乘了半天汽车。”

“有什么事情吗？”

他的前辈手托着腮，漫不经心地回答说：“没有什么事，只不过想坐坐罢了。”

这句话把他自己解放到不可知的世界——接近诸神的“自我”的世界。他觉得有点痛苦，同时也感到欢乐。

那个咖啡馆很小。牧羊神的相框下面却有一棵栽在赭色盆中的橡树，肥厚的叶片耷拉着。

六 病

潮风不断刮来，他摊开英语大词典，指划着找词条。

> *Talaria*：生了翼的鞋，或作*Sandal*。
>
> *Tale*：故事。
>
> *Talipot*：印度东部产的椰子。树干高达五十尺至一百尺，叶子可用于制伞、扇子、帽子等。七十年开花一次……

他凭想象清晰地描绘出这种椰子的花。他的喉咙从来没这么痒过，不由得往词典上吐了口痰。痰？——那却不是痰。他想到短暂的生命，又一次想象着椰子花——在遥远的大海彼岸高高耸立的椰子花。

七 画

他突然地——实在是突然地……站在某书店的店头翻阅梵高的画集时，他突然地领悟了画这个东西。当然，梵高的画集无疑是影印版。他从影印版中也感到了鲜明地浮现的大自然。

对这幅画的热情使他的眼界一新。他不知不觉间密切注意着树枝的弯曲和女人面颊的丰腴。

在一个下雨的秋日傍晚，他走过郊外的陆桥下面。陆桥对面的堤坝下停着一辆货运马车。他经过那里时，感到有人曾走过这条路。是谁呢？——无须问他本人。二十三岁的他，心目中浮现出一个割去了耳朵的荷兰人，叼着长烟斗，锐利的目光注视着这幅忧郁的风景画……

八 火花

他淋着雨，在柏油路上行走。雨下得相当大。在飞溅的雨水中，他嗅到了橡胶雨衣的气味。

眼前的一根架空线冒出紫色火花。他格外感动。他的上衣口袋里藏着准备在同人杂志上发表的原稿。他冒雨走着，再次仰望了一下后面的架空线。

架空线依然放出耀眼的火花。他展望人生，并没有特别稀罕的东西。但是只有这紫色的火花——只有这可怕的空中的火花，哪怕用生命来换取，他也想把它抓住。

九 尸体

那些尸体的拇指上都挂着穿上铁丝的牌子，上面记着姓名、年龄等。他的朋友弯着腰，灵活地运用解剖刀，开始剥一具尸体脸上的皮。皮下布满了美丽的黄色脂肪。

他望着那具尸体。为了完成一个短篇——以王朝时代为背景的一个短篇，他非这么做不可。可是，像腐烂了的杏子一样的尸臭是难闻的。他的朋友皱起眉头，静静地动着解剖刀。

“近来尸体也不够用。”他的朋友说。

不知什么时候，他早已准备好了答复：“如果尸体不够用，我就会没有任何恶意地去杀人。”可是他当然只把这话放在心里。

十 先生

他在一棵大柳树下读着先生的书。槲树沐浴在秋天的阳光下，连一片叶子也不动。远处的空中有一架吊着玻璃秤盘的天平，刚好保持平衡。——他边读着先生的书，边遐想着这样的情景。……

十一 拂晓

天逐渐亮了。有一次，他在某街的拐角望着广阔的市场。市场上熙熙攘攘的人和车子都染成了玫瑰色。

他点燃一支纸烟，安详地走进市场。一条黑色瘦狗突然向他吠起来。可是他不惊慌。他甚至爱起那条狗来。

市场正中有一棵法国梧桐树，树枝向四面挓挲着。他站在树干下，透过树枝仰望高空。正好在他头顶上空，闪烁着一颗星星。

这是他二十五岁的时候——会见先生以后的第三个月。

十二 军港

潜水艇内部是阴暗的。周围都是机器，他弯着腰，透过小小的方镜望去。映在方镜里的是明亮的军港风光。

“那边还可以看到‘金刚’呢。”一个海军高级军官对他说。

他看着方镜上的小军舰，不知怎的，忽然想起了荷兰芹菜——每份三毛钱的牛排上也有荷兰芹菜，散发着清香。

十三 先生之死

雨后起了风，他在一个新车站的站台上走着。天刚蒙蒙亮。站台那面，三四名铁路工人一齐抡着镐，高声唱着什么。

雨后的风吹散了工人的歌声和他的感情。他拿着没有点燃的香烟，感到近于欢乐的痛苦。“先生病危”的电报揣在大衣兜里。……

这时，从对面松山的背阴处，上午六点的上行列车拖着一缕轻烟，蜿蜒向这边驶来。

十四 结婚

婚后第二天他就数落妻子道：“刚来就浪费可不行啊。”然而，这种数落的话，与其说是他自己要说的，不如说是他的姑妈叫他“说”的。当然，他的妻子不但向他本人，也向他的姑妈赔了不是。为他买来的那钵黄水仙花就摆在她前面。……

十五 他们

在大芭蕉叶的宽阔阴影下，他们和平地生活着。——他们的家在从东京乘火车要足足一小时的海滨某镇上。

十六 枕头

他枕着散发玫瑰叶香的怀疑主义，读着阿纳托尔·法朗士的书。可是，他没有注意到枕中还有半人半马神。

十七 蝴蝶

在充满海藻气味的风中，一只蝴蝶在蹁跹飞舞。一眨眼的工夫，他感到这只蝴蝶的翅膀碰了一下他那干燥的嘴唇。可是沾在他嘴唇上的翅粉却在几年后还闪着光。

十八 月

他在某饭店的台阶上偶然遇见了她。就连在这样的白昼，她的脸也跟在月光下一样。他目送着她（他俩素昧平生），感到从来没有过的寂寞……

十九 人工翼

他从阿纳托尔·法朗士转向18世纪的哲学家去了，但是他没有接近卢梭。那或许是他本人的一面——容易感情用事的一面跟卢梭相近之故。他却去接近跟他本身的另一面——富于冷静的理智的一面——相近的《天真汉》[1]的哲学家了。

对二十九岁的他来说，人生已经一点也不光明了。可是伏尔泰给了这样的他以人工翼。

他张开这人工翼，轻而易举地飞上天空。同时，理智之光照耀的人生的悲欢沉沦在他的眼底下。他向穷街陋巷投以讽刺与微笑，穿过一无遮拦的太空，径直飞向太阳。他似乎忘记了古代希腊人因这样的人工翼被阳光晒化而终于落进海里死去的事[2]。……

---

1 《天真汉》是法国启蒙思想家、哲学家、作家伏尔泰（1694—1778）的哲理小说。

2 见希腊神话中的故事《代达罗斯和伊卡洛斯》。伊卡洛斯和他的父亲代达罗斯一起逃离克瑞忒，伊卡洛斯不听父亲的话，飞近太阳，人工翼上的蜡被晒化，坠海而死。

二十 桎梏

由于他要到某报社去工作，他们夫妇就跟他的养父养母同住在一座房子里了。他依靠的是写在黄纸上的合同。后来才知道，报社对这份合同不承担任何义务，只由他承担义务。

二十一 狂人的女儿

两辆人力车在冷冷清清的阴天的乡间道路上跑着。海风习习，这条路显然通向海边。他坐在后面这辆人力车上，边纳闷着为什么自己对这次的幽会兴致索然，边思索是什么把他引到这里来的。这绝不是恋爱。倘若不是恋爱——他为了回避这个答复，不得不想：总之，我们是平等的。

坐在前面那辆人力车上的是一个狂人的女儿。不仅如此，她的妹妹是因嫉妒而自杀的。

——事到如今，怎么也没办法了。

他对这个狂人的女儿——她只有强烈的动物本能——已经感到某种憎恶了。

这当儿，两辆人力车经过有咸腥气味的墓地外面。粘着蚝壳的矮树篱里面，有几座黑黝黝的石塔。他眺望着在那些石塔后面微微闪烁的海洋，不知怎的，忽然对她的丈夫——没能抓住她的心的丈夫，感到蔑视……

二十二 某画家

那是某杂志的插图。一只公鸡的水墨画表现出明显的个性。他向某友人打听这位画家的情况。

大约一周后，这位画家访问了他。在他的一生，这是一件颇不寻常的事情。他在这位画家身上发现了谁都不知道的那一面。不但如此，还发现了连画家本人也一直不知道的画家的灵魂。

在一个微寒的秋日傍晚，他因看到一株玉米，蓦地联想起这位画家。长得高高的玉米，披着粗糙的叶子，培在根部的土里露出像神经那样纤细的根须。这无疑又是容易受伤的他的自画像。可是这样的发现只有使他忧郁罢了。

——已经晚了。可是到了节骨眼儿上……

二十三 她

某广场前面，暮色苍茫。他的身体发着低烧，在广场上踱步。晴空略呈银色，大厦林立，窗口灯火辉煌。

他在路边停下脚步，等候她到来。大约过了五分钟，她好像有些憔悴似的向他走来。她看到了他的脸，就微笑着说："累啦。"他们并肩在依稀有些亮光的广场上走着。对他们来说，这是第一次。为了跟她在一起，他无论抛掉什么都在所不惜。

他们乘上汽车后，她凝视着他的脸说："你不后悔吗？"他斩钉截铁地说："不后悔。"她按着他的手说道："我也不后悔。"这样讲的时候，她的脸好像沐浴在月光下。

二十四 分娩

他伫立在纸槅扇旁边，俯视着穿白色手术衣的一名接生婆在给婴儿洗澡。每当肥皂浸进眼里，婴儿就可爱地反复皱起眉头，还不断地大声哭。他一面觉得婴儿的气味有点像鼠崽子，一面不由得深刻地想道：“为什么这娃娃也出生了呢？生到这个充满俗世之苦的世界上来。——为什么他命中注定要有我这个爸爸呢？”

而且这是他的妻子头胎生的男孩。

二十五 斯特林堡

他站在房间门口，看着在开着石榴花的月光底下几个衣冠不整的中国人在打麻将。然后回到房间里，在矮矮的油灯下开始读《痴人的告白》。可是还没有读上两页，就不知不觉苦笑起来。——斯特林堡在给情妇伯爵夫人的信中，写着和他差不离的谎言。……

二十六 古代

彩色剥落了的佛像、天人、马和莲花座几乎使他为之倾倒。他仰望着它们，把一切抛在脑后。甚至忘记了他本人侥幸得以摆脱狂人的女儿。……

二十七 斯巴达式训练

他同他的朋友在一条巷子里走着。一辆上篷的人力车径直迎面跑来。而且出人意料的是车上坐的正是昨晚的她。在这样的白昼，她的面容恍若沐浴在月光下。当着他朋友的面，他们当然连招呼也没打。

“真漂亮。”他的朋友这样说。

他望着巷子尽头的春天的山，毫不犹豫地回答说：“是啊，真漂亮。”

二十八 杀人

乡间道路沐浴在阳光下，散发着牛粪的臭气。他揩着汗，踏着上坡路走去。道路两旁飘着熟麦的香气。

“杀吧，杀吧……”他不知不觉间嘴里反复嘟囔着。杀谁呢？——这他是清楚的。他想起一个极卑鄙的留平头的男子。

黄色麦地的那面，不知何时露出了一座天主教堂的圆屋顶。……

二十九 形象

那是一把铁制酒壶。这把细纹酒壶使他懂得了“造型”的美。

三十 雨

他在大床上同她聊着天，寝室窗外下着雨。在这场雨中，木棉花说不上什么时候就会烂掉吧。她的面容仍像是沐浴在月光下。可是同她交谈，他不免感到无聊。他匍匐着，静静地点起一支纸烟，想起同她一起生活已有七年了。

“我爱着这个女人吗？”他问他自己道。

“我还爱着。”——这个答复使注视着自己的他也感到意外。

三十一 大地震

那种气味和熟透了的杏子差不多。他在火灾后的废墟上走着，微微嗅到这样的气味，于是想道：炎天的腐尸，气味居然也不太难闻。可是当他站在尸骸累累的池畔望去的时候，才发现“鼻子发酸”这句话在感觉上绝不是夸张的。尤其使他动心的是十二三岁的小孩的尸体。他看着那具尸体，有点觉得羡慕。他想起“上帝所爱者不长命”这句话。他的姐姐和异母兄弟的家都焚毁了。而且他的姐夫是犯了伪证罪而缓期服刑的。……

他站在灰烬中，不由得深深地想道：人人都死掉才好呢。

三十二 打架

他和同父异母兄弟扭打起来了。他弟弟无疑地由于他的缘故经常受到压迫。同时，他也因为弟弟而失掉了自由。他的亲戚一个劲儿地对他的弟弟说：“你要学他。”然而这不啻是把他本人的手脚都绑了起来。他们扭作一团，终于滚到廊子上了。他还记得，廊外的庭院中有一棵百日红，在酝酿着一场雨的天空下开着红彤彤的花。

三十三 英雄

不知什么时候，他从伏尔泰家的窗口仰望着高山。那挂着冰河的山上，连秃鹰的影子也看不见。可是有一个身材矮小的俄罗斯人在顽强地沿着山路攀登。

夜幕降临到伏尔泰家后，他在明亮的灯光下回忆着攀登山路的俄罗斯人的身姿，写了这样一首有倾向性的诗：

你比谁都恪守十诫，
又比谁都违反十诫。

你比谁都爱护民众，
又比谁都轻视民众。

你比谁都富于理想，
又比谁都了解现实。

你是我们东洋诞生的，

散发草花香气的电气机车。

三十四 色彩

三十岁的他不知什么时候爱上了某块空地。那里，长着青苔的地面上只散着一些残砖碎瓦。可是在他眼里这与塞尚[1]的风景画没有什么两样。

他忽然想起了七八年前他的激情。同时发现他在七八年前是不懂得色彩的。

三十五 假人

他打算过一种激烈到不论何时死去也不会后悔的生活。可是在养父养母和姑妈面前，他的日子依然过得很拘谨。这就使他的生活形成了阴阳两面。他看见立在某西服店里的一个人体模型，就想到究竟他自己在多大程度上像这个模型。但是意识之外的他——可以说是第二个他，早已把这样的心情写入一篇短篇小说里了。

三十六 倦怠

他同一个大学生在长满狗尾草的野地上行走。

1 塞尚（1831—1906），法国画家，后期印象派的代表人物。

“你们仍有旺盛的生活欲吧？”

“嗯……可是你也……”

“可是我没有了。只是有创作欲罢了。”

这是他的真情。说实在的，他不知不觉间已对生活失去了兴趣。

“创作欲也是生活欲吧。”

他没有回答。曾几何时，野地的红穗上清晰地映现出一座喷火山。他觉得有些羡慕这座喷火山。可是他自己也莫名其所以然……

三十七 过来人

他遇到了在才力上也能够同他匹敌的女人。他写了《过来人》等抒情诗，才摆脱了这个危机。这是一种百无聊赖的心情，宛如把冻在树干上的闪闪发光的雪拍了下来。

草笠随风舞，
飘摇落道旁；
我名何所惜，
但愿君名扬。

三十八 复仇

那是某饭店的阳台，周围满是刚萌芽的树木。他在那里画着画，哄一个少年玩。这是七年前分手的狂人的女儿的独生子。

狂人的女儿点燃纸烟，看着他们玩。他在心情沉重地继续描绘火车和飞机。幸亏这个少年不是他的儿子。可是，使他感到痛苦的莫过于这个少年叫他“叔叔”。

少年不知跑到哪儿去了，狂人的女儿边抽着烟，边带点媚态地对他说：“那孩子不像你吗？”

“不像。第一……”

“可是，还有胎教的说法呢。”

他默不作声，眼睛望着一旁。可是他心里并非没有残忍的愿望，恨不得把他掐死……

三十九 镜子

他在某咖啡馆的一个角落里同朋友谈话。他的朋友吃着烤苹果，谈论着近来天气寒冷之类的话。他突然感到这样的话里有矛盾。

“你还是独身呀。”

“不，下个月就结婚。”

他不由得默不作声了。嵌在咖啡馆墙壁上的镜子映出他无数的形象。冷冰冰的，像威胁什么似的。……

四十 问答

你为什么要攻击现代的社会制度?

因为我看到了资本主义所产生的罪恶。

罪恶? 我还只当你分辨不出善恶的差别呢，那么，你的生活呢?

——他就这样同天使一问一答。当然是体体面面地戴着大礼帽的天使。……

四十一 病

他患了失眠病，并且体力也开始衰弱了。好几位医生各自给他的病做了两三种诊断: 胃酸过多、胃弛缓、干性肋膜炎、神经衰弱、慢性结膜炎、脑疲劳……

可是他知道自己的病源。那就是对他自己感到羞愧，同时又害怕他们的心情。害怕他们——害怕他所蔑视的社会!

在一个要下雪的阴沉的下午，他在某咖啡馆的一个角落里衔着点燃了的雪茄烟，倾听对面留声机放出的音乐。乐声沁人心脾。等到那段音乐结束后，他就走到留声机前，看看唱片上贴的说明: *Magic Flute*—Mozart[1]。

他顿时领悟了。破了十诫的莫扎特也还是有过苦闷的。可是，

1 英文，意为“《魔笛》——莫扎特”。

该不至于像他这样……他垂着头，静静地回到自己的桌边。

四十二 众神的笑声

在春光明媚的松林中，三十五岁的他边踱步边回忆着自己两三年前写过的话：

我最同情的是神不能自杀。

四十三 夜

夜幕又快降临了。要闹天气了，半明半暗中，海上浪花滚滚。在这样的天空下，他同妻子第二次结婚了。这给他们带来了欢乐，同时又带来痛苦。三个孩子和他们一起看着海上的闪电。他的妻子抱着一个孩子，好像忍着眼泪。

“那边有一只船。”

“嗯。”

“樯杆断了的船。”

四十四 死

他趁着独自睡觉的机会，把腰带挂在窗棂子上想自缢。可是把脖子伸进带子时忽然又怕死了。并不是害怕死的那一瞬间的痛苦。

他第二次自缢时拿着怀表试测缢死的时间。稍感痛苦以后，神志就有些恍惚了。只要过了这一关，准会进入死境。他看了看表针，发现感到痛苦的过程为一分二十几秒。窗棂子外一片漆黑。从黑暗中传来了粗犷的鸡鸣。

四十五 Divan[1]

Divan即将再次给他的心灵倾注以新的力量。那是他所不知道的“东洋的歌德”。他看见超脱一切善恶，悠然站在彼岸的歌德，感到近乎绝望的羡慕。在他眼里，诗人歌德比诗人基督更伟大。在这位诗人的心中，除了阿克罗波利斯[2]和各各他[3]之外，还有阿拉伯玫瑰花在怒放。倘若多少有力量追踪这位诗人的足迹的话……他读完诗集，当极为激动的情绪平息以后，不禁深深蔑视自己，因为他在生活中就像宦官一样。

四十六 谎言

他的姐夫的自杀猝然使他受了打击。今后连姐姐一家人也得由他来照顾了。至少对他来说，未来就像日暮那样昏暗。他对自己精神上的破产有一种近乎冷笑的感觉（他完全明白自己的罪孽和弱

1　英语，意为“诗集（尤指用波斯文或阿拉伯文写的个人诗集）”。
2　雅典的卫城。
3　耶稣被钉十字架的地方。

点），继续阅读各种书籍。可是连卢梭的《忏悔录》也充满英雄的谎言。尤其是《新生》[1]他从来没有遇见过像《新生》的主人公那样老奸巨猾的伪善者。可是只有弗朗梭瓦·维龙[2]浸透了他的心。他在几篇诗里发现了"美丽的男性"。

等待绞刑的维龙的形象出现在他的梦里。他几次差点儿像维龙那样坠入人生的底层。但是他的境遇和体力不允许这样。他渐渐衰弱下去，恰似从前斯威夫特[3]见到过的从树梢枯萎起来的树木那样。……

四十七 玩火

她容光焕发，犹如晨光照耀下的薄冰似的。他对她抱有好感，但是没有恋爱的感觉。而且连碰也没碰过她的身体。

"听说你想死。"

"是。——不，与其说想死，不如说活腻了。"

他们这样一问一答，约好一起死。

"这是精神自杀。"

"双双精神自杀。"

---

1 《新生》（1918—1919）是岛崎藤村的自传体长篇小说，描写作者做出了背离社会道德的事情后，交代了事实经过，从而获得"新生"。

2 弗朗梭瓦·维龙（1431—约1463），法国抒情诗人，贫民出身，一生颠沛流离。

3 斯威夫特（1667—1745），英国讽刺作家，生于爱尔兰贫苦家庭，著有《格列佛游记》。他曾参加爱尔兰人民反抗英国统治者的斗争，晚年发疯。

他对他自己这样镇静自若，不由得感到奇怪。

四十八 死

他没有同她一起死。至今连碰也没碰过她的身体这一点，似乎使他感到满意。她若无其事地时常同他谈，并且把她带着的一瓶氰化钾递给他，还说："有了这个，彼此心里都有仗势了。"

那确实使他心里有了仗势。他独自坐在藤椅上，看着柯树的嫩叶，不由得反复思索死亡将给予他的和平。

四十九 剥制的天鹅

他想尽最后的力量写自传。可是这对他来说竟然并不容易。那是由于他还残留着自尊心、怀疑主义和利害打算。他不得不轻蔑这样的自己。可是另一方面，他又不由自主地想：如果剥开一层皮来看，谁都是一样的。他总是想，《诗与真实》这个书名好像是一切自传的书名。他还清楚地知道，文艺作品不一定使人人都感动。他还产生了这样的念头：只有那些与他的生涯相近并且和他相似的人们才会为他的作品所感动。因此，他决定简短地把自己的《诗与真实》写出来。

他写完《某傻子的一生》后，偶然在某旧家具店看见了剥制的天鹅。它伸长了颈立着，连发黄的羽毛也被蛀蚀了。他回想自己的一生，不禁热泪盈眶，发出冷笑。他的前途不是发疯就是自杀。他独自在日落的街上走着，决心等待慢慢把他毁灭的命运的到来。

五十 俘虏

他的朋友之一发疯了。他对这个朋友一向有某种亲近的感觉。因为他比别人更深刻地理解这个朋友的孤独——快活的假面掩盖下的孤独。这个朋友发疯后他去看望过两三次。

“你和我都给恶魔附体了——给所谓世纪末的恶魔附体了。”

这位朋友曾低声对他这样说。听说两三天以后，这位朋友在去某温泉旅馆的途中，甚至吃起玫瑰花来了。这个朋友住院后，他想起了过去曾送给这个朋友一座赤陶半身像。那是这个朋友所喜欢的《钦差大臣》一书的作者的半身像。他想起果戈理也是发疯而死的，不由得感到冥冥之中有一股力量在支配他们。

他已精疲力竭之际，偶尔读到拉迪格[1]临终的话，又一次觉得听见了众神的笑声。那句话是：“神兵来捉我。”他想对他的迷信和感伤主义做斗争。可是从肉体上来说，他已经不可能进行任何斗争了。“世纪末的恶魔”无疑正在摧残他。他对虔信神的中世纪的人们感到羡慕。可是他终究不可能信神——信仰神的爱。连柯克托[2]都是信神的啊！

1　拉迪格（1903—1923），法国小说家、诗人。

2　柯克托（1889—1963），法国诗人、小说家。

五十一 败北

他执笔的手颤抖起来了，甚至还流了口水。除非服用0.8毫克的佛罗那[1]，他的头脑没有一次清醒过。而且也不过清醒半小时或一小时。他只有在幽暗中挨着时光，直好像是将一把崩了刃的细剑当拐杖拄着。

1 佛罗那，一种安眠药。

点鬼簿

文洁若 译

一

我母亲是个狂人。我从未对母亲有过骨肉之情。我母亲用梳子把头发卷在头顶上，总是独自坐在位于芝[1]的娘家，咕噜咕噜地吸烟袋。她的脸小，身体也小。不知为什么，那张脸是灰色的，没有朝气。我曾经读过《西厢记》，读到“土气息，泥滋味”一语时，一下就想起了我母亲那张脸——消瘦的侧脸。

说这番话的我，从未被母亲照料过。有一次，养母带着我，特意到楼上去问候母亲，她竟然冷不防用烟袋打了我的脑袋。我对此事记忆犹新。不过，总的来说，我母亲是一位实在文静的狂人。我或我的姐姐迫使她画画的时候，她就在折成四折的日本纸上为我们

1 东京都港区的一个街区。

画。非但用墨笔画，还把我姐姐的水彩画颜料涂在她自己所画男男女女的衣服、草木和花上面。只不过这些画上的人物个个都长着活脱儿是狐狸的脸。

我十一岁那一年的秋天，我母亲去世了。与其说是生病而死，毋宁说是衰弱而死的吧。唯独她逝世前前后后的记忆却比较清晰地留在我的记忆里。

大概是由于接到了病笃的电报吧。在一个无风的深夜，我和养母同乘一辆人力车，从本所[1]赶到芝。迄今我还没使用过叫作围巾的玩意儿。然而，特别在这个夜晚，我记得围了一条画了南画[2]里一些山水风景的薄绸手绢儿。也记得那条手绢儿发出的叫作“蝴蝶花”的香水气味。

我母亲躺在二楼下方的那间八榻榻米的客厅里。我和比我大四岁的姐姐跪在母亲的枕畔，两个人都不断地号啕大哭。尤其是有人在我背后念诵“驾鹤西去，驾鹤西去”，当时我越发感到悲伤不禁涌上心头。然而，一直闭着眼睛、几乎是死者的母亲突然睁开双目，说了些话。我们尽管凄怆，却小声哧哧地笑起来了。

次日晚上，我依然在母亲的枕边坐到将近拂晓。不过，不知为何，这一晚我一滴眼泪也流不出来。我在几乎不停地号哭的姐姐面前觉得丢脸，于是拼命地假装哭泣。同时，我又相信既然自己哭不

1　东京都墨田区的一个街区。

2　南画也叫文人画。是18世纪、19世纪很多日本画家采用的一种绘画风格。在江户中期和后期，一些具有独特创作能力的画家属于这一画派。其画风是依据17至18世纪具有个性的中国清代绘画形成的。同时，南画画家们在构图及笔法上改变了中国文人画的夸张手法，作品中常带有一种幽默感。

出来，母亲必定不会死。

第三天的夜晚，我母亲几乎没怎么痛苦就咽了气。死前她大概清醒过来了，凝视着我们的面孔，扑簌簌地落泪。不过，依然像平素那样什么话也不说。

入殓之后，我也不禁经常哭泣。有一位叫作“王子[1]的姑妈”的远亲说：“实在使人钦佩。”我当时唯一的想法就是，她是那种对玄妙的事感到钦佩的人。

我母亲出殡的哪一天，姐姐拿着灵牌，我跟在后边，拿着香炉。两个人都是乘人力车去的。我有时打盹儿，总会在险些把香炉掉下去的时候，突然惊醒。一直就这样，我们好像永远也到不了谷中[2]似的。相当长的送葬行列静悄悄地沿着秋季那总是晴朗的东京的大街前进。

我母亲的忌辰是十一月二十八日，戒名是“归命院妙成日进大师”。可是二十年后，我却不记得自己的亲生父亲的忌辰与戒名。多半是因为对十一岁的我而言，记住忌辰与戒名也是值得夸耀的一件事吧。

二

我有一位姐姐。尽管她身体多病，却成了两个孩子的母亲。想添加在我《点鬼簿》中的，当然不是这位姐姐的事，而是那位恰好

1 东京都北区内的一个街区。

2 东京都台东区的一个街区。

在我出生前，突然夭折了的姐姐的事。据说，我们三姐弟中，她最聪明。

这位姐姐叫作初子，或许是由于她生为长女。我家的佛龛上至今有一张“小初”的相片，装在小小的镜框里。“小初”一点也不像是衰弱的孩子。长着小酒窝儿的两颊，就像熟杏子一般，滑溜溜的……

被父母过多地宠爱的终究是“小初”。他们把“小初”从芝的新钱座特意带到位于筑地的萨姆纳夫人担任园长的幼儿园。然而，星期六至星期日，必定到我母亲的娘家——坐落在本所的芥川家过夜。像这样出门的时候，“小初”穿的是就连在明治二十年代[1]都够时兴的西装。我记得上小学的时候，得到了给“小初”做西装的下脚布料。我把它们裹在人造橡胶玩具娃娃身上。那些下脚布料无一例外，全都是进口的平纹细白棉布，上面点缀着细碎的印花或乐器花样。

一个早春的星期日下午，“小初”一边在院子里踱来踱去，一边跟坐在房间里的伯妈说话。（我当然想象着当时姐姐依然穿着西装）

“伯妈，这棵树叫什么呀？”

“哪一棵树？”

“这棵有花骨朵的树。”

我外婆家的院子里有一棵低矮的木瓜树。树枝耷拉到一口古老

1 明治二十年代是1887年至1896年。

的井里。估计梳着小辫儿的“小初”杏眼圆睁，当时正凝视着枝子带刺儿的木瓜树吧。

“这棵树的名字跟你的一样。”

偏巧“小初”未能理解伯妈的戏谑语。

“那么，这棵树就叫作‘傻瓜树’咯。”

至今，只要有人提到“小初”，伯妈就反复地说她们之间曾经怎样一问一答。实际上，此外，“小初”说过的话，一句也没留存。大概这之后没过几天她就走进了棺材。我不记得刻在小小的灵牌上的“小初”的戒名。然而，“小初”的忌辰是四月五日。玄妙的是，我对此记忆犹新。

不知为什么，我对这位姐姐——素昧平生的姐姐，有一种亲密感情。倘若“小初”至今健在，已经四十多岁了吧。过了不惑之年的“小初”那张脸也许活脱儿像是坐落于芝的娘家二楼茫然地抽烟的母亲的脸吧。我时常宛若幻想一般觉得：弄不清是我母亲还是姐姐的一位四十来岁的女人，不知从何处守望着我的一生。难道还是喝咖啡啦，抽烟啦，搞得疲惫不堪的我，神经遭到摧残了吗？抑或是超自然的力量借着什么机会出现在真实的世界，并干出了这样的勾当吧？

三

由于母亲疯了，我刚生下来就到收养我的家来啦（那是舅父的家），所以对亲生父亲也冷淡。我父亲经营牛奶铺，似乎是一位有些成功的人。教给我认识在当时而言还蛮时髦的水果与饮料的也统统是父亲。香蕉、冰激凌、菠萝、朗姆酒——或许还有其他的。我记得曾在当时坐落于新宿的牧场外边那棵槲树的树叶阴影下喝朗姆酒的往事。朗姆酒是酒精极少、橙黄色的饮料。

我父亲劝幼小的我吃喝如此新奇的东西，试图把我从收养我的家庭弄回来。我还记得有一天晚上，在大森[1]的鱼荣餐馆，父亲一边劝我吃冰激凌，一边露骨地说服我逃回自个儿家来。说这番话的时候，我父亲发挥了巧言令色的本事。然而，遗憾的是他的劝说诱导一次也未奏效。因为我爱收养我的那一家的父母——尤其是舅妈。

我父亲还性急，屡次跟随便什么人吵架。我在中学三年级时，与父亲玩相扑，我用现代柔道的特殊招数巧妙地把他摔倒了。我父亲刚站起来就说“再来个回合”，并朝着我走过来。我再度没费什么力气就把他摔倒了。我父亲第三次一边说“再来个回合”，一边勃然变色猛扑过来。我的后母在观看——她是我母亲的妹妹，又是我父亲的继室——朝我使了两三个眼神。我与父亲较量了一番，故意摔了个四仰八叉。然而，倘若那时我没败给父亲，他必定要揪住我吧。

我二十八岁时——那时还在当教师，接到了“父住进医院”的电报，遂仓皇地从镰仓直奔东京。我父亲是由于患流行性感冒而住进东京医院的。我与收养我的舅母和后母在病房的角落住宿了约莫

1 东京都大田区的一个街区。

三天。这当儿我逐渐感到郁闷了。正在此时，跟我有交情的一位爱尔兰新闻记者打电话来邀请我到筑地的一家酒馆去吃饭。我以那位新闻记者最近要赴美国为借口，丢下奄奄一息的父亲，前往筑地的那家酒馆。

我们跟四五位艺伎一道，愉快地吃了日本风味的饭。大概是十点钟吃完的。有人从背后招呼我："先生。"我在中段止步，回头朝宽踏板的楼梯上边望着。一位恰好在场的艺伎聚精会神地俯视着我。我一言不发地走下楼梯，坐上停在正门外边的出租汽车。出租汽车立即开动了。然而，出现在我的脑海中的与其说是父亲，毋宁说是绾着娇艳的西式发髻的她的脸——尤其是她的眼睛。

我回到医院，只见父亲正等得不耐烦。不但如此，他让其他人全都离开，到两扇屏风外边去。要么握住我的手，要么就抚摸它；谈起我不知道的往事——当年跟我母亲结婚时的事。左不过是与我母亲出门去买衣柜啦，购买了寿司啦，一些琐碎的事罢了。不过，正说着的时候，我的眼睑不知不觉地灼热起来了，眼泪也沿着我父亲那消瘦的脸蛋流下来。

我父亲在次日早晨没怎么痛苦地驾鹤西去，死前好像发疯了，说什么："来了一艘军舰，瞧那些飘扬着的旗子！大伙儿都喊万岁吧！"我压根儿不记得自己父亲的丧礼情况。不过，依然记得把父亲的遗体护送到他本人之家时，春季的一轮大月亮的光照耀在灵柩车上。

四

今年三月中旬我怀揣着怀炉时，隔了好久才第一次跟妻子一道去上坟。已经过去了这么久——然而，小小的坟墓自不待言，就连将枝子伸到坟墓上的一株赤松也没有变化。

添加在《点鬼簿》里的三个人的骸骨都埋在谷中墓地的角落——而且在同一座墓碑下面。我想起了母亲的棺材被静悄悄地降下到这座墓碑下边时的往事。“小初”大概也是这样的。唯独我父亲——我记得父亲的骸骨发白、细碎，夹杂着金牙……

我并不喜欢上坟。倘若能忘掉，巴望把双亲与姐姐也忘记。然而，尤其是那一天，或许是身体衰弱的缘故，一边眺望早春的阳光中那座发黑的墓碑，一边思索：究竟他们三个人当中，谁幸福呢？

升腾起阳气
我独自住在
坟地外边

说实在的，我从来没有像这时那样，感到这么写的丈草[1]的心境逼近自己过。

1 内藤丈草（1662—1704），江户前期的俳句、和歌诗人。

人生
——致石黑定一[1]君

文洁若 译

倘若有人命令从未学过凫水者去游泳，不论谁都会认为是没有道理的吧。倘若有人命令从未学过赛跑者去参加赛跑，也不得不认为是不讲理。然而，我们自从出生的时候起，就不啻是接受了这种愚蠢的命令。

难道我们在娘胎里的时候学过处世之道吗？可是刚一离开娘胎，好歹就踏进了恰似大竞技场的人生。当然，不曾学过凫水者是不可能畅快地游泳的。同样，不曾学过赛跑者大抵会落在别人后面。这么说来，我们非满身疮痍地走出人生的竞技场不可。

诚然，世人兴许会说："瞧瞧前人的足迹，引以为鉴吧。"但是，哪怕你看过一百名凫水者或一千名赛跑运动员，也不可能立即学会游泳或赛跑。何况凫水者统统喝过水，赛跑者也一个不剩地浑

1　石黑定一是芥川龙之介于1927年3月以新闻社海外特派员身份到中国游览时所结识的一个日本人。本文选自《侏儒的话》（1923—1927）。

身沾满了竞技场的泥土。看吧，就连举世闻名的选手不是也大都用得意的微笑来遮掩愁眉苦脸吗?

人生犹如疯子所主办的奥林匹克运动会。我们必须一边与人生搏斗，一边学会与人生搏斗。凡是对这种荒谬的比赛感到愤慨不已者，就赶紧到场子外面去好了。自杀也确实是一种简便的办法。然而，想留在人生竞技场上的人，唯有不畏创伤地搏斗下去。

又

人生恰似一盒火柴。慎用是愚蠢的，不慎用是危险的。

又

人生像是缺页很多的书，难以把它说成是一部书。然而，它好歹是一部书。

三
个
圈

经典就读三个圈　导读解读样样全

读客三个圈
独家文学手册

三
个
圈
独家文学手册

芥川龙之介

日本近代文学大师，与夏目漱石、森鸥外鼎足而立。35岁时，芥川龙之介服用过量安眠药自杀，震惊日本文坛。好友菊池宽为纪念他所设立的芥川奖，已成为日本纯文学的至高奖项。

目 录

译序

文洁若

短篇小说巨擘芥川龙之介是日本大正时代的一位重要作家，是新思潮派的柱石。这个流派表现了20世纪初日本小资产阶级不满现实而又苦于无出路的心情，在艺术上则突破了长时期作为日本文坛主流的自然主义文学，正视社会现实，既有浪漫主义色彩，又有现实主义倾向。

芥川龙之介的创作生涯是在第一次世界大战的背景下开始的。在他生命的最后几年，工人运动、社会主义运动和反战运动蓬勃发展。1923年反动当局利用关东大地震之机对广大革命群众及进步组织进行血腥镇压，日本国内的阶级矛盾日趋尖锐。1927年发生了金融危机，中小企业纷纷倒闭。现实社会的这种紧张沉闷的气氛使芥川感到窒息，资本主义社会的丑恶现实不可避免地反映在他的作品中。鲁迅先生指出：“芥川龙之介的作品所用的主题最多的是希望已达之后的不安，或者正不安时的心情。”

芥川龙之介，号柳川隆之介、澄江堂主人、寿陵余子。能赋俳句，俳号我鬼。他于1892年3月1日出生在东京，因为恰好赶上辰年辰月辰日辰时，故名龙之介。原姓新原，父亲经营牛奶业。生后九个月，因母亲精神失常，被过继给住在本所的舅父做养子，改姓芥川。芥川家世世代代都有人在将军府任文职，明治维新后，养父在东京府做土木科长，他虽然有自己的房屋，退休后仅仅靠养老金糊口，生活并不宽裕。芥川在《大导寺信辅的前半生》中写道："他们的贫困并不是住在连檐房里的下层阶级的那种贫困，而是为了保持体面不得不忍受更多的痛苦的中下层的贫困。"养父母对诗书琴画无所不通，家庭里有着浓厚的传统文化艺术气氛。本所区又是文人墨客荟萃之地，保留着使芥川神往的江户情趣。芥川在这样的家庭和社会环境影响下，自幼受到中日古典文学（包括《西游记》《水浒》和泷泽马琴、式亭三马、十返舍一九等江户时代作家的小说）的熏陶。他生性异常聪慧敏感，体质虽纤弱，但学习成绩总名列前茅。上中学后广泛涉猎欧美文学，喜读易卜生、法朗士、波德莱尔、斯特林堡等人的作品，深受19世纪末文学的影响。他曾引用法朗士的话说："我不是通过与人接触，而是通过与书接触才了解人生的。"明治时代的作家中，他最喜欢幸田露伴、泉镜花、樋口一叶和德富芦花。

十八岁时，芥川作为优等生免试进入东京第一高等学校文科，1913年入东京大学英文系。读书期间，成为第三次和第四次复刊的《新思潮》杂志的同人。1915年发表《罗生门》，但当时并未引起文坛重视。大学毕业之前，在第四次复刊的《新思潮》上发表《鼻子》（1916年2月），备受夏目漱石的赞赏，《芋粥》（同年9月）和《手绢》（同年10月）接连问世，从而奠定了他作为新进作家的地位。大学毕业后，在镰仓海军机关学校教过三年书。1919年3月入大阪每日新闻社，1921年以该社海外特派员身份到中国十余个城市游览，回国后写了《上海游记》（1921）、《江南游记》（1922）等。

芥川龙之介是新思潮派的代表作家。新思潮派是从日本大正中期到昭和初年，继白桦派之后兴起的一个文学流派，又称新现实主义或新技巧派，通常指第三次（1914）和第四次（1916）复刊的《新思潮》杂志的同人。代表作家有芥川龙之介、菊池宽、久米正雄和山本有三等。他们大多是东京大学的学生，深受夏目漱石和森鸥外的影响，并得到武者小路实笃的启发。当这一派作家跻身文坛时，日本自然主义文学已经衰落，取而代之的是白桦派文学。

白桦派作家所主张的理想主义、作品中所表现的人道主义以及他们所追求的个性的自由发展等，有的脱离了当时的社会现实。新思潮派的作家们尽管没有什么鲜明的文学主张，不像过去的自然主义、浪漫主义那样具有明确的文学理论和见解，但在创作上却显示出共同的倾向：既反对自然主义那种纯客观的描写方法，又怀疑白桦派文学的理想主义；认为文学作品可以虚构，强调题材的多样性，并且十分讲究写作技巧，注重艺术形式的完美。然而，这派作家的创作又不同于永井荷风、谷崎润一郎所提倡的新浪漫派，乃至唯美派或颓废派文学。他们认真地审视人生，把握现实，在反映现实的同时，赋予自己笔下的一切以新的意义，理智地加以诠释，所以有时他们也被称为新理智派。在技巧上，他们一般采用传统的现实主义创作方法，只是更着重于人物心理的刻画。

芥川龙之介曾认为20世纪初席卷日本文坛的自然主义文学的理想，可以用一个“真”字来概括。1908年以后，以永井荷风为中心的唯美主义派打着“美”的旗帜，写出了一系列颓废主义、唯美主义的作品；1910年出现的以武者小路实笃为代表的白桦派人道主义文学则以“善”作为理想。1917年至1919年间走上文坛的一批新作家便试图将上述真善美三种理想糅合在一起，在自己的作品里表现出来。这便是新思潮派作家在创作上的共同宗旨或倾向。但是，这一派的作家又各具特色。芥川龙之介的短篇小说，不论是历史题材如《罗生门》《鼻子》《地狱变》（1918）、《蜘蛛丝》（1918）等，还是现代题材如《魔术》（1919）、《秋》（1920）、《一块地》（1923）等，都是以典雅的语言、细腻的心理刻画、巧妙的布局和机智幽默的情趣、显示其独特的艺术风格。但他后期的现代题材作品里，如《玄鹤山房》《齿轮》《某傻子的一生》（均1927）等，却又表现了一个正直的知识分子在探讨现实人生中经历幻灭之后的苦闷和绝望。菊池宽和久米正雄早年写过一些有一定社会意义的作品，后来却转向通俗小说创作。

在不太长的创作生涯中，芥川写了一百四十八篇小说、五十五篇小品文、六十六篇随笔，以及不少评论、游记、札记、诗歌等。他的每一篇小说，题材内容和艺术构思都各有特点，这是由于他在创作过程中苦心孤诣地不断进行艺术探索的结果。他的文笔俏皮，精深洗练，意趣盎然。

芥川龙之介早期的作品以历史小说为主，多是借古喻今，以嘲讽的笔触针砭时弊。它们可分为五类：

取材于封建王朝的人和事，其中《罗生门》和《鼻子》是通过大约成书于12世纪上半叶的佛教故事集《今昔物语集》改编的，揭露利己主义在社会上的风行。芥川很重视细节的真实，字字句句苦心孤诣，一丝不苟。例如，为了写罗生门上的尸体，他曾专程到医科大学的解剖室去取经。

> 那些尸体的拇指上都挂着穿了铁丝的牌子，上面记着姓名、年龄等。他的朋友弯着腰，灵活地运用解剖刀，开始剥一具尸体脸上的皮。皮下布满了美丽的黄色脂肪。
>
> 他望着那具尸体。为了完成一个短篇——以王朝时代为背景的一个短篇[1]，他非这么做不可。可是，像腐烂了的杏子一样的尸臭是难闻的。
>
> （《某傻子的一生》九《尸体》）

《地狱变》写一个艺术至上主义者为了追求艺术上的成就而献出生命，并指出暴君把人间变成了地狱。

取材于近世传入日本的天主教，如《烟草和魔鬼》（1916）、

1　估计这个短篇指《罗生门》。见吉田精一的芥川龙之介解说。［《芥川龙之介全集》第二卷第982页，春阳堂1967年4月版］——译者注（若无特殊说明，本书注释均为译注）

《信徒之死》（1918）、《众神的微笑》（1922）等。

描述江户时代的社会现象。如《戏作三昧》《大石内藏助的一天》（均1917）等。在《戏作三昧》中，作者借主人公泷泽马琴的内心活动，阐发了超然于庸俗丑恶的现实生活之外的处世哲学。

描绘明治维新后资本主义上升时期的社会的小说，如《手绢》《舞会》（1920）等。《手绢》辛辣地讽刺了日本明治时期的思想家新渡户稻造对武士道的鼓吹。

取材于中国古代传说的作品，如《女体》《黄粱梦》《英雄器》（均1917）、《杜子春》《秋山图》（均1920）等。

十月革命后，无产阶级文学开始萌芽。芥川也在时代的影响下，着重写反映现实的作品，题材颇为广泛，其中比较典型的是：以小资产阶级知识分子的颓唐消沉为对照，歌颂一个农村姑娘淳朴善良的《橘子》（1919），表现现代男女青年苦闷的《秋》（1920），刻画少年心理的《手推车》（1921），描写农村中人与人之间关系的《一块地》（1923），嘲讽乃木希典的《将军》（1920）以及批判军国主义思想、对下层士兵寄予同情的《猴子》（1916）和《三个窗》（1927）等。

芥川晚期的作品，反映了他对贫富悬殊的社会现实的幻灭感。1927年初，发表《玄鹤山房》，通过老画家之死，揭露家庭内部的纠葛，反映了人生的惨状和人们的绝望心情，暗示了旧事物的衰亡和新时代的来临。写这篇作品的时候，芥川已萌生自杀的念头，而后的作品《海市蜃楼》等充满了阴郁气氛。遗作《齿轮》和《某傻子的一生》（均1927）描写作者生前的思想状态。评论集《侏儒的话》（1923—1927）阐述了他对艺术和人生的看法。

《竹林中》（1921）堪称芥川历史小说的代表作，结构谨严，技巧纯熟，手法新颖，寓意深刻，发表后获得好评，已在日本被搬上银幕。樵夫在竹林中发现了武士的尸体。武士那个年轻貌美的妻子以及凌辱她的强盗都分别供认自己是凶手。死者的亡灵则借巫婆之口，说自己是愤而自杀的。樵夫、云游僧、捕役和武士的岳母各站在不同的立场上为案情提供线索。每个人讲得都能自圆其说，但把七份供词对照一下，便发现此案扑朔迷离，让人摸不着头脑。作者要写的显然不是什么情杀案，作品也不着重于通过曲折情节发现元凶。芥川在此作中想表达的是这样一个观点：客观真理是不容易搞清的。每个人都可以根据自己的需要信口雌黄，颠倒黑白，捏造事实。三个主要人物，只要有一个说的是真话，其他两个便是在扯谎。作者故意留下伏笔，发人深思。

芥川的反映现实的作品中，《阿律和孩子们》（1920）写得比较成功。作者围绕着患十二指肠溃疡、命在旦夕的阿律，细致入微地刻画了人员虽简单，关系却很复杂的一家五口人的心理活动。阿律的丈夫贤造是一家小针织厂的老板，他和前妻生有一女，叫阿绢，嫁给了绸缎庄的少东家。阿律和前夫生的大儿子叫慎太郎，贤造和阿律又生了个叫洋一的小儿子。这二男一女，根据每人在家庭中所处地位的不同，对贤造和阿律的感情有着微妙的差别。甚至对婶婶（前妻的本家）、数名店员、腼腆俏丽的女用人，以及为同行的误诊打圆场的医生，作者也都用极凝练的笔墨描绘得十分逼真。日本人把写几代人历史的长篇巨著称作“大河小说”。这种作品读了有时令人不免感到水分太多。芥川则将可以写成一部长篇的题材压缩成精致的短篇，文无虚笔。作者通过洋一的耳闻、阿绢的寥寥数语就勾勒出了这个正在受着经济萧条威胁的中等商人家庭。

《河童》（1927）是芥川脍炙人口的晚期代表作。半个多世纪来，日本文艺界每年都在他的忌辰（7月24日）举行“河童祭”的纪念活动，借以悼念这位为日本近代文学留下许多珍品的天才（或者照日本人的说法——鬼才）作家。

《河童》是一部寓言体小说，作者通过一个精神病患者口述他在河童国的见闻，抒发他对社会、对人生的观察和看法。发表后不久，作者就自杀了。作者描写的当然是个虚构的世界，色调颇晦暗，反映了作者当时的精神状态。芥川借河童国来讽刺现实社会的各个方面，从政治、经济、法律、文艺、哲学、宗教以至风俗习惯。例如在小说的第八段描述河童国有个奇怪的法律，叫作“职工屠宰法”，凡是被解雇的职工，统统杀掉，河童肉则作为副食品出售。当主人公表示惊讶时，河童资本家嘲笑说：“在你们国家里，工人阶级的闺女不是也在当妓女吗？吃河童职工的肉使你感到愤慨，这是感伤主义。”芥川在这里犀利尖锐地抨击了人吃人的资本主义制度。作品对于资本家发战争财，士兵受虐待，当权者对文化艺术横加压制等，也予以揭露和批判。因此，这部小说可以说是芥川对社会的总批判。作品对人生进行哲理的探讨，谐谑中寓有辛辣的讽刺。

20世纪20年代末期，日本社会的阶级斗争更加尖锐。芥川是个

“神经脆弱到连门前有人咳嗽都会大吃一惊”[1]的人，动荡的局面使他深感不安。他越是接触社会，越憎恨现实生活中的丑恶现象。他虽对现实不满，却又不肯放弃既有的生活方式。他曾这样自我反省过：“你为什么要攻击现代的社会制度？”“因为我看到了资本主义的罪恶。”（《某傻子的一生》）然而另一方面他又害怕流血的革命。他写道：“总之，我认为要是能像现在的英国那样一点不流血就进入社会主义，那可太好了。”[2]他对阶级是有些朦胧认识的，他写道：“从各方面来说，我们大家都生活在激荡的过渡时代，从而矛盾重重。……我们不可能超越时代，而且也不可能超越阶级。……我们的灵魂上都打着阶级的烙印。……”（《文艺的，过于文艺的》，1927）

芥川这样描述自己道：“……我在气质上是一个浪漫主义者，在人生观上是一个现实主义者，在政治上是一个共产主义者。”（《他·其二》，1926）他关怀尚处在萌芽状态中的无产阶级文学，在艺术上对它要求很高。他写道：“我对无产阶级文艺也满怀期待……昨天的无产阶级文艺认为社会觉悟是作家的唯一必要条件。……批评家们对资产阶级作家说：‘你们必须有社会觉悟。’我不反对这一点。但是我想对无产阶级作家说：‘你们必须有诗的境界。’”（《文艺杂谈》，1926）

他依稀看到未来是属于无产阶级的，他说：“贵族不是已经让

1 进藤纯孝：《芥川龙之介传记》，第613页，六兴出版社1978年版。

2 森本修：《芥川龙之介》，近代文学资料（五），第58页，樱枫社1974年版。这里的“社会主义”是指英国的费边主义，即改良主义。

位于资产阶级了吗？资产阶级也迟早要让位于无产阶级。”（《文艺的，过于文艺的》）他甚至承认：“社会主义不是是非曲直的问题，而是个很简单的必然问题。”（《澄江堂杂记》，1918—1924）然而他又坚持自己的悲观论点：“我相信，在任何社会组织下，我们人类的痛苦也是难以解救的。”（《文艺的，过于文艺的》）

芥川在这种矛盾心情和“对未来的模模糊糊的不安”（《给一个旧友的手记》，1927）中，在年仅三十五岁时人为地结束了自己的生命。此事在日本知识界引起巨大的震动，作家们更是纷纷撰文对这位为艺术呕心沥血的“典型的浪漫主义者和艺术至上主义者”[1]的死表示惋惜。日本评论家中村真一郎认为：“芥川龙之介作品的主要特征就在于反映人们错综复杂的思想意识。当我们阅读他的全部作品或是他的一部自选小说集时，展现在我们眼前的是接近于西欧20世纪的作家[2]所刻画的复杂的内心世界。……读者一篇篇地读他的作品的时候，会产生这样的感想：人们是用不同的眼光看待社会的，人们对待社会的心理状态是各种各样的。这无疑就是芥川的作品吸引当代读者的最大魅力所在。”[3]他还写道：“芥川龙之介复活了自然主义时期以来日本近代小说所失去的浪漫主义，而且大大发展了日本近代小说的传统。他成功地完成了这一任务。……

1 小宫丰隆：《芥川龙之介的死》，《中央公论》1929年4月号。

2 此处指爱尔兰的乔伊斯（1882—1941）及法国的普鲁斯特（1871—1922）等小说家。

3 《芥川龙之介的魅力》，《芥川龙之介介绍》第50页，岩波书店1955年版。

他有意识地创造了文体——不是司空见惯的文体，而是消除了庸俗气味的艺术文体。在文学史上，这是极其重要的一件事。……在当前的现实中，我抱着很大的共鸣来回顾扭转日本文学方向的芥川十年的业绩。”[1]

为了纪念芥川，日本文艺春秋社于1935年设立了“芥川文学奖”，每年颁发两次。七十五年来，许多日本作家都是在获得这个最高文学奖后成名于文坛的。芥川在世期间就已经受到国际上的重视。早在1923年，鲁迅先生就翻译了他的《罗生门》和《鼻子》。他的另外一些短篇小说也相继介绍到我国来，还出版过几种小说集。第二次世界大战后，他的作品被译成英、法、德、俄、西、意以及世界语等多种文字。本集选收了芥川在不同时期的十八篇作品，足以显示这位“鬼才”作家妙趣横生的风采。

1 《芥川龙之介入门》，《芥川龙之介集》第481页，讲谈社1960年版。

·芥川龙之介大事记·

三个圈 独家文学手册

1892年　出生

3月1日，生于东京。

10月，母亲精神失常，芥川龙之介被送去了母亲的娘家芥川家。

1902年　10岁

11月，亲生母亲去世。

1904年　12岁

8月，正式成为芥川家的养子。

1910年　18岁

9月，以优异的成绩进入第一高等学校，与久米正雄、菊池宽、松冈让、山本有三、土尾文明成为同学。

1913年　21岁

9月，进入东京帝国大学英文系。

1914年　22岁

2月，与丰岛与志雄、山宫允、久米正雄、菊池宽、松冈让、成濑正一、山本有三、土屋文明等一起复刊《新思潮》，并以柳川隆之助为笔名，在创刊号上发表自己翻译的叶芝及法郎士的作品。

1915年　23岁

2月，由于养父母的反对，与吉田弥生的恋情破灭。

11月，在杂志《帝国文学》上发表《罗生门》。

12月，经同学介绍，芥川龙之介参加了漱石山房的“星期四聚会”，后来入夏目漱石门下。

1916年　24岁

2月，在《新思潮》上发表《鼻子》，受到夏目漱石的赞赏。

7月，从东京帝国大学毕业，毕业论文题目为《威廉·莫里斯研究》。

12月，经介绍，到海军机关学校当了临时教官。

1917年　25岁

5月，第一部短篇小说集《罗生门》由阿兰陀书房出版。

1919年　27岁

3月，与海军少佐的女儿冢本文结婚。辞去在海军机关学校的工作，成为大阪每日新闻社的会员，为该社写小说赚取薪金。

1920年　28岁

3月，长子芥川比吕志出生。

1921年　29岁

3月，作为大阪每日新闻社的海外视察员访问中国。他从上海出发，一路游览了杭州、苏州、扬州、南京、芜湖、汉口、长沙、郑州、洛阳、龙门等地，最后到达北京。

1922年　30岁

11月，次子芥川多加志出生。

1925年　33岁

7月，幼子芥川也寸志出生。

1926年　34岁

1月，因胃病、神经衰弱和失眠症在汤河原疗养。

1927年　35岁

3月，发表《河童》。

7月24日，服用过量安眠药自杀身亡。

·芥川龙之介与其他作家·

1915年，芥川龙之介发表《罗生门》之后，入夏目漱石门下。夏目漱石去世后的第二年，芥川龙之介的首个作品集《罗生门》出版，书中的献词正是献给老师夏目漱石的。

1921年，芥川龙之介作为大阪每日新闻社特派员来到中国，拜访了一些文化名人，其中包括辜鸿铭和胡适。

1923年，鲁迅与周作人合译的《现代日本小说集》出版，其中便有《罗生门》和《鼻子》。1925年，芥川龙之介撰文评价此书，并赞赏了《罗生门》的译文精准，注释恰到好处。

川端康成在关东大地震之后，曾与芥川龙之介一起去受灾现场了解情况，据川端康成后来描述，芥川龙之介穿着浴衣、戴着安全帽，如骏马一般快活地穿行在满是烧痕的受灾现场。

菊池宽是芥川龙之介在第一高等学校时期便结识的好友，芥川龙之介自杀前写下的遗书，其中一封就是给菊池宽的。芥川龙之介去世后第8年，菊池宽设立了“芥川奖”，现在已成为日本最重要的文学奖项之一。

芥川龙之介曾与谷崎润一郎关于小说的趣味性展开激烈争论，但争论并没有影响两人亲切的关系。芥川龙之介还曾写过一篇短文——《谷崎润一郎氏》，记录了两人于某个初夏午后一起外出闲逛的趣事。

太宰治十分崇拜芥川龙之介，他中学时期的笔记上曾经写满芥川龙之介的名字。芥川龙之介的自杀对当时仅18岁的太宰治带来了极大的打击，据说太宰治的第一次自杀就是受到了芥川龙之介的影响。

2007年，日本新潮社出版了《芥川龙之介短篇集》，村上春树为其作序，详细讲述了自己对芥川龙之介作品的理解。

·关于芥川奖·

1935年，为鼓励纯文学领域的新人作家，日本文艺春秋的创办者菊池宽以好友芥川龙之介的名字设立了芥川龙之介奖。这个奖项一年颁发两次，由评审委员从报刊杂志上选出最优秀的中短篇作品予以奖励，奖品是一块怀表以及100万日元，获奖作品还会被刊载在《文艺春秋》上。

作为日本最权威的纯文学奖项，芥川奖对日本当代文学的发展起到了很大的推动作用。

知名获奖作品一览

第1回　石川达三《苍氓》

第22回　井上靖《斗牛》

第25回　安部公房《壁》

第28回　松本清张《某‘小仓日记’传》

第33回　远藤周作《白种人》

第34回　石原慎太郎《太阳的季节》

第39回　大江健三郎《饲养》（大江健三郎同时也是诺贝尔文学奖获得者）

第44回　三浦哲郎《忍川》

第50回　田边圣子《感伤旅行》

第74回　中上健次《岬》

第75回　村上龙《无限近似于透明的蓝》

第97回　村田喜代子《锅之中》

第104回　小川洋子《妊娠月历》

第115回　川上弘美《踩蛇》

第120回　平野启一郎《日蚀》

第127回　吉田修一《公园生活》

第130回　金原瞳《蛇环》、绵矢莉莎《欠踹的背影》（绵矢莉莎为史上最年轻的芥川奖得主，时年19岁）

第136回　青山七惠《一个人的好天气》

第139回　杨逸《浸着时光的早晨》（第一位获得芥川奖的中国籍作家）

第143回　赤染晶子《少女的告密》

第146回　田中慎弥 《自相残杀》

第148回　黑田夏子《ab珊瑚》（年龄最大的芥川奖得主，时年75岁）

第153回　又吉直树《火花》、羽田圭介《废旧建新》

第155回　村田沙耶香《便利店人生》

·芥川龙之介的画作·

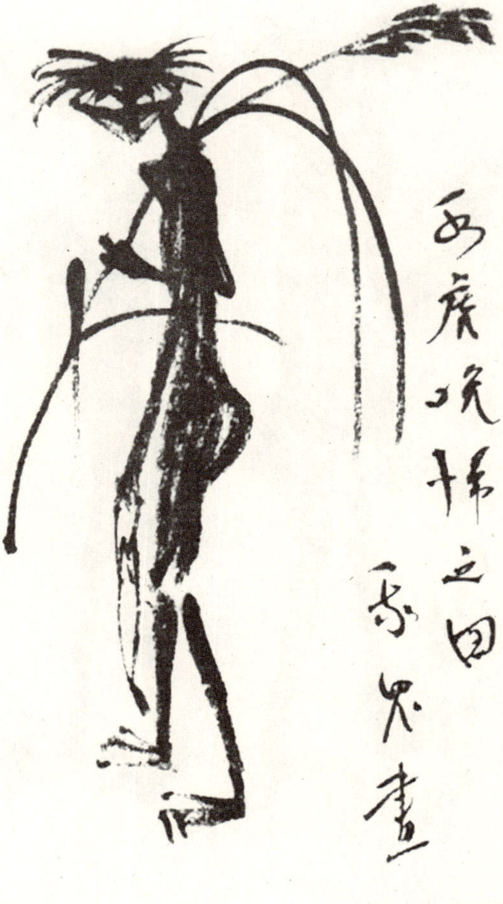

· 水虎晚归图 ·

·水虎问答图·

·水虎图·

· 万竿烟雨图 ·

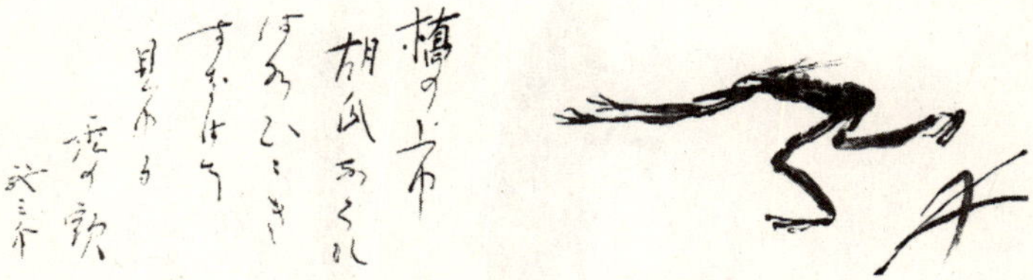

· 逃避俗世的河童 ·

· 水虎图2 ·

· 田端的河童和本乡的河童 ·

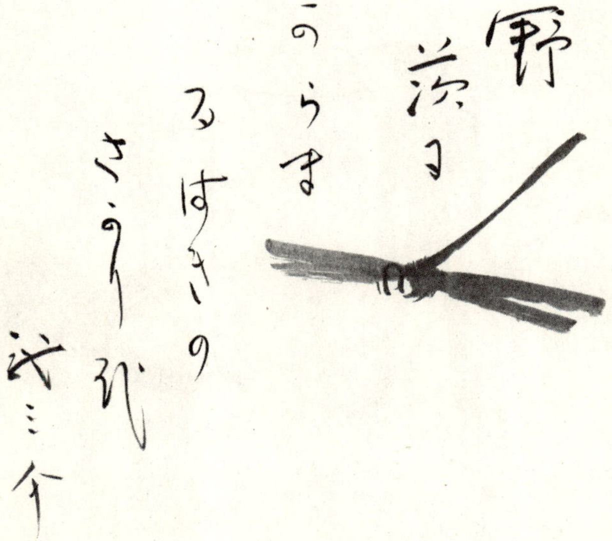

·蜻蜓图·

欢迎您从《罗生门》走进
读客三个圈经典文库

亲爱的读者，感谢您选择读客三个圈经典文库。

我们的封面统一使用“三个圈”的设计，读者可以凭借封面上形式各异的“三个圈”找到我们，走进经典的世界。

书中附赠的《三个圈独家文学手册》由专业团队精心编写，收录专家学者导读和特色图文解读，拉近读者和经典的距离。

走进读客三个圈经典文库，认识世界，塑造自我，成为更好的人！

《漫长的告别》

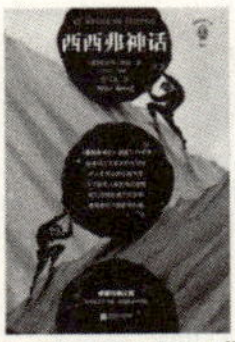

《西西弗神话》

《人间失格》

《人类群星闪耀时》

《鼠疫》

《小王子三部曲》

《局外人》

《月亮与六便士》

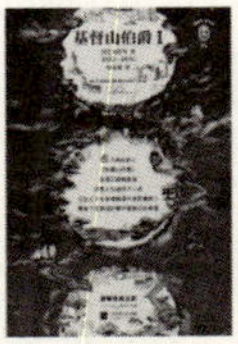

《基督山伯爵》

《罗生门》

经典就读三个圈　导读解读样样全

- 汇集全球经典文学作品
- 附赠《三个圈独家文学手册》
- 专业团队精选优质译本
- 收录专家导读、图文解读

读客三个圈经典文库

精神成长树

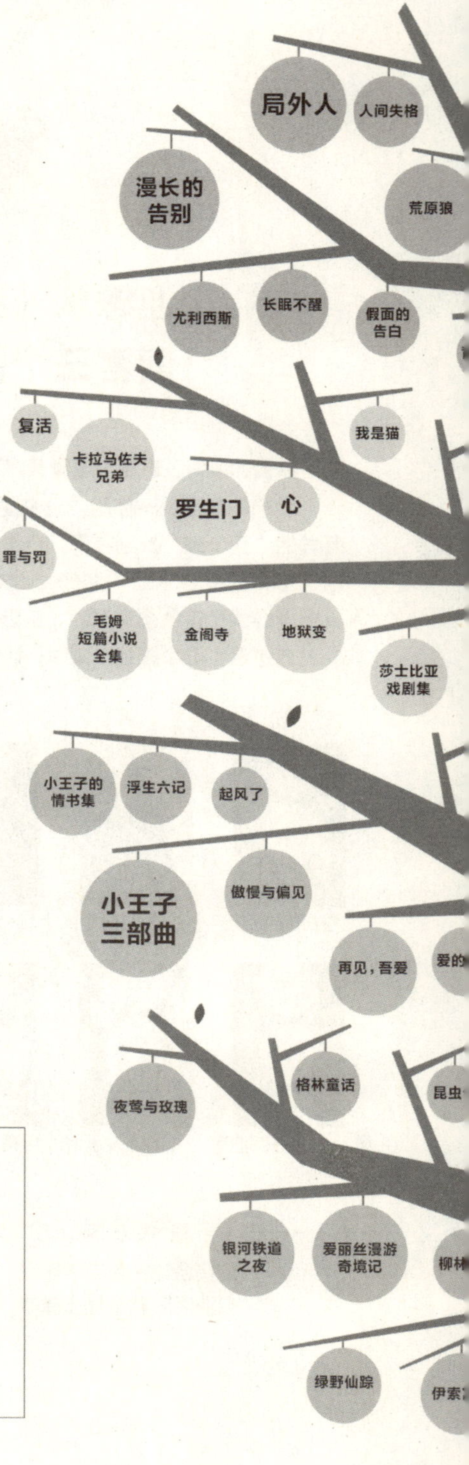

你想成为什么样的人？
对你来说什么是重要的？
这个世界应该是什么样子？

我们在生命中遇到的问题，每个时空的人都经历过，一些伟大的人留下一些伟大作品，流传下来，就成了经典。正是这些经典，共同塑造并丰富着人类的精神世界。

我们重新梳理了浩若烟海的文学经典，为您制作了精神成长树。跟随读客三个圈经典文库，汲取大师与巨匠淬炼的精神力量，完成你自己的精神成长！

树干：

不同的精神成长主题，您可以挑选任意感兴趣的主题进行深入阅读

例如：
寻找人生意义
探索自己的内心
拥有强大意志力
理解复杂的人性
…………

枝丫上的果实：

我们为您精选的经典文学作品

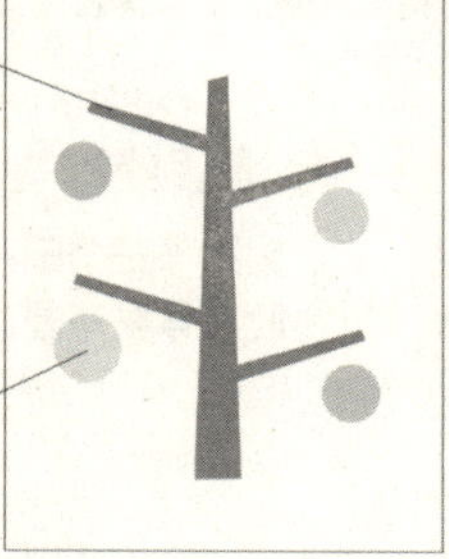

精神成长树示意图

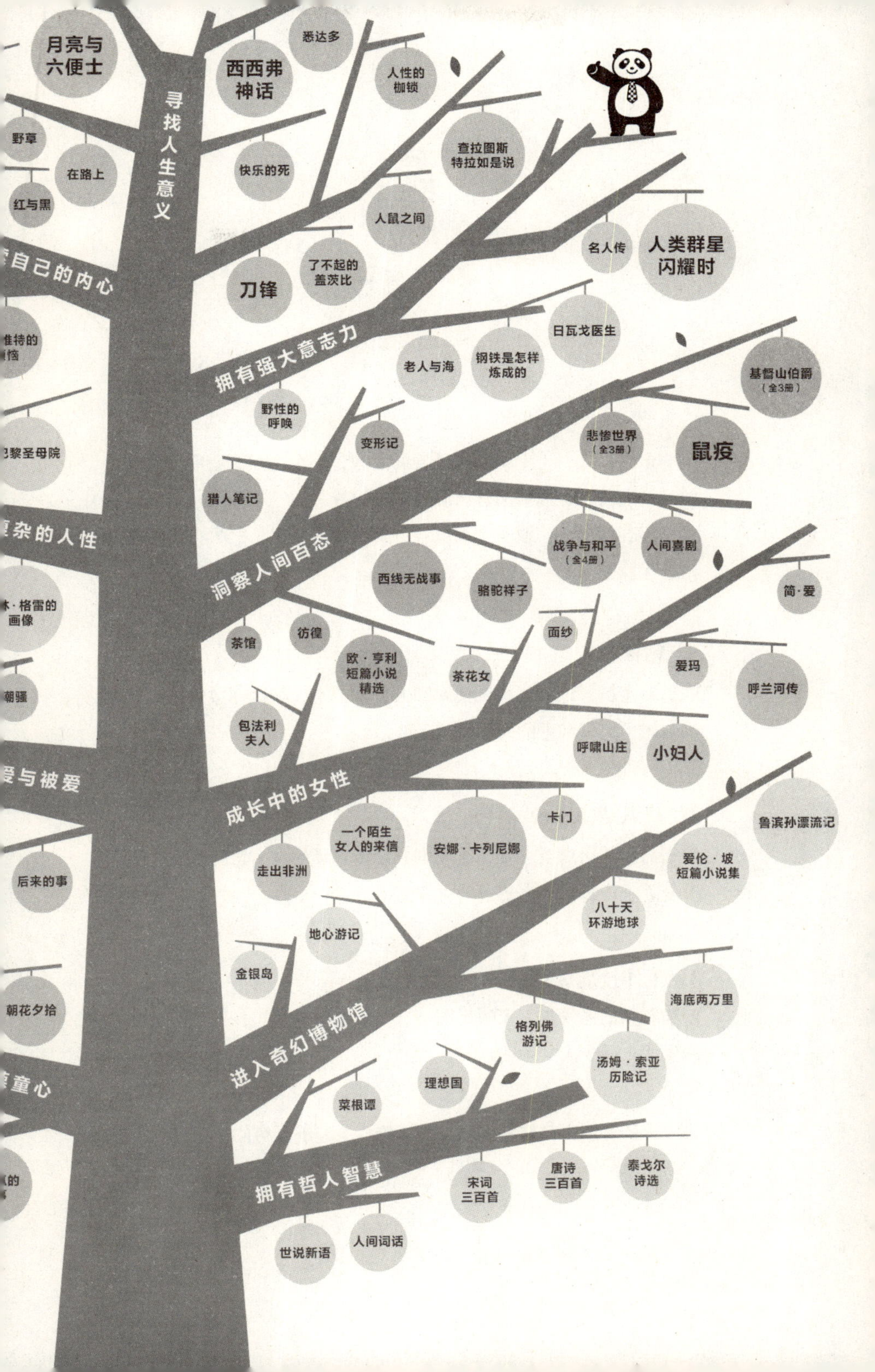

月亮与六便士
野草
在路上
红与黑
自己的内心
维特的
恼
黎圣母院
杂的人性
·格雷的
画像
朝骚
爱与被爱
后来的事
朝花夕拾
童心
的
寻找人生意义
悉达多
西西弗神话
人性的枷锁
快乐的死
查拉图斯特拉如是说
人鼠之间
了不起的盖茨比
刀锋
名人传
人类群星闪耀时
拥有强大意志力
日瓦戈医生
钢铁是怎样炼成的
老人与海
野性的呼唤
基督山伯爵
（全3册）
悲惨世界
（全3册）
鼠疫
变形记
猎人笔记
洞察人间百态
战争与和平
（全4册）
人间喜剧
西线无战事
骆驼祥子
简·爱
茶馆
彷徨
欧·亨利短篇小说精选
面纱
茶花女
爱玛
呼兰河传
包法利夫人
呼啸山庄
小妇人
成长中的女性
一个陌生女人的来信
安娜·卡列尼娜
卡门
走出非洲
鲁滨孙漂流记
爱伦·坡短篇小说集
八十天环游地球
地心游记
金银岛
进入奇幻博物馆
海底两万里
格列佛游记
汤姆·索亚历险记
理想国
菜根谭
拥有哲人智慧
宋词三百首
唐诗三百首
泰戈尔诗选
世说新语
人间词话

激发个人成长

多年以来，千千万万有经验的读者，都会定期查看熊猫君家的最新书目，挑选满足自己成长需求的新书。

读客图书以“激发个人成长”为使命，在以下三个方面为您精选优质图书：

1. 精神成长

熊猫君家精彩绝伦的小说文库和人文类图书，帮助你成为永远充满梦想、勇气和爱的人！

2. 知识结构成长

熊猫君家的历史类、社科类图书，帮助你了解从宇宙诞生、文明演变直至今日世界之形成的方方面面。

3. 工作技能成长

熊猫君家的经管类、家教类图书，指引你更好地工作、更有效率地生活，减少人生中的烦恼。

每一本读客图书都轻松好读，精彩绝伦，充满无穷阅读乐趣！

图书在版编目（CIP）数据

罗生门 /（日）芥川龙之介著；鲁迅，文洁若，文学朴译. -- 南京：江苏凤凰文艺出版社，2019.4（2023.7 重印）
（读客经典文库）
ISBN 978-7-5594-3372-5

Ⅰ.①罗… Ⅱ.①芥… ②鲁… ③文… ④文… Ⅲ.①短篇小说－小说集－日本－现代 Ⅳ.① I313.45

中国版本图书馆 CIP 数据核字 (2019) 第 034655 号

罗生门

［日］芥川龙之介 著
鲁 迅　文洁若　文学朴 译

责任编辑　丁小卉
特约编辑　陶 旎 车 童
封面设计　刘小梅
责任印制　刘 巍
出版发行　江苏凤凰文艺出版社
　　　　　南京市中央路 165 号，邮编：210009
网　　址　http://www.jswenyi.com
印　　刷　河北中科印刷科技发展有限公司
开　　本　880 毫米 ×1230 毫米 1/32
印　　张　11.25
字　　数　231 千字
版　　次　2019 年 4 月第 1 版
印　　次　2023 年 7 月第 18 次印刷
标准书号　ISBN 978－7－5594－3372－5
定　　价　59.90 元